Der Katzenmann

Roman

Gianfranco Tober

Über den Autor:

Gianfranco Tober ist Schauspieler, Filmemacher und Musik-produzent aus Bremen. Bundesweite Bekanntschaft erreichte er mit seinen Dokumentarfilmen "Wahrheit oder Wahnsinn" und "Gangster GmbH", sowie mit seiner Serienfigur Onkel Fränk. 2021 veröffentlichte er seinen Debütroman "Hopeless City". Seit über 25 Jahren ist der Drehbuchautor und Regisseur auch in der Hip-Hop-Szene aktiv. Gianfranco engagiert sich für benachteiligte Jugendliche, u.a. in Bremen und Kalabrien, außerdem ist er in der Talentförderung tätig und hat bereits unzählige Künstler gefördert. Er kämpft seit vielen Jahren gegen Rassismus und die Spaltung der deutschen Gesellschaft. Zuletzt hat er eine Reihe von Kurzfilmen auf diversen Film-festivals veröffentlicht, mehrere Webserien produziert und einige Rap-Battles absolviert. Der vielseitige und überaus umtriebige Bremer Künstler präsentiert mit "Der Katzenmann" seinen zweiten Roman der Öffentlichkeit.

Der Katzenmann

ein Roman von Gianfranco Tober

Bibliografische Information der Deutschen Nationalbibliothek: Die Deutsche Nationalbibliothek verzeichnet diese Publikation in der Deutschen Nationalbibliografie; detaillierte bibliografische Daten sind im Internet über dnb.de abrufbar.

Verlag: BoD · Books on Demand GmbH, In de Tarpen 42, 22848 Norderstedt, bod@bod.de Druck: Libri Plureos GmbH, Friedensallee 273, 22763 Hamburg

Originaltitel: Der Katzenmann

Umschlaggestaltung: Timo Maskow

Co-Autorin und Lektorat: Diana Ohr

Printed in Germany

ISBN: 978-3-7693-2170-8

Vorwort

Liebe Leserin, lieber Leser,

ich freue mich unglaublich, dass du dieses Buch in deinen
Händen hältst. Der Katzenmann ist nicht nur eine Erzählung
von Ben und Lisa-Marie, sondern ein Spiegelbild unserer Welt
– eine Geschichte über Hoffnung und Verzweiflung, Liebe und
Verlust, und vor allem über die Frage, wie wir miteinander umgehen, wenn alles, was wir kennen, ins Wanken gerät.

Im Mittelpunkt steht Ben, ein Mann, der sich mit den Schatten
seiner Vergangenheit auseinandersetzen muss. Doch der Weg,
den er geht, ist nicht allein – er wird begleitet von den geheimnisvollen Katzen, die in diesem Block von Bremen-Nord mehr
sind als nur Tiere. Babo, der weise und starke Anführer, Rippchen, der geschickt und schlau ist, Mimi, die zärtliche Beglei-
terin, Findi, der stets unruhige und neugierige Geist, und Arnuld, der geheimnisvolle, fast mystische Kater – jeder von ihnen hat eine Rolle zu spielen, die weit über das hinausgeht, was
man von einem Haustier erwarten würde.

Doch es geht nicht nur um Ben und Lisa-Marie. Es geht auch
um uns alle. Inmitten der Pandemie, des Lockdowns und der
Verunsicherung, die über uns schwebt, spüren wir, wie leicht
wir uns auseinanderleben.

Unsere Gesellschaft ist gespalten – politisch, sozial, zwischen
Arm und Reich, zwischen denen, die gehört werden, und denen, die schweigen müssen. Der Katzenmann möchte nicht nur
diese Spaltung aufzeigen, sondern auch die Möglichkeit zur
Versöhnung, zur Stärke im Miteinander, in einer Zeit, in der
vieles verloren scheint.

Wir alle sollten uns die Hand zur Versöhnung reichen und gemeinsam eine neue Gesellschaft aufbauen.

Die Geschichte dieser Figuren, die auf ihren eigenen Wegen um Wahrheit, Freiheit und Liebe kämpfen, ist ein Aufruf. Ein Aufruf, den Blick nicht nur nach innen, sondern auch nach außen zu richten. In Ben und Lisa-Marie, aber auch in den Blockbewohnern, den Katzen und ihren Mitmenschen steckt so viel mehr, als es auf den ersten Blick scheint. Und vielleicht, nur vielleicht, werden wir alle am Ende etwas erkennen, das wir bisher übersehen haben: Dass wir nicht allein sind. Dass wir uns gegenseitig brauchen, um nicht im Sturm der Zeit unterzugehen.

In einer Welt, die immer mehr von Spaltung und Isolation geprägt ist, möchte ich uns alle zu einem Moment des Innehaltens einladen. Diese Geschichte soll uns daran erinnern, dass jeder Mensch, jeder Kater, jede Entscheidung und jede Tat von Bedeutung sind. Dass wir, trotz aller Unterschiede, immer noch gemeinsam auf diese Welt blicken – und dass wir zusammen stärker sind als jeder Einzelne von uns.

Ich danke dir, dass du diesen Weg mit Ben, Lisa-Marie und den Katzen gehst. Ich hoffe, dass dieses Buch dir nicht nur eine spannende Lektüre bietet, sondern auch den Raum, über das nachzudenken, was wirklich zählt – für uns als Individuen und für die Gesellschaft, in der wir leben.

Denn eines ist sicher: Es ist noch nicht zu spät, etwas zu verändern.

Viel Spaß beim Lesen

28.02.2025 Gianfranco Tober

Kapitel 1

Der Regen prasselte leise gegen die trüben Fenster des Wohnblocks in Aumund. In einer dieser Ecken von Bremen-Nord, die einst so stolz und geschäftig gewesen waren, als Bremen noch eine reiche Hansestadt war und unzählige große Schiffe in den hiesigen Werften erbaut wurden.

Inzwischen war von ihnen kaum mehr etwas übrig. Das Stadtbild hatte sich verändert. So wie ganz Bremen-Nord, war auch Aumund kaum noch ein Schatten des Lichts alter Tage. Zu dieser Zeit bot es mehr Grau als Grün.

Trotzig schwankte Vegesack im Wandel der Zeit, wie die Boote auf der Weser. Alt-bremische Villen, die Grohner Düne, die Bauten der Arbeiter auf der einen Seite der Straßen und die Reihenhäuser der Angestellten auf der anderen, die alte Fußgängerzone, die sozialen Brennpunkte, die ehrwürdige, alte Hansestadt an ihrem nördlichen Ende. All das konnte mit zwei Worten beschrieben werden: Kaputte Schönheit.

Der Duft von feuchtem Beton mischte sich mit den fernen Klängen eines alten Radios, das eine Stimme aus längst vergangener Tage über den Flur trug. Es war das Radio einer älteren Dame, die auf ihrem Balkon im ersten Stock mürrisch den grauen Himmel inspizierte.

Die Musik drang in eine ansonsten lautlose Wohnung im dritten Obergeschoss. Dort versank ein schlaksiger Mann auf einem durchgesessenen Sofa und starrte ins Nichts. Leere Bierflaschen und Tassen mit kaltem, abgestandenem Kaffee standen in seinem Blickfeld. Das wirre Haar und die tiefen Augenringe verrieten offensichtlich, dass Ben einige schlaflose Nächte hinter sich hatte.

In diesem Moment schaffte er es nicht, sich für irgendetwas aufzuraffen. Er ging nicht mal mehr zur Arbeit. Ursprünglich hatte Ben seinen eigentlichen Job als Buchhalter in einer Marketingagentur geliebt, trotz Mitarbeitenden, die ihm das Leben mehr oder weniger absichtlich schwer machten.

Bereitwillig nahm er Überstunden in Kauf, wodurch ein unverhältnismäßig großer Anteil seiner Zeit blockiert war. So viel, dass sein Privatleben immer mehr darunter gelitten hatte. Seine Freunde luden ihn nach unzähligen vergeblichen Versuchen nicht mehr ein. Selbst seine Freundin sah er jeden Tag weniger und eine merkliche Distanz hatte sich zwischen Ihnen aufgebaut.

Letzte Woche war es dann so weit. Sein schwarzer Kater, Babo, fing den energielosen Ben an der Eingangstür ab. Die goldenen Augen des gewaltigen Tieres wirkten auf ihn vom ersten Blick an traurig. Der langhaarige Vierbeiner schritt ruhig ins Schlafzimmer.

Ben war ihm mit pochendem Herzen und einer leisen Vorahnung gefolgt. Unterwegs stellte er bereits fest, dass einige Dinge fehlten. Zwei Leinwände an der Wand, ein paar Tassen im Regal und die Pantoffeln seiner Freundin waren nicht an ihrem Stammplatz.

Im Schlafzimmer eingetroffen, empfing ihn ein halbgeöffneter Kleiderschrank. Die leeren Fächer konnte man nicht falsch interpretieren. Tina hatte ihn verlassen.

Alles was er noch von ihr gefunden hatte, war ein Zettel auf dem Bett:

„Es ist, wie es ist: Ich wünsche dir alles Gute, Ben. "

Diese Worte hatten ihn endgültig gebrochen. Er konnte nicht mehr. Sein Puls raste. Er bekam kaum noch Luft. Nichts hatte er mehr. Mit seiner Familie hatte er keinen Kontakt. Seine Freunde waren weg. Seine Arbeit entzog ihm jegliche Energie und jetzt hatte ihn auch noch seine Freundin verlassen.

Seine Gedanken kreisten um die Hoffnungslosigkeit, um die Einsamkeit und um die Schwere, die ihn gänzlich zu erdrücken und gleichzeitig zu zerreißen schien. Bens Augen brannten und sein Hals wurde eng.

Irgendwann hatte die Panikattacke aufgehört, statt ihr keimte eine dumpfe Taubheit in ihm auf, die er seitdem nicht mehr gänzlich abschütteln konnte. Er as kaum, bewegte sich wenig und pflegte sich nicht mehr. Das Einzige, um das er sich noch kümmerte, waren seine Katzen.

Ein bunter Schatten huschte über die Rückenlehne und sprang auf die Sitzfläche. Der flinke Findi stupste mit seiner Stirn gegen Bens Ellbogen, bis dieser aus seiner Lethargie erwachte und den schnurrenden Kater in die Arme schloss.

Findi klang immer wie ein kaputter Traktor, was sein Herrchen nahezu jedes Mal zum Schmunzeln brachte. Genau wie an diesem Tag. Es half. Ben schöpfte langsam die Kraft, um sich aufzurappeln. Er stand auf und begann träge den Wohnzimmertisch abzuräumen.

Kaum weniger missmutig ging es in den darüber liegenden Wohnräumen zu. Eine junge, zurecht gemachte Frau stand am bodentiefen Fenster und schaute mit einem Glas in der Hand in den verwahrlosten Hof des Blocks.

Das Alles hatte sie sich ganz anders ausgemalt. Ihr ursprüngliches Ziel war es, diesen Block zu kaufen und etwas Schönes daraus zu machen. Sie sah auf die anderen beiden Mehrfamilienhäuser herab. Die rot verklinkerten Wände sahen alles andere als neu aus. Überall fehlten Ecken, sie waren verfärbt und schmutzig. Leider waren das noch die unbedeutendsten Mängel, die ganz weit unten auf der Prioritätenliste standen.

Sie wollte ursprünglich die Heizungen erneuern, die Bäder renovieren und die Fenster austauschen lassen. Mit den Abflüssen gab es auch immer wieder Schwierigkeiten. Und wenn das alles gemacht worden wäre, hätte sie diesen schäbigen Hof auf Vordermann gebracht, der jetzt nur lockere Pflastersteine und vertrocknete Rasenflächen aufwies. Hier sollten sich die Nachbarn gemeinschaftlich die Zeit vertreiben können.

Lisa-Marie hatte eine klare Vorstellung von der Sitzgruppe im Schatten zwei großer Bäume, einem kleinen Beet für Gemüse oder Blumen und einem Platz, an dem man sicher einen Grill oder ein Lagerfeuer platzieren könnte. Der aktuell überwucherte Sandkasten, in dem sie selbst als Kind so viel Zeit verbracht hatte, sollte vergrößert werden und ein Klettergerüst mit Rutsche bekommen.

Das war ihr ursprünglicher Plan. Sie wollte den Block kaufen und ihn für seine Bewohner verbessern und zu einem Vorbild für die Nachbarschaft machen. Sie hatte davon geträumt, dass die umliegenden Wohnanlagen diesem Beispiel folgen und überholt werden würden.

All das, was der Ort ihr einst gegeben hatte, wollte sie ihm wieder zurück geben und dafür sorgen, dass die Zukunft der hier lebenden Menschen besser wird.

Ihr Großvater hatte immer gesagt, dass die hier Wohnenden nette Menschen mit zu viel Pech und zu wenigen Chancen seien. Er war der Letzte, der das Hausmeisterhaus in diesem Block bewohnt hatte. Es bestand aus einem kleinen Büro und einer Vier-Zimmer-Wohnung und stand gleich neben einer der zwei Reihen aus sechs Garagen.

Lisa-Marie dachte an ihren Großvater, ihre Erinnerungen und die ganzen Pläne, die sie erst dazu motiviert hatten, ihre Karriere anzutreten.

Sie war zu dieser Zeit eine der bekanntesten Persönlichkeiten Deutschlands. Sie begann als Influencerin, doch ehe man sich versah, war sie in aller Munde und bekam Rollen in internationalen Produktionen. Sie war in unzähligen TV-Shows zu Gast. Dubai, Miami, Tokyo, Sidney, Los Angeles waren für andere Urlaubsziele. Für Lisa-Marie waren es Orte, an denen sie arbeitete und eine Menge Geld verdiente. Dieses Geld investierte sie in Kleidung, Restaurants, Partys und in den Kauf diesen Blocks, in welchem sie sich zwei Wohnungen zu einem Luxusapartment umbauen und entsprechend einrichten lies.

Lisa-Marie trank einen Schluck viel zu teuren Wassers und wandte sich ihrer Behausung zu. Die riesige Wohnküche war perfekt. Offen, hell, mit viel Tageslicht und mit viel zu wenig Persönlichkeit. Was brachte ihr diese tolle Wohnung, wenn sie sich kalt und unpersönlich anfühlte? Lisa-Marie selbst empfand hier jedenfalls kein Gefühl von Heimat.

Das, was man mit ihrer Person in Verbindung bringen konnte, waren die Auszeichnungen auf einer Kommode. Unter anderem ein goldenes Mikrofon, ein Preis für die „Influencerin des

Jahres" und ein paar eingerahmte Fotos, die sie mit bekannten Persönlichkeiten Deutschlands zeigten.

Sie schritt heran und betrachtete ihr eigenes Gesicht genauer. Damals glaubte sie, glücklich zu sein, doch das Lächeln, dass sie hier wieder erkannte, wirkte falsch. Die Frau in diesen Abbildungen legte Wert auf Luxus, auf Schein und auf Statussymbole.

Erst als ihr Manager nachgefragt hatte, wann sie sich denn nun ihren Traum erfüllen wollen würde, erinnerte sie sich wieder an diesen Block. Sie hatten ihn schlicht vergessen.

Vielleicht hatte sie aus Scham darüber, das ihr Wichtigste aus den Augen verloren zu haben, den Kauf des Blocks so überstürzte. Wohlmöglich hätte sie dann bemerkt, wie intensiv sie dazu gedrängt worden war.

Wie eine Stimme im Hinterkopf hatte ihr Manager, Brian, ihr in den Ohren gelegen, jetzt den Schritt machen zu müssen. Weil es seien könne, dass sie sonst zu spät sei.

Lisa-Marie hatte ihn nicht in Frage gestellt. Sie hatte ihm blind vertraut und sich mehr darauf konzentriert, sich selbst davon zu überzeugen, dass sie sich nicht verloren habe.

Aber das hatte sie. Inzwischen war sie sich dessen bewusst.

Ein leises Ping ließ Lisa-Marie hochschrecken. Sie ging zur Kücheninsel und beugte sich leicht über ihr darauf liegendes Smartphone. Es war nur eine weitere der Nachrichten, die sie heute unbeantwortet lassen würde. Erinnerungen von ihrem Steuerberater, aufgebrachte Nachrichten ihrer Mieter und ein verpasster Anruf ihrer Mutter.

Heute konnte sie sich nicht mit dem auseinander setzen. Sie wollte wirklich, aber ihr fehlte die Kraft dazu. Es war ihr alles einfach zu viel. Sie hätte nicht mal gewusst, wo sie anfangen sollte, geschweige denn, wie sie die Probleme lösen konnte.

Schuldbewusst beäugte sie ihr Handy. Das Display ging aus, um gleich wieder aufzuleuchten. Ein Mann mit einnehmendem Lächeln, einem makellosem Erscheinungsbild und einem wie inszenierten, verschwommenen Hintergrund schaute aus dem Telefon heraus. Auf seiner Brust prangte die Buchstaben:

„Manager: Brian Taylor"

Wie darauf gedrillt, griff Lisa-Marie ansonsten völlig gelähmt nach ihrem Handy und nahm den Anruf entgegen. Sie spürte den kalten Schweiß zu erst in ihren Händen.

Ihr Atem beschleunigte sich und sie presste mühselig zwei Worte hervor: „Hallo Brian."

„Lisa, ich habe dir gesagt, dass du dich nicht zu weit aus dem Fenster lehnen darfst", begann Brian geschäftsmäßig ohne eine Begrüßung. „Du hast dir das eingebrockt und du musst die Suppe nun auch wieder auslöffeln. Die Steuerschulden sind dein ganz persönliches Problem und du kannst es dir nicht leisten, sie nicht zu begleichen. Ich biete dir lediglich nur einen Ausweg."

Lisa-Marie biss die Zähne zusammen, versuchte, das Zittern nicht in ihre Stimme geraten zu lassen. „Ich arbeite daran, Brian. Ich schaffe das", beteuerte sie und nahm tief Luft. „Du hast gesagt, ich kann den Block bedenkenlos kaufen. Wir könnten so vieles abschreiben. Das waren deine Worte, Brian." Leise und vor Enttäuschung bebend schob sie nach: „Hättest du das nicht gesagt, dann hätte ich den Block noch nicht gekauft."

„Du klingst, als hätte ich dich gezwungen. Meine Erinnerungen spiegeln eine ganz andere Wahrheit. Du hast so viel Geld ausgegeben, dass man davon ausgehen musste, dass du finanziell absolut abgesichert wärst", sprach Brian affektiert.

Fast schon höhnisch fuhr er genüsslich fort: „Selbst ich habe mich von dir täuschen lassen. Andernfalls hätte ich dir doch niemals dazu geraten."

Lisa-Marie verschlug es die Sprache. Das konnte doch nicht sein Ernst sein. Wollte er sie einfach nur ruinieren, um seine Machtspielchen auszukosten oder hatte er wenigstens noch weitere Gründe? Es gab sogar eine kurze Zeit, in der sie geglaubt hatte, in ihn verliebt zu sein. Jetzt mit dieser boshaften Stimme im Ohr, wurde ihr schlecht bei dem Gedanken.

Gelangweilt brach Brian das Schweigen: „Du hast diese Wohnanlage gekauft. Du hast mit Geld gezahlt, das dir nicht gehörte. Du hast fehlerhafte Formulare unterschrieben. Also sind diese Ungereimtheiten dein persönliches Verschulden."

Er, als hervorragender Rhetoriker, ließ seine Sätze für einen Moment im Raum schweben, ehe er gelobte: „Ich reiche dir die Hand. Ich kann dir da heraus helfen. Ich habe die Macht, all diese Probleme verschwinden zu lassen. Alles, was ich. Dafür erwarte, ist eine winzig kleine Gegenleistung von dir. Überschreibe mir den Block, der dir dein Leben doch nur noch mehr unnötig schwer macht. In den letzten Jahren hat er dir doch auch nicht gefehlt."

Das saß. Er hatte recht. In den letzten Jahren hatte sie nicht mal mehr an den Block gedacht. Und die Last war erdrückend. Sie war so erdrückend, dass Lisa-Maries Brustkorb sich anfühlte, als sei er in einem engen Korsett fest zusammen geschnürt. Vielleicht war Brian ihre letzte Möglichkeit, aus dem ganzen Ärger einfach heraus zu brechen.

Sie füllte ihre Lungen mit Luft, wollte gerade „Okay." sagen und hörte dann ein Schaben. Sie drehte sich zum Balkon. Eine der Katzen des Mieters unter ihr saß vor der Glastür und kratzte daran. Irritiert - Wie war die Katze nur dahin gekommen? - entwich ihr: „Ich muss darüber nachdenken, Brian. Ich melde mich."

Lisa-Marie legte auf, ging zum Balkon und die Katze war weg. Jetzt wurde ihr erst bewusst, dass sie Brian vertröstet und einfach abgewürgt hatte. So gingen sie normaler Weise nicht mit einander um. Zumindest Lisa-Marie nicht mit Brian. Sie stellte sich darauf ein, bei den nächsten Gesprächen dafür abgestraft zu werden.

Brian Taylor war vor den Kopf gestoßen. Er starrte auf das dunkle Display seines Smartphones, als hätte es ihn persönlich beleidigt. Hatte sie eben einfach das Gespräch beendet? Einfach so? Ohne sein explizites Einverständnis?

Er lehnte sich in seinem Ledersessel zurück. Seine Finger trommelten langsam auf die polierte Tischplatte vor ihm. Brian ließ den Blick durch den Raum über die Kombination aus modernen Möbeln und Vintage-Luxusstücken schweifen und blieb an den Regalen hängen, in denen keine Bücher standen, sondern Trophäen und gerahmte Fotos.

Eines zeigte seinen Vater. Der einst auch ein Gewinnertyp war. Der legendäre Boxer, Max Taylor, der einen Titel nach dem anderen nachhause brachte. Zu dieser Zeit heiratete er auch

Brians Mutter, deren hübsches Gesicht damals Millionen in den Abendnachrichten bewundert hatten.

Brian nahm einen Schluck Whiskey. Der Geschmack war bitter, fast brennend. Er dachte an die Partys seiner Kindheit, an die blendenden Lichter und die illustre Gesellschaft, die sich im Haus seiner Eltern die Klinke in die Hand gab. Stars, Politiker, Unternehmer. All die Gesichter, die ihm damals wie Halbgötter vorkamen.

Und dann ging alles den Bach herunter. Sein Vater ertrug es nicht, zu alt für den Sport zu werden, und seine Mutter verfiel dem Alkohol. Der Absturz schien mit der Insolvenz zu beginnen und in einem ewig während en Rosenkrieg zu münden. Die Erinnerung daran war wie eine Narbe, die nie ganz verblasste.

Das durfte ihm niemals passieren und er war sich sicher, dass er sich vor solch einem Schicksal bewahren könne. Das Kontaktportfolio von Brian reichte von den größten internationalen Top-Stars, über angesagte Hollywood-Größen, deutschen TV-Legenden und Politikern zu südamerikanischen Narcos-Händlern. Immer, wenn seine eigene Laufbahn am Wendepunkt war oder es ein größeres Stück vom Kuchen abzugreifen gab, setzte er unlautere, illegale und schwer verbrecherische Mittel ein. Insbesondere erhielt er dabei zuletzt auch Schutz und Unterstützung von russischen und italienischen Kriminellen, denen er im Gegenzug sowohl in Deutschland als auch international Türen öffnete, sowie bei der Geldwäsche im Showgeschäft behilflich war. Er, der sich öffentlich zurück hielt, ließ seine Künstler beschatten und unterwanderte ihr privates Umfeld. Viel mehr versuchte er sie, absolut zu kontrollieren, um sie auszubeuten.

Brian, der Vorsitzender einer der bedeutendsten Sportstiftungen war und etliche Wohnungen sein eigen nannte, welche er vornehmlich an einfache und gerne auch an arme Menschen vermietete, galt als sehr prominenter und wohltätiger Multi-Millionär, dem man seinen Erfolg gönnte.

Fast zu fest pochte der Boden seines Glases auf die Tischplatte. Brian würde nie wieder so hilflos sein, wie in vergangenen Tagen. Niemand würde ihm je wieder seine Macht nehmen. Nicht die Regierung. Keiner seiner Schützlinge. Und vor allem nicht eine Lisa-Marie.

Brian war niemand, den man ignorierte. Schon gar nicht, wenn man in seiner Schuld stand. Und Lisa-Marie stand nicht nur in seiner Schuld. Sie war ihm gänzlich ausgeliefert, auch wenn sie das offenbar noch nicht begriffen hatte.

Er war ein Mann, der Kontrolle ausübte, der die Schwächen anderer mit der Präzision eines Chirurgen erkannte und ausnutzte. Die naive Influencerin war damals ein leichtes Ziel gewesen, als sie ihn bat, ihrer Karriere auf die Sprünge zu helfen. Sie war ehrgeizig und unsicher gewesen. Aus Brians Sicht die perfekte Kombination. Er hatte sie aufgebaut, auf ein Podest gehoben, auf dem sie strahlte. Und jetzt saß sie darauf, aber es wackelte. Brian hatte die Macht, es entweder zu stabilisieren oder komplett zu kippen.

„Bald begreifst auch du das", knurrte er und schaltete den Bildschirm seines Laptops ein. Er loggte sich in das Überwachungssystem ein, das er diskret in ihrem Wohnblock installieren lassen hatte und von dem Lisa-Marie nichts wusste. Der Laptop zeigte Live-Bilder aus verschiedenen Kameras an: Der triste Innenhof, die Flure, die Balkone.

Er konnte keine helfenden Erkenntnisse aus diesen Aufnahmen erzielen, aber wieder an Machtgefühl gewinnen. Er erinnerte sich daran, wie er Lisa-Marie manipuliert hatte, den Block zu kaufen. Es war ein lukratives Projekt. Der Block war strategisch günstig gelegen, ein potenzielles Goldstück, sobald die lästigen Bewohner weg waren. Und Lisa-Marie war nur ein Mittel zum Zweck.

Sie war schwach gewesen und somit leicht zu führen. Er hatte sie aufgebaut, kontrolliert und dann in eine Situation gebracht, aus der sie keinen Ausweg mehr fand. Denn der einzige Ausweg lag in Brians Händen.

Sein Handy vibrierte. Eine Nachricht von einem Journalisten, der ihn wegen des verschwundenen Rappers befragen wollte. Brian ignorierte sie. Es gab keine Skandale um ihn, weil er keine Skandale zuließ. Er hatte dafür gesorgt, dass all seine Verbindungen, von den Top-Stars bis zu den russischen Oligarchen, ihn abschirmten.

„Ich muss darüber nachdenken", wiederholte Brian Lisa-Maries letzte Worte an ihn.

Das würde sie nicht lange müssen. Bald würde sie an den Punkt kommen, an dem sie gar nicht mehr nachdenken konnte. An dem sie nur noch sah, was er ihr erlaubte zu sehen. Brian war ein Meister darin, Menschen zu kontrollieren. Lisa-Marie würde gewiss keine Ausnahme sein.

Seine Finger glitten über die Tastatur, als er eine Nachricht an seinen Handlanger verfasste: „Erhöht den Druck!"

Mit einem Klick verschickte er die Nachricht, lehnte sich zurück und ließ seine Gedanken schweifen. Er würde Lisa-Marie in die Knie zwingen. Er würde sie dorthin treiben, wo sie hingehörte: Unter seine Kontrolle. Und wenn sie sich wehrte, würde er ihr klar machen, dass sie gegen ihn keine Chance hatte.

Brian Taylor war kein Mensch, der sich die Hände schmutzig machte. Dafür hatte er andere. Aber er war ein Mensch, der das Schicksal anderer bestimmte. Und Lisa-Marie würde das bald in aller Deutlichkeit spüren.

Ein Klopfen an der Tür unterbrach die Spannung. Einer von Brians Handlangern, ein glatzköpfiger Mann in einem teuren Anzug, trat ein.

„Die Loge hat bestätigt, dass sie die Überweisung erwartet. Also: Das Geschäft läuft."

Brian nickte langsam. „Perfekt. Sag ihnen, sie bekommen, was sie wollen. Aber wir behalten die Kontrolle."

Der Glatzkopf wollte den Raum verlassen. „Sag ihnen, das Geld kommt diesmal aus Dubai", warf Brian ihm hinterher.

Im Hintergrund des großen Büros, hinter geschlossenen Türen, befand sich ein Raum, den nur wenige betreten durften. Dort saß auf einem einfachen Stuhl K-four, Deutschlands größter Rapstar, mit seinen Armen hinter dem Rücken gefesselt. Der junge Rapper hatte es durch Brians Hilfe geschafft, mit jedem seiner fünf jährlich erschienenen Alben den ersten Platz der deutschen Album-Charts einzunehmen. Dieser afrodeutsche Frauenschwarm hatte bisher mehr als zehn Single Hits. Der Star war unglaublich beliebt und reich. Der ganze Raum war dunkel, nur ein schwaches Licht fiel auf das erschöpfte Gesicht des Künstlers. Seine Augen wirkten leer und sein Körper war erschöpft, doch eine flackernde Wut glomm in seinem Inneren. Brian trat unverändert lächelnd ein.

„Du siehst echt müde aus, mein Freund. Vielleicht solltest du nachdenken, bevor du das nächste Mal versuchst, auszubrechen." K-four schnaubte, sprach aber nichts.

„Dein Schweigen beeindruckt mich. Aber denk daran, wer hier die Regeln macht."

Brian legte ihm einen Stapel Papiere vor die Füße. „Dein Vertrag. Es wäre eine Schande, wenn deine Karriere enden würde … oder gar dein Leben."

Kapitel 2

Die Uhr im Wohnzimmer zeigte 2:54 Uhr, als Ben durch ein ständiges Anstupsen geweckt wurde. Er öffnete schwerfällig die Augen und hatte einen kleinen, schwarzen Kater direkt vor seiner Nase. Rippchen gab ihm eine erneute Kopfnuss.

„Was? Es ist mitten in der Nacht. Ich fütter euch später", stammelte Ben und drehte sich um.

Allerdings schienen die Katzen das anders zu sehen. Ein tiefes, brummendes Miauen erklang und Babo zog langsam die Bettdecke von dem gerade noch eingehüllten Mann. Ben ergab sich der höheren Gewalt, die gerade vier Beine hatte und einen ausgeprägten Kragen trug, und schaltete die Nachttischlampe ein.

Ein kräftiger Kater mit stechenden grünen Augen saß daneben und wurde jetzt in seiner majestätischen Gänze angestrahlt. Die spitzen Ohren waren aufgerichtet und der bunt betupfte Schwanz zuckte nervös. Jetzt verstand auch Ben, dass irgendetwas nicht stimmte.

„Was ist los, Arnuld?", fragte er den hauptsächlich weißen Kater, der sofort das Schlafzimmer verließ und zur Eingangstür eilte.

Ben folgte ihm und jetzt merkte auch er, dass etwas fremd schien. Ein seltsamer Geruch schlich sich in seine Wahrnehmung. Es war scharf, beißend und roch nach verbranntem Plastik. Ben blinzelte, gab noch ein „Mist!" von sich und handelte, ohne groß nachdenken zu müssen.

Er schlüpfte in seine Pantoffeln, riss die Tür auf und dichter Rauch kam ihm bereits entgegen. Ohne zu zögern, schoss er auf die gegenüberliegende Tür zu, klingelte und klopfte so laut er nur konnte.

„Luigi! Wach auf, Luigi! Es brennt!", schrie er durch sein Tshirt atmend.

Kaum hatte er ausgesprochen, stand sein Nachbar schon vor ihm. Die Fragen waren ihm noch ins Gesicht geschrieben, bevor auch er einen Wimpernschlag später begriff, was vor sich ging.

„Wir müssen alle anderen wecken und raus schaffen! Du gehst runter und holst Karim aus dem Bett! Wir werden seine Hilfe brauchen", dirigierte Ben wie selbst verständlich. „Ich komme, sobald ich oben nachgesehen habe, ob Frau Schäfer da ist."

„Alles klar. Pass auf dich auf!", rief Luigi ihm nach und machte sich ohne Umwege davon.

„Du auch!", antwortete Ben, ebenfalls schon auf den Stufen nach oben.

An der obersten Wohnungstür wiederholte er sein Spiel. Er schellte und schrie den Namen seiner Vermieterin: „Frau Schäfer! Es brennt! Wenn Sie da sind, machen Sie bitte auf!"

Hier oben war der Rauch noch dicker und Ben schaffte es kaum mehr Luft zu nehmen. Er hustete und klopfte, bis er zu der Erkenntnis gekommen war, dass niemand zuhause sei.

Möglichst flach atmend und den Mund bedeckend lief er die Stufen hinab. Es war jetzt lauter im Flur. Ben hörte seine zwei Nachbarn brüllen und gegen Holz schlagen.

Im ersten Obergeschoss holte er Luigi ein, der gerade an der rechten Wohnung Sturm klingelte und seine flache Hand immer wieder gegen die Tür schmetterte.

„Wo ist Karim?", wollte Ben im Vorbeilaufen wissen.

„Amina", hielt sein Nachbar sich pragmatisch kurz.

Anerkennend nickte Ben einmal. Amina lebte im Erdgeschoss zusammen mit ihren zwei Kindern. Ben rechnete es Karim an, dass er in so einem kritischen Moment gleich an die Kleinsten dachte.

Clara hatte schon geöffnet, bevor Ben läuten konnte. Gerötete Augen mit dunklen Ränder darunter sahen irritiert zu ihm hinauf.

„Was ist denn hier los?", wisperte die Dame mittleren Alters und rümpfte die Nase. „Was riecht hier so?"

Ehe sie ihre Sätze beenden konnte, führte Ben sie mit leichtem Druck in Richtung der Stufen und meinte beherrscht: „Es scheint zu brennen. Gehen Sie schon mal auf den Hof. Wir holen noch die Anderen."

Verunsichert gehorchte Frau Ziegler, die vor dem Tod ihres Mannes immer darauf bestanden hatte, Clara genannt zu werden. Ben folgte ihr eine Etage tiefer.

Inzwischen hatte auch endlich die Dame von gegenüber in ihrem pink geblümten Bademantel geöffnet.

„Ja, ja, ist ja schon gut. Ich habe Sie doch längst gehört", meckerte sie wie gewohnt und drückte dem verdutzten Luigi einen Stapel Decken und zwei Flaschen Wasser in die Arme. „Glaubst du, ich setze mich da einfach unvorbereitet in die Kälte? Los, Junge! Guck, dass du Land gewinnst! Auf den Feuertod kann ich gut verzichten."

Luigi, der ziemlich kantig für einen angeblichen Jungen war, tat, was die ältere Frau von ihm verlangte, und nahm den Weg nach unten. Dennoch achtete er darauf, dass Frau Hartmann die Stufen sicher herunter gelang.

Im Erdgeschoss staute es sich. Karim half der Familie Joseph, indem er das kleinere der noch halb schlafenden Kindern, David, trug und Amina schützend einen Arm umgelegt hatte, um sie hinaus zu führen. Diese schob wiederum selbst ein kleines Mädchen sanft vor sich her und manövrierte um eine leicht bekleidete Frau herum. Ben hielt die Haustür für alle auf.

Draußen angekommen hatte Herr Inan, der Rentner aus dem Erdgeschoss, längst den Notruf informiert und Ben blickte sich um. Alle hatten es heil hinaus geschafft. Sowohl Menschen als auch Katzen. Sein tunesischer Nachbar Karim stritt sich gerade abseits mit der unbekannten Frau und wurde kritisch aus leuchtenden Augen beäugt, während alle anderen zusammen waren.

Frau Hartmanns Decken hüllten bereits sämtliche Hausbewohner ein und irgendwie hatte sie es geschafft, unbemerkt eine Dose Kekse mitzunehmen, an welchen sich Aminas Kinder nun gütlich taten, während die Übrigen bei ihnen auf den stark beanspruchten Bänken saßen und leise sprachen. Der Augenblick war nahezu idyllisch, wenn man den verwahrlosten Hof, die lauten Stimmen der Streitenden und das Feuer ausblenden hätte können.

Nur irgendetwas stimmte noch nicht. Arnuld tauchte wie ein Geist an seiner Seite auf und jankte, wie er es nur selten tat, wenn ein besonders lockender Vogel vorbei kam. Ben hob den Kopf und dann fiel es ihm auf.

Ganz oben in der Wohnung brannte ein Licht. Frau Schäfer war im Bezug auf ihre Pflichten als Vermieterin vielleicht unzuverlässig, aber sie hatte noch nie das Licht angelassen. Konnte heute tatsächlich zufällig das erste Mal sein?

Arnuld jammerte erneut und fungierte somit als Startschuss für Ben, der so gleich die Beine in die Hand nahm und jedes Zurufen der Anderen ignorierte. Beim Hinaufrennen zog er den Kragen seines Tshirts hoch und drückte es sich fest auf Mund und Nase. Die letzten Stockwerke ließ er sich vom Geländer führen, während er immer zwei Stufen auf einmal nahm.

Mit all seiner Kraft hämmerte Ben gegen die Tür. Er wollte Sie rufen, doch begann beim tiefen Einatmen gleich zu husten. Es war an der Zeit, das anzuwenden, was er schon so häufig im Fernsehen gesehen hatte.

Ben trat gegen das Schloss, einmal, zweimal und ein drittes Mal mit seinem gesamten Körpergewicht. Der Eingang sprang endlich auf und Ben stürzte hustend und keuchend in die Wohnung.

Der Rauch war bereits in die Wohnung eingedrungen, wo durch es einen Moment dauerte, ehe Ben seine Vermieterin fand. Lisa-Marie lag regungslos inmitten großer Kissen zugedeckt auf einem weichen, dicken Teppich.

Eine halbleere Weinflasche stand auf dem Tisch daneben, der Geruch von Alkohol mischte sich mit dem Rauch, als Ben sich vor sie kniete.

„Frau Schäfer! Wachen Sie auf! Sie müssen hier raus!", brüllte Ben, doch alles, was er als Antwort bekam, war ein widerwilliges Stöhnen.

Lisa-Marie war völlig betrunken. Ben warf einen kurzen Blick zur offenen Tür. Der Rauch wurde langsam dichter. Viel Zeit blieb ihnen nicht mehr. Er schlang seinen Arm um ihren Rücken und den anderen unter ihre Knie. Sie war überraschend leicht für ihre Größe.

Er nahm nochmal möglichst tief Luft und kämpfte sich dann mit der jungen Frau zurück ins Treppenhaus. Der Rauch brannte in seinen Augen und raubte ihm so auch die letzte Möglichkeit noch etwas zu sehen.

Den Arm am Handlauf langführend wuchtet er sich und Lisa-Marie Stufe um Stufe hinab, bis er selbst an den Armen gepackt und Lisa-Marie ihm abgenommen wurde.

Die Notkräfte waren inzwischen eingetroffen. Feuerwehrleute waren schon dabei den Brandherd zu löschen, während Sanitäter sich Ben und seiner Vermieterin widmeten.

Der Krankenwagen raste mit Blaulicht durch die Straßen. Das Dröhnen der Sirenen durchschnitt die Nacht. Ben saß erschöpft, mit durch Ruß geschwärztem Gesicht, auf einem an der Wand befestigten, ausklappbaren Sitzfläche, während ein Sanitäter eifrig seine Vitalzeichen kontrollierte. Sauerstoff strömte durch die Maske über Bens Nase und Mund, was das Brennen in seiner Lunge leicht linderte.

Mit unangenehm rauer Stimme krächzte er, „Wie geht es ihr?", und deutete dabei auf Lisa-Marie, die ohne jede Bewegung auf einer Trage lag.

„Sie atmet selbstständig, aber der Rauch hat ihre Lunge gereizt", erklärte der Sanitäter ruhig, während er eine Infusion legte. „Wir haben sie stabilisiert, aber sie ist stark alkoholisiert. Im Krankenhaus werden genauere Tests gemacht."

Ben nickte schwach und ließ seinen Kopf zurücksinken. Er fühlte sich ausgelaugt, seine Muskeln zitterten von der Anstrengung. Die Sauerstoffmaske schien das Einzige zu sein, was ihn davon abhielt, das Bewusstsein zu verlieren.

Der andere Sanitäter kontrollierte Lisa-Maries Pupillen mit einer kleinen Taschenlampe und murmelte in sein Funkgerät: „Bewusstlos, vermutlich Rauchgasvergiftung. Bitte Arzt bereitstellen."

Als der Krankenwagen anhielt, ging alles sehr schnell. Das Team zog die Trage routiniert präzise aus dem Fahrzeug, verlagerte Ben in einen bereitstehenden Rollstuhl und schob beide direkt in die Notaufnahme. Überall herrschte geschäftiges

Treiben. Das Piepen von Monitoren, eilige Schritte auf dem Fliesenboden und Stimmen, die Befehle gaben, ließen keinen Platz für Stille.

Ben wurde in einen separaten Bereich geschoben, wo ihm eine Krankenschwester behutsam die Sauerstoffmaske abnahm und begann, sein Gesicht mit einem feuchten Tuch zu reinigen.

„Haben Sie Schmerzen?", erkundigte sie sich und überprüfte seine Atemfrequenz.

Ben schüttelte den Kopf und antwortete heiser: „Meine Lunge brennt nur ein bisschen."

„Das ist normal nach einer Rauchgasexposition", begründete sie beruhigend. „Wir werden auch noch ein Röntgenbild machen, um sicherzustellen, dass Ihre Lunge keinen bleibenden Schaden erlitten hat."

Auf der anderen Seite des Raums arbeiteten mehrere Ärzte und Schwestern an Lisa-Marie. Sie legten ihr Sauerstoff zu, überprüften ihre Werte und nahmen Blut ab.

„Blutalkoholspiegel überprüfen und CO-Wert testen", wies eine Ärztin knapp an. „Wir brauchen die Ergebnisse schnell."

Ben beobachtete das Geschehen aus der Entfernung, während ein Arzthelfer ihm die Aufkleber für ein EKG an seinem Körper positionierte. Seine Gedanken taumelten zwischen Sorge und Erschöpfung. Schließlich trat ein Arzt an sein Bett heran.

„Herr …?" Der Arzt blickte auf seine Unterlagen. „Herr Jäger?"

Ben nickte und mit kratzender Stimme erkundigte er sich, wie es seiner Nachbarin ging.

„Sie hatte Glück", verriet der Mann im weißen Kittel nach einer kurzen Bedenkzeit. „Die Rauchgasvergiftung ist nicht so schwerwiegend, wie wir zunächst dachten. Aber der Alkohol macht es komplizierter. Wir werden sie überwachen und sicherstellen, dass sie keine bleibenden Schäden davonträgt. Und Sie, junger Mann, haben sich selbst ziemlich gefährdet. Wir werden Sie noch eine Weile hier behalten, um sicherzugehen, dass Ihre Lunge keine Verletzungen davonträgt."

Ben nickte widerstandslos. Langsam fiel die Anspannung von ihm ab. Alle waren in Sicherheit. Die Müdigkeit und die Kraftlosigkeit kam schlagartig. Er wünschte sich nichts sehnlicher, als ein zu schlafen. Seine Augen flackerten.

Das entging auch dem Arzt nicht, der Ben gleich vorschlug: „Wir sind für den Moment fertig und ihre Freundin wird auch gut versorgt. Das EKG braucht noch ein wenig Zeit. Wie wäre es, wenn sie sich so lange hinlegen und für ein Bisschen die Augen schließen?"

Er gab seinem Patienten eine Decke, welcher sie dankbar annahm und sofort einschlief.

Kapitel 3

Der Brandgeruch hing immer noch schwer in der Luft, als Hauptkommissarin Sandra Sander und ihre Kollegin Nadine Neumann aus ihrem Streifenwagen stiegen. Vor ihnen ragte der graue Wohnblock in den Himmel, die Fassade von Ruß geschwärzt, während sich die ersten neugierigen Bewohner vorsichtig in den Fenstern zeigten.

„Schönes Plätzchen", säuselte Nadine und zog die Nase kraus. „Der Architekt hatte offenbar keine Lust auf Charme."

„Dafür sind wir nicht hier", ermahnte Sandra gelassen, während sie sich einen Überblick verschaffte. Sie deutete mit einem Kopfnicken in eine Richtig und sprach weiter: „Das müssen die Sachen sein, die sie aus dem Keller gerettet haben."

Sie standen nun vor einigen Kisten, die von der Feuerwehr auf dem Hof aufgereiht worden waren. Ein paar davon waren geöffnet und der Inhalt lag in einem chaotischen Haufen daneben. Die beiden Polizistinnen schritten über die Pflastersteine. Der Ruß knirschte leise unter ihren Sohlen.

Ein Feuerwehrmann begrüßte sie mit einer kurzen Geste, wies auf die Kisten und erläuterte: „Die hier standen in der Nähe des Brandherdes. Alles andere ist größtenteils verkohlt oder nicht mehr zu retten."

„Danke", sagte Sandra.

Sie zog sich Einweghandschuhe über und begann vorsichtig, die Gegenstände zu durchsuchen. Die Kisten enthielten eine wilde Mischung aus alten Zeitschriften, Kabelresten und halbleeren Putzmitteln. Alles war vom Rauch geschwärzt, doch nichts schien auf den ersten Blick ungewöhnlich.

„Sieht nach dem üblichen Kram aus, den man in Kellern lagert", bemerkte Nadine. „Die Frage ist nur, wie es zu dem Brand kam."

„Dann lass uns das gleich mal heraus finden", sprach Sandra und visierte schnellen Schrittes die Eingangstür an.

Ein kaum hörbares „So effizient wie eh und je." erklang hinter ihr, als sie schon fast im Gebäude war.

Das Kellerabteil war nur schwach beleuchtet und der beißende Gestank war noch deutlicher wahrzunehmen. Die Hauptkommissarin zog ihre Taschenlampe hervor. Der Lichtkegel tastete sich an den Brandspuren entlang. Schwarze Flecken zogen sich über die Wände und die verbrannten Reste eines alten Schranks ragte wie ein Skelett aus der Asche.

„Na, ein gemütlicher Ort für ein Lagerfeuer", kommentierte ihre Kollegin und schob mit den Füßen einen verkohlten Pappkarton zur Seite. „Eventuell wäre es bei ein bisschen mehr Ordnung bei einem Feuerchen geblieben."

„Vielleicht sollte dieses ‚Feuerchen' das ganze Chaos verschwinden lassen", erwiderte Sandra und richtete ihre Aufmerksamkeit auf eine Ecke, in der ein verschmortes Elektrogerät lag. „Das könnte eine alte Kühlbox gewesen sein. Sieht aus, als wäre der Brand hier gestartet. Ein Kurzschluss?"

„Sieht zumindest so aus", meinte Nadine.

Sie trat näher und bückte sich, um die Überreste genauer zu betrachten. Ihre Denkfalten traten wieder auf ihre Stirn, während sie mit einem Kugelschreiber in den verkohlten Res-ten stocherte.

„Siehst du das?", fragte sie, „Das ist kein normales Schmelzen. Sieht das nicht aus wie ... Wachsrückstände?"

Sandra richtete den Lichtstrahl darauf und nickte nachdenklich. „Das könnte tatsächlich ein Brandbeschleuniger gewesen sein. Kerzenwachs oder ähnliches. Aber wer würde sich die Mühe machen und das wie einen Unfall aussehen lassen?"

Beide schreckten auf, als ein Mauzen zu hören war. Nadine drehte sich um und entdeckte einen weiß-bunten Kater mit spitzen Ohren, der mit erhobenem Schwanz anmutig auf einem Stapel verkohlter Holzbretter balancierte.

„Wenn das nicht unser Detektiv auf vier Pfoten ist?", äußerte Nadine trocken, „Oder bist du etwa der Komplize?"

Der Kater sprang geschickt von einigen Brettern vor sie und stolzierte zielstrebig zu einem Haufen halb verkohlter Kisten. Er begann mit seinen Pranken an einer davon zu kratzen, ehe er die Polizistinnen auffordernd an sah und sich würdevoll setzte.

„Okay, ich nehme alles zurück. Die Katze ist offensichtlich ein Genie", stieß Nadine aus.

Dennoch räumte sie den Pappkarton frei. Angesenkte Aktenordner kamen darunter zum Vorschein.

Sandra griff nach einem Ordner. Der Deckel war beschädigt, die Papiere darin jedoch größtenteils unversehrt. Sie blätterte durch die Seiten, bis sie inne hielt.

„Schau dir das hier an", forderte sie, „Sieht das für dich nach einer normalen Vereinbarung aus?"

Nadine trat näher, las über Sandras Schulter und meinte mit einer erhobenen Augenbraue: „Ein Vertrag zwischen Brian Taylor, nachfolgend Manager genannt, und Lisa-Marie Schäfer, nachfolgend Content Creator genannt, geschlossen... Das hier ... nein, das sieht mir nicht nach einem gewöhnlichen Geschäft aus."

„Das sehe ich auch so", bestätigte Sandra und überflog die Seiten. „Imagekontrolle, Profitbeteiligung, horrende Rückzahlungen ... Es scheint, als hätte Frau Schäfer mit diesem Vertrag eine ziemliche Last auf sich genommen. Vielleicht hat das jemandem nicht gepasst."

„Oder es hat ihr selbst nicht gepasst", entgegnete Nadine und deutet auf eine Stelle in den Papieren. „Siehst du das hier? ‚Nicht aufhebbare Pflichten bis ...' Bla bla bla. Oder hier: 5 Millionen Vertragsstrafe bei Kündigung. Würde mich nicht wundern, wenn jemand wollte, dass diese Unterlagen ‚versehentlich' in Rauch aufgehen."

Sandra stand auf und nickte in Richtung des Eingangs. „Ich würde sagen, wir haben genug für einen Besuch bei Frau Schäfer. Mal sehen, ob sie uns erklären kann, warum ihre Papiere hier gelandet sind."

„Und warum sie einen Brand im Keller hat, der zufällig wie ein Unfall aussieht", ergänzte Nadine trocken.

Der Kater miaute erneut und fixierte sie mit seinen grünen Augen, bevor er sich schnurrend um Nadines Beine wand.

„Was meinst du, Kollege? Glaubst du, sie ist schuldig?", verhörte Nadine den Kater grinsend und richtete ihren Blick dann auf Sandra. „Ich sage es dir: Dieser Fall wird noch richtig schön hässlich."

Sandra nickte und dachte laut: „Es fühlt sich definitiv nicht wie ein einfacher Unfall an. Komm, lass uns mit den Unterlagen ins Büro zurück und dann sprechen wir mit Frau Schäfer."

Nadine griff nach ihrer Tasche und warf nach, „Ich wette, das wird ein wirklich interessantes Gespräch."

Die Nacht im Krankenhaus verlief ereignislos. Ben schlief tief und traumlos, unterbrochen nur von gelegentlichen Kontrollen durch das Pflegepersonal. Lisa-Marie war ebenfalls stabil geblieben, auch wenn sie die meiste Zeit geschlafen hatte.

Als Ben am frühen Morgen die Augen öffnete, fühlte er sich trotz der Erschöpfung der letzten Stunden etwas erholter. Die Ruhe war jedoch nicht von Dauer.

„Herr Jäger?" Eine Pflegekraft mit Atemschutzmaske trat an sein Bett und sprach ihn freundlich, aber bestimmt an: „Wir entlassen Sie heute. Die Behörden haben einen sofortigen Lockdown aufgrund der Pandemie verhängt. Das Krankenhaus muss so viele Patienten wie möglich entlassen, um Platz für Notfälle zu schaffen."

Ben nickte träge und setzte sich vorsichtig auf. „Was ist mit Lisa-Marie Schäfer?"

„Sie wird auch entlassen. Sobald ein Arzt ihre Entlassungspapiere unterschrieben hat, bringen wir sie Ihnen und dann dürfen Sie gehen."

Etwa eine halbe Stunde später stand Ben in der Eingangshalle des Krankenhauses und blickte kurz an sich herunter. Er trug immer noch die Kleidung vom Vorabend und dementsprechend war auch sein Duft. Jetzt wünschte er sich, er hätte in den letzten Tagen wenigstens geduscht, aber der Rauch schien seinen körpereigenen Geruch erfolgreich zu überdecken. Und seine Hausschuhe würden hiernach nur noch in die Mülltonne wandern.

Neben ihm stand Lisa-Marie, mit einem hochgerolltem Rollkragen und ins Gesicht gestrichenen Haaren, womit sie wohl verhindern wollte, dass man sie erkannte. Allerdings fragte sich Ben, ob das überhaupt möglich gewesen wäre, da ihre Augen stark gerötet und verquollen waren. Sie hatte nicht viel gesprochen, seit sie aufgewacht war.

„Ich habe eben mit Herrn Inan gesprochen", begann Ben noch immer etwas heiser und schaute auf sein Handy. „Er will uns abholen und ist schon unterwegs."

Lisa-Marie nickte nur ohne jegliche Regung ihrer Mimik. Als sie sich auf einen der Bänke vor dem Gebäude nieder ließ und ihre Strickjacke enger um sich zog, wirkte sie auf Ben verloren, zwischen den vereinzelten, hastigen Menschen, die größtenteils Masken trugen.

So sah er sie zum ersten Mal. Sonst kannte er sie nur mit hoch erhobenem Haupt, aufrecht und unnahbar. Doch jetzt schien sie schutzlos und am Ende ihrer Kräfte. Fast ein bisschen bemitleidenswert.

Da hielt schon ein silberner VW Golf vor ihnen. Der Kombi gehörte Herrn Ayhan Inan, der sogleich ausstieg und Lisa-Marie ins Auto half.

Mit einem mitfühlenden Lächeln bekundete er: „Ich bin so froh, dass es euch gut geht."

Als Antwort erhielt er von seiner Vermieterin nur ein angestrengtes Heben der Mundwinkel, während Ben sich bedankte und sich nach den anderen erkundigte. Ansonsten war niemand zu Schaden gekommen.

Die Fahrt verlief in angespannter Stille. Lisa-Marie starrte aus dem Fenster. Ben und Herr Inan wechselten nur wenige Worte. Es war, als hätte der Schrecken der Nacht jedem die Sprache verschlagen.

Als sie vor dem Block ankamen, stiegen Ben und Lisa-Marie vor dem Eingang des größten Gebäudes aus und gingen gemächlich in Richtung des Eingangs. In dieser Zeit parkte der ältere Herr seinen Wagen in einer der angrenzenden Garagen.

Der Hof war verlassen, aber die Spuren des Feuers waren noch sichtbar: Ein paar angesengte Kartons standen auf dem lückenhaften Pflasterboden, dunkle Verfärbungen zierten die Kellerfenster und die Öffnungen zum Hausflur und ein beißender Geruch lag in der Luft.

Als sie die Haustür öffneten, stach ihnen ein Absperrband vor den Stufen zum Keller ins Auge und Ben kroch der Gestank von verbranntem Plastik und Rauch in die Nase. Aber auch ein Hauch von frisch gewaschener Wäsche. Seine Nachbarn schienen jetzt schon wieder in ihren Alltag zurück zu finden.

Sie verabschiedeten und bedankten sich bei ihrem Mitbewohner aus dem Erdgeschoss für die Fahrt und erklommen schweigend hintereinander die kommenden Etagen.

Im dritten Obergeschoss blieb Lisa-Marie schon auf der nächsten Treppe kurz stehen. Ben sah sie erwartungsvoll an. Sie wirkte, als wollte sie etwas sagen, doch ihre Schultern sackten wieder nach unten. Sie räusperte sich.

„Danke, dass Sie mich rausgeholt haben", flüsterte sie brüchig ohne ihn anzuschauen.

Ben hatte nicht mehr damit gerechnet und entgegnete mit dem Blick auf ihren Rücken geheftet: „Selbstverständlich."

Die junge Frau wandte sich dem schlaksigen Menschen zu. Sie gab sich einen Moment, ehe sie widersprach: „Nein, das ist es nicht. Danke."

Eine kurze Zeit standen sie einfach da. Nicht wissend, was man jetzt tun sollte. Bis es fordernd an der Tür kratzte und jemand die Aufmerksamkeit auf sich zog.

Auffallend blaue Augen fixierte die beiden und ein aufforderndes, helles Mauzen entwisch der eleganten Katze. Mimi wollte offensichtlich nun endlich in die Wohnung.

Als Ben sich wieder umdrehte, war Lisa-Marie bereits verschwunden. Er wusste, dass sie eine Katzenallergie hatte und sie gegen Haustiere war, nur was sollte er jetzt tun? Die Katzen waren vor seiner Vermieterin hier gewesen und sie waren alles, was er noch hatte.

Umziehen wäre die einzige Option, allerdings war das in seinem aktuellem Gemütszustand einfach nicht drin. Er würde es aussitzen und einfach hoffen, dass die neue Eigentümerin irgendwann nachgab.

Ben hatte kaum seine Wohnungstür hinter sich geschlossen, als er bemerkte, wie angespannt seine Schultern waren. Er streckte seinen Nacken und es knackte, was es ein wenig besser machte.

Mimi stellte sich auf die Hinterbeine und tippte mit ihren kleinen Pfoten gegen die seine. Eindringlich sah ihn die schlanke

Katze an und gurrte fragend. Manchmal kam es Ben vor, als würden diese Vierbeiner viel mehr verstehen, als er je von ausgegangen war. Waren es nicht Rippchen, Babo und Arnuld, die ihn überhaupt auf den Rauch aufmerksam gemacht hatten? Hatte Letztere ihn nicht dazu gebracht, nochmals hinauf zu schauen? Vielleicht war das eine besondere Situation oder ein glücklicher Zufall.

Dennoch hatten diese Tiere etwas an sich. Sie wirkten bestärkend und … wissend. Was genau sie wissen sollten, war Ben nicht klar, aber er war sich fast sicher, dass er recht hatte. Diese Katzen bekräftigen ihn meist, wenn er sich unsicher war oder zu sehr hängen ließ. Nur war das Ganze viel zu viel Aufregung und ihm fehlte die Energie, länger darüber nachzudenken.

Er kniete sich zu Mimi herunter, strich ihr über das weiche Fell und versuchte sie zu beschwichtigen: „Keine Sorge, alles ist gut.“

Ob dem wirklich so war, das war ihm selbst nicht klar. Zunächst würde Ben die Katzen füttern und dann dem Geruch mit einer ausgiebigen Dusche entgegenwirken. Anschließend hatte er vorgehabt, sich eine Mütze Schlaf zu gönnen. Das Vorhaben musste er über Board werfen, da er jetzt einfach zu aufgeweckt war.

Er zog sich an und dachte an seine Vermieterin. Irgendetwas an ihrem gebrochenen „Danke“ hatte ihn beunruhigt. Sie war sonst immer so stolz und distanziert, aber die Nacht schien sie verändert zu haben. Ben beschloss, sich um eine gute Nachbarschaft zu bemühen und nach Frau Schäfer zu sehen.

Kapitel 3

Er machte sich auf den Weg nach oben und klopfte an ihre Tür. Recht schnell öffnete Lisa-Marie einen Spalt. Sie hatte sich in eine Decke gewickelt und war blass. Ihre Augen waren immer noch rot und geschwollen.

„Herr Jäger?", krächzte sie verwundert.

„Ich wollte nur sehen, ob es Ihnen gut geht. Brauchen Sie etwas? Einen Tee zum Beispiel?", fragte Ben und hielt eine Packung Kräutertee hoch, die er aus seiner Küche mitgebracht hatte.

Sie zögerte, trat dann jedoch zur Seite und ließ ihn hinein. Die Wohnung war fast unangenehm aufgeräumt und optimal arrangiert. Sie erinnerte Ben an einen Showroom, der einzig und allein dazu gedacht war, einen guten Eindruck zu erwecken. Er stellt den Tee auf ihre makellose Arbeitsfläche und setzte Wasser auf.

„Sie müssen nicht ...", wollte Lisa-Marie ihn halbherzig stoppen, ehe er abwinkte.

„Ich weiß", bestätigte er schlicht und nahm zwei Tassen vom Regal. „Ich dachte nur, dass es nach so einer Nacht besser ist, nicht allein zu sein."

Lisa-Marie setzte sich an ihren Esstisch. Ihre Bewegungen waren mechanisch und ihre Schultern hingen schlaff herab. Sie machte auf Ben den Eindruck, ganz froh über Gesellschaft zu sein, auch wenn sie es nicht gerade euphorisch betonte.

Ein „Ping" erklang. Lisa-Maries Handy leuchtete auf und ihre Augen weiteten sich bei dem Anblick des Touchscreens. Mit einem zögerlichen Tippen öffnete sie die Nachricht und las. Ben bemerkte, wie sich ihre Finger verkrampften.

„Alles okay?", fragte er vorsichtig.

„Ja. …nein." Ihre Stimme bebte. Sie drückte das Handy an ihre Brust und sah ihm schließlich in die Augen. „Das Feuer …". Sie brach ab, sammelte sich, dann sprach sie weiter: „Es war kein Unfall."

Ben blinzelte perplex. „Bitte?"

Lisa-Marie schloss für einen Moment die Augen, bevor es wie ein Wasserfall aus ihr heraus sprudelte. „Brian war es. Bestimmt nicht er selbst, aber er hat jemanden damit beauftragt. Er hat mir geschrieben, dass eine Haustür immer gleich repariert werden muss, weil Gott weiß sonst was passiert." Der Damm war gebrochen. Die Tränen strömten, wie die Worte. „Er hatte gesagt, ich soll mir nicht zu lange Zeit lassen. Aber ich konnte doch nicht ahnen… Sonst hätte ich doch …" Ihre Stimme versagte. Ein flehender, ungläubiger Ausdruck stand in ihrem Gesicht.

Ben war fassungslos. Hatte er das richtig verstanden? Jemand hatte absichtlich die Menschen hier in Gefahr gebracht, weil er von einer einzelnen Person etwas wollte? Um sicher zu gehen, hakte er nach: „Entschuldigung, wie genau meinen Sie das?"

Lisa-Marie tat ein paar kräftige Atemzüge, bevor sie ausführte: „Brian, mein Manager, will den Block. Aber ich habe länger überlegt, als ihm das lieb ist. Und jetzt ist das Feuer ausgebrochen…"

Bevor Ben angemessen darüber nachdenken und reagieren konnte, klopfte es an der Tür. Die festen rhythmischen Schläge ließen Lisa-Marie zusammenzucken. Sie war immer noch müde, ihre Gedanken träge und ihr Körper fühlte sich wie gelähmt an. Ben warf ihr einen kurzen Blick zu, da stand sie bereits auf und öffnete die Tür.

Zwei Frauen in schlichten Mänteln standen davor. Die Ältere, mit schulterlangem Haar und einem aufmerksamen, durchdringenden Blick, hob leicht die Hand.

„Guten Tag. Ich bin Hauptkommissarin Sandra Sander und das ist Kriminaloberkommissarin Nadine Neumann. Wir untersuchen den Brand", teilte sie mit.

Lisa-Marie straffte sich, zwang ihre Schultern nach hinten und zog ihre kühle Maske wieder gänzlich auf.

„Natürlich. Kommen Sie rein", antwortete sie beherrscht, aber Ben sah, wie ihre Finger sich in die Türklinke krallten.

Die Polizistinnen traten ein. Sandra blickte sich professionell kurz im Raum um, während Nadine ihren Mantel öffnete und ihre Umgebung mit einem deutlich gelassenerem Interesse musterte.

„Frau Schäfer", begann Sandra höflich, „könnten Sie uns bitte schildern, was Sie über den Brand wissen? Wann haben Sie etwas bemerkt?"

Lisa-Marie zögerte, bis sie mit belegter Stimme sprach: „Ich war in meiner Wohnung. Ich habe geschlafen. Herr Jäger hier" - sie nickte in Bens Richtung - „hat mich hier heraus geholt."

Sandra schrieb sich ein paar Stichworte in ihr Notizbuch, während Nadine beobachtend mit in die Hüften gestützten Händen daneben stand, und meinte: „Und davor? Haben Sie etwas Ungewöhnliches gehört oder gerochen? Haben Sie irgendjemanden gesehen, der sich vielleicht seltsam verhalten hat?"

„Nein", sagte Lisa-Marie schulterzuckend. „Wie gesagt, ich habe geschlafen. Ich war allein."

Nadine hob eine Augenbraue und neigte den Kopf leicht zur Seite. „Allein? Nachts, während im Keller ein Feuer ausbricht und Sie hören nichts davon? Kein Geräusch? Keinen Rauchmelder? Gar nichts?"

Lisa-Maries Fassade begann zu bröckeln. „Ich … war sehr müde. Es war spät. Und ich hatte auch etwas getrunken…"

Sandra, welche die Spannung spürte, schaltete sich mit einem sanfteren Ton ein und kam zum nächsten Thema: „Wir haben unten im Keller Überreste gefunden, Frau Schäfer. Unter anderem einige Dokumente, die Ihnen gehören. Wissen Sie, wie diese dorthin gelangt sein könnten?"

Lisa-Marie stockte, ihre Augen weiteten sich leicht. „Dokumente? Nein, ich habe keine Ahnung, was das sein könnte. Welche Dokumente meinen Sie?"

„Einen Vertrag zum Beispiel", erklärte Sandra nüchtern. „Einen Vertrag zwischen Ihnen und einem gewissen Brian Taylor. Die Klauseln darin scheinen ungewöhnlich zu sein. Sagt Ihnen der Name etwas?"

Das Gesicht von Lisa Marie wurde blass, ehe sie zu sprechen begann: „Brian Taylor? Natürlich. Das ist mein Manager. Nur was hat das hier mit zu tun? Vielleicht ist das alles nur ein Missverständnis?"

Nadine lachte trocken: „Ein Missverständnis, ja? Wissen Sie, was ich denke? Ich denke, jemand wollt sehr dringend, dass diese Papiere verschwinden. Ein Feuer ist da natürlich eine praktische Lösung. Würden Sie mir da nicht zustimmen?"

Lisa-Marie wich einen Schritt zurück, verschränkte die Arme und blickte zu Boden.

„Ich weiß nicht, wovon Sie sprechen", murmelte sie.

Ben war dem Gespräch bisher schweigend gefolgt. Wenn er seine Vermieterin vorhin richtig verstanden hatte, wusste sie, wer für alles verantwortlich war. Er konnte sich nicht erklären, warum sie nichts davon preis gab. Vermutlich würde sie ihre Gründe haben. Er wollte sie nicht mehr so ungeschützt da stehen lassen und trat vor.

„Entschuldigen Sie bitte, dass ich mich einmische", fuhr er dazwischen, „aber ich kann bestätigen, dass Frau Schäfer das Feuer nicht bemerkt haben kann. Sie hat vielleicht etwas mehr getrunken, als ein bisschen. Ich habe sie schlafend in ihrer Wohnung gefunden und sie ist erst im Krankenhaus aufgewacht. Das kann ich bestätigen. Ich war nämlich die ganze Zeit ununterbrochen bei ihr."

Sandra und Nadine tauschten einen Blick aus, der Ben verunsicherte und ihn dazu brachte, weiter auszuführen:

„Wenn Sie etwas im Keller gefunden haben, könnte es auch jeder gewesen. Die Haustür rastet nicht immer ganz ein. Vielleicht sollten Sie dann auch nochmal im Treppenhaus nachsehen. Es könnte ja sein, dass jemand dort etwas hinterlassen hat."

„Das werden wir", bestätigte Sandra knapp. „Aber Frau Schäfer, wir werden Sie noch einmal befragen müssen, sobald wir die Unterlagen genauer geprüft haben."

In diesem Moment streifte etwas buntes Fell Bens Blick, ehe er Findi erkannte, der wie selbstverständlich durch die Balkontür herein getrapst sein musste. Er lief zwischen den Beinen der Polizistinnen hindurch und miaute laut an der Wohnungstür, wo er mit seinen Pfötchen an der Tür kratzte.

„Was macht sie da, Ben?", wollte Lisa-Marie irritiert und leicht verärgert wissen.

Ben hob die Schultern. „Woher soll ich das denn wissen?", erwiderte er und sprach dem Kater zugewandt weiter, „Findi, was machst du denn? Bist du jetzt extra über den Balkon geklettert, um hier durch zu können?"

Er griff nach der Türklinke, doch Sandra hob die Hand und ordnete an, „Warten Sie!"

Sie trat näher, zog ihre Handschuhe an und öffnete die Tür langsam einen Spalt. Als sie in den Zwischenraum schaute, zog sie vorsichtig etwas Klebriges aus der Türangel hervor.

„Das hier sieht verdächtig aus", meinte sie und hielt einen kleinen verkohlten Rest eines Lappens hoch, der nach einer chemischen Substanz roch. „Möglicherweise ein Zündbeschleuniger."

Nadine pfiff leise durch die Zähne und bemerkte: „Na, das wird ja immer besser. Was meinen Sie, Frau Schäfer? Sehen Sie hier oft Fremde im Hausflur?"

„Ich weiß nicht …", antwortete diese irritiert, „es gibt viele Leute hier. Ich habe keine Ahnung."

„Aha", kommentierte Nadine überspitzt. „Keine Ahnung. Natürlich."

Sandra legte das Fundstück in eine Beweistasche und nickte ihrer Kollegin zu. „Wir werden uns noch einmal melden."

Als sie die Wohnung verlassen hatte, war die Anspannung beinahe greifbar. Lisa-Marie stand mit verschränkten Armen da. Ihr Blick auf den Boden gerichtet. Ben mochte sie nicht mehr so dort stehen sehen.

„Heißt das", startete Ben, um das Schweigen zu brechen, „wir sind jetzt beim Du?"

Ein bübisches Grinsen stahl sich auf seine Lippen, während er jetzt die komplette Verwirrung von Lisa-Marie ablas.

„Wenn du mich beim Vornamen nennst, dann möchte ich mich auch angemessen vorgestellt haben. Du darfst mich gerne Ben nennen", meinte er, um zu verdeutlichen, was er damit sagen wollte.

Er trat vor Lisa-Marie und hatte sich dummer Weise etwas zu weit weg gestellt, so dass er den Arm zur Begrüßung unangenehm lang nach vorn strecken musste.

Diese Reaktion in den aktuellen Umständen kam der jungen Frau so absurd vor, dass sie es noch gerade eben schaffte „Lisa-Marie" zu sagen, bevor sie sich vor lachen krümmte. Ben stimmte mit ein. All der Stress, die Aufregung und die Perspektivlosigkeit fachten sie noch mehr an. Es war nicht, der Witz des Moments, der diese Situation ausschweifen ließ. Es war die Verzweiflung darüber, dass sie die meiste Zeit über einfach nicht mehr wussten, was sie sonst hätten tun sollen.

Kapitel 5

Lisa-Marie stand am Fenster ihres Wohnzimmers und starrte hinaus. Sie wusste nicht, wie lange sie schon so dastand. Die Sicht war grau und eintönig, passend zu der Schwere in ihrer Brust. Unten im Hof konnte sie den verkohlten Fleck sehen, der das Feuer hinterlassen hatte. Es fühlte sich an, als wäre er auch in ihrem Leben eingebrannt.

Neben dem Brandschaden hatte das Feuer noch weitere Spuren hinterlassen, die ihr keine Ruhe ließen. Die Heizung war seitdem kaum noch funktionstüchtig. Das war ein Problem, das in den eisigen Winterwochen kaum auszuhalten war. Die Reparatur verzögerte sich jedoch. Die zuständige Firma hatte zunächst erklärt, dass der Auftrag bereits bearbeitet werde, doch auf Nachfrage stellte sich heraus, dass ihr Manager weder die notwendigen Unterlagen noch die versprochenen Zahlungen bereitgestellt hatte. Er hatte sich herausgeredet, als sie ihn darauf ansprach.

„Natürlich habe ich das längst beauftragt", behauptete er gelangweilt, „schließlich möchte ja niemand, dass die Menschen - die aus welchen Gründen auch immer - noch dort wohnen, darunter leiden. Allerdings könnte ich das ganze Prozedere sicher beschleunigen, wenn du mir den Block überschreiben würdest." Er machte eine kurze Pause und merkte dann höhnisch an: „So sind wir - leider - der Bürokratie vollkommen ausgeliefert. In dem Fall brauchen solche Dinge viel Zeit und deine lieben Nachbarn müssen die Konsequenzen tragen."

Tatsächlich schien er Rechnungen ignoriert und den Handwerkern widersprüchliche Informationen gegeben zu haben. Manchmal behauptete er, die Schäden seien nicht so schlimm, und manchmal, dass er schon eine andere Firma beauftragt hatte, was auch nicht stimmte.

Dummer Weise hatte Lisa-Marie sich auf einen Vertrag mit Brian eingelassen, der ihr keinen Spielraum ließ. Im Gegenzug dafür, dass er sie bei ihrer Karriere unterstützte, hatte er jegliche Entscheidungskraft über ihre finanziellen Mittel, die sie als Content Creator erwirtschaftete. Das bedeutete dieser Tage, dass er über ihr gesamtes Einkommen bestimmte.

Dann war da noch die Versicherung, die sich weigerte, für den Schaden des Brands aufzukommen. Angeblich war die Eingangstür defekt gewesen und stand während des Feuers offen, wodurch der Brandbeschleuniger im für alle zugänglichen Kellerabteil erst seine volle Wirkung entfalten konnte. Ein Offenes Sicherheitsrisiko, argumentierte die Versicherung, und damit ein Verstoß gegen die Sorgfaltspflicht.

Lisa-Marie wusste, dass die Tür seit Monaten nicht richtig schloss. Sie hatte Brian mehrfach darauf hingewiesen, doch er hatte ihre Mails ignoriert, so wie alles andere.

Sie atmete tief durch, wandte sich vom Fenster ab und begann, eine Kiste mit alten Papieren zu durchwühlen, die sie aus dem Schrank geholt hatte. Unsortierte Verträge, Briefe und Quittungen stapelten sich vor ihr. Es war eine Beschäftigung, die sie von allem ablenkte. Also genau das, was sie jetzt brauchte. Außerdem hätte sie anschließend einen Überblick darüber, welche Dokumente im Feuer verloren gegangen waren. Die Papiere knisterten in ihren Händen, während sie die Dokumente überprüfte und ordnete.

Doch ihre Gedanken schweiften immer wieder ab. Brians Nachricht hallte in ihrem Kopf wider. Die Drohung, der Druck, einfach alles machte den Eindruck, dass es kein Entrinnen mehr gebe. Und dann war da noch Ben. Sie hatte nie wirklich viel mit ihm zu tun gehabt. Die wenigen Male, die sie vor dem Brand miteinander gesprochen hatten, waren immer unangenehm gewesen. Meistens ging es um Dinge wie die defekte Haustür, die undichten Dachrinnen oder - worüber sie sich am meisten gestritten hatten - die Katzen, die er fütterte und nicht mehr im Haus erlaubt waren.

Aber seit dem Feuer war etwas anders. Sie hatte ihn mit anderen Augen gesehen. Zum ersten Mal waren ihre Gespräche nicht von Konflikten geprägt, sondern angenehm und entspannt. Es überraschte sie, wie leicht ihr das Reden mit ihm plötzlich fiel. Auch wenn sie ihm längst nicht alles anvertraute, fühlte sie sich verstanden.

Ein leises Klopfen riss sie aus ihren Gedanken. Sie zögerte, bis Bens Stimme erklang: „Hey, ich wollte nicht stören, aber ich habe Kuchen gebacken."

In einem Wimpernschlag war die junge Frau zur Tür geeilt, öffnete sie und sprach perplex: „Du hast … gebacken?"

Ben trat ein und hielt schmunzelnd zwei kleine Teller mit je einem etwas ungleichmäßig geformten Kuchenstück hoch. „Ich gebe zu, es ist möglicherweise kein Meisterwerk, aber definitiv essbar. Und ich dachte, du könntest etwas Süßes vertragen."

„Und da hast du dir überlegt, Kuchen ist die Lösung?", kicherte Lisa-Marie.

„Ja", gab Ben mehr oder weniger selbstsicher zurück. „Und bevor du fragst, ich habe keine Ahnung, wie ich darauf gekommen bin. Wobei … Vielleicht hat Frau Hartmann mich ja inspiriert."

„Frau Hartmann?" Lisa-Marie war verdutzt.

„Frau Sophia Hartmann? Erstes Obergeschoss? Du bist ihre Vermieterin?", scherzte Ben und zwinkerte ihr zu. Er fing an den Tisch zu decken. „Seit dem Feuer sind unsere Nachbarn öfter vor der Tür und sitzen beisammen. Sogar ich gesell mich manchmal dazu. Frau Hartmann bringt oft Plätzchen oder Kuchen mit. … Die Leute hier sind eigentlich alle ganz nett, wenn man sie ein bisschen kennenlernt. Karim Walid hat zum Beispiel als allererstes an die Familie Joseph aus dem Erdgeschoss gedacht, als es gebrannt hat. Er hat sogar den kleinen David rausgeholt. … Auch wenn er dafür von seinem Damenbesuch ziemlich einen auf den Deckel bekommen hat. Die hatte er nämlich einfach sich selbst überlassen."

Lisa-Marie fühlte sich zunächst ein wenig überfahren, nach seinem Redeschwall, und meinte amüsiert, „Damenbesuch? Wer sagt denn heute noch Damenbesuch?"

„Na, ich", antwortete Ben und zuckte unangenehm berührt mit einer Schulter. Mit dezent erröteten Ohren zog er einen Stuhl heran und setzte sich an ihren Tisch, ehe er ihr ablenkend zunickte: „Was machst du da eigentlich?"

Sie seufzte, ließ die Papiere sinken und lehnte sich zurück. „Man könnte es als Versuch ansehen, mein Leben wieder zu sortieren."

„Das klingt anstrengend." Sein Blick haftete einen Moment auf ihr bis er ihr einen Teller zu schob und forderte, „Hier, Zucker hilft angeblich gegen Stress."

Lisa-Marie nahm den Teller, aber anstatt zu essen, starrte sie auf das Kuchenstück. Irgendetwas an seiner unbeholfenen Geste rührte sie.

„Danke", murmelte sie schließlich und nahm einen kleinen Bissen. Zu ihrer Überraschung war der Kuchen tatsächlich gut.

„Nicht schlecht, oder?", fragte Ben schmunzelnd.

„Besser als erwartet", gab sie leicht lächelnd zu.

Die beiden saßen eine Weile in angenehmer Stille da, bis Ben schließlich vorsichtig wissen wollte: „Du musst mir nicht antworten, aber … warum lässt du dir das von Brian gefallen?"

Lisa-Marie erstarrte. Der Kuchen in ihrer Hand schien plötzlich schwer zu sein. Sie wollte nicht darüber reden. Nicht jetzt. Doch als sie Ben ansah, der sie mit ernster, aber nicht drängender Miene musterte, spürte sie einen seltsamen Drang, ihm zu vertrauen.

„Es ist kompliziert", flüsterte sie beinahe. „Brian … hat mir geholfen. Er war die ganze Zeit für mich da. Und ich kann ohnehin nichts dagegen tun. Wir haben einen Vertrag, aus dem ich nicht raus kommen kann."

„Man kann aus jedem Vertrag raus kommen", widersprach Ben. „Es muss eine Möglichkeit geben."

„Die gibt es nicht. Ich kann es mir nicht leisten. Weder die finanziellen noch die restlichen Konsequenzen. Er weiß, wie er mich unter Druck setzten kann. Er kennt mich", meinte sie. „Ich dachte, ich hätte die Kontrolle, aber das ist eine Lüge."

Ben nickte nachdenklich. „Vielleicht kann ich dir ja helfen."

Sie schüttelte den Kopf und sackte hoffnungslos in sich zusammen. „Das kannst du nicht. Niemand kann das."

„Vielleicht nicht, aber du kannst nicht von mir erwarten, dass ich es nicht versuche", hielt er überzeugt dagegen und sah sie demonstrativ an.

Lisa-Marie glaubte ihm, dass er es ernst meinte. Auch wenn sie nicht davon ausging, dass es viel brachte.

Dennoch war es beruhigend zu wissen: Jemand war für sie da und würde versuchen ihr zu helfen, obwohl es so aussichtslos zu sein schien. Dieses Gespräch hatte sie gestärkt und verlieh ihr tatsächlich ein klein wenig Hoffnung.

Sandra Sander stand vor dem Whiteboard in ihrem Büro und betrachtete die wachsende Sammlung an Hinweisen. Die halb verbrannten Dokumente lagen auf dem Tisch hinter ihr, in Klarsichthüllen gesichert, um die verkohlten Ränder zu schützen. Neben ihr stand Nadine Neumann. Sie hielt einen Filzstift in ihrer Hand und starrte mit einer Mischung aus Skepsis und Neugier auf die von ihr gerade geschriebenen Worte.

„Brandbeschleuniger: Wachs. Gerät: manipuliertes Ladegerät, angeblich Defektursache", las sie vor und drehte sich halb zu Sandra um. „Klingt wie ein Lehrbuchbeispiel für ‚Verbrechen für Anfänger', findest du nicht?"

Sandra schmunzelte leicht, aber die Linie ihrer Lippen blieb schmal. „Du hast recht. Nur meinst du nicht, dass es schon fast zu offensichtlich ist?", gab sie zu bedenken und strich mit dem Finger die Punkte auf dem Whiteboard nach. „Die Frage ist, wer den größten Nutzen aus diesem Feuer zieht. Frau Schäfer behauptet, es war nicht ihre Absicht. Aber dieser Vertrag spricht eine andere Sprache." Nadine zog die Augenbrauen hoch und lehnte sich gegen den Tisch. „Wenn ich diesen Vertrag nur anschaue, will ich eine Anti-Aggressions-Therapie buchen", meinte sie und deutete mit dem Filzstift auf den Abschnitt der Exklusivitätsklausel, die Sandra gerade sorgfältig in kurzen Worten zusammen gefasst hatte: „Lisa-Marie ist Brians Goldesel und darf nicht mal zum Friseur, ohne ihn zu fragen."

„Es geht noch schlimmer", erinnerte Sandra sie trocken und zeigte auf die Rückzahlungsverpflichtung. „Selbst wenn sie sich von ihm losreißt, ist sie am Ende ärmer als jede Kirchenmaus."

Sie ging zu den halb verbrannten Seiten, hob eine Klarsichthülle an und hielt sie an das Licht. „Wir müssen herausfinden was Frau Schäfer am meisten belastet. Hat sie wirklich versucht, sich aus der Affäre zu ziehen oder steckt hier etwas anderes dahinter?"

„Laut Nachbar hat sie zur Tatzeit ja betrunken geschlafen", sagte Nadine. „Macht es besser, oder?"

Sandra legte die Hülle zurück. „Macht es wahrscheinlicher, dass jemand anderes das Feuer gelegt hat." Sie griff nach einem roten Marker und schrieb: ‚Ben Jäger - Alibi bestätigt?' rechts neben Lisa-Maries Namen. „Wenn sie tatsächlich unschuldig ist, bleiben wir bei der Frage: Wer hat das Meiste zu gewinnen?"

„Dafür müsste man erstmal jemanden finden, der auch die Nerven dazu hätte", ergänzte Nadine. Sie stemmte die Hände in die Hüften und trat an das Whiteboard heran. „Was, wenn das Feuer gar nicht Lisa-Marie direkt treffen sollte? Vielleicht war das einfach ein Denkzettel von Brian Taylor?"

Sandra hielt inne und richtete sich Nadine zu. „Du meinst, er wollte sie einschüchtern?"

„Das oder die Beweise vernichten. Oder beides mit einem Streich", überlegte Nadine laut und zeigte auf die Klarsichthüllen. „Guck dir das an. Das hier ist kein Vertrag, das ist ein Knebel. Wenn das auffliegt, wäre das für Brian Taylor ziemlich peinlich - und teuer. Außerdem ..." Sie wies mit dem Filzstift auf das nächste Feld des Whiteboards, wo sie vorhin K-Fours und ein paar weitere Künstlernamen notiert hatten, die von Brian gemanagt wurden. „Unser verschwundener Rapper ist Brians nächstes goldene Kalb. Rate mal, wer da sicher ähnliche Klauseln unterschrieben hat."

Sandra sah kurz zu den Lettern, dann wieder zu Nadine. „Wir müssen herausfinden, was genau zwischen ihm und Brian vorgefallen ist."

„Und Brian vorsorglich ein bisschen ins Schwitzen bringen?", fragte Nadine mit einem schiefen Lächeln.

„Ich möchte erst Beweise sammeln, bevor wir ihn offiziell vorladen", sagte Sandra. Ihre Stimme war ruhig, aber bestimmt. „Wir brauchen eine klare Verbindung zwischen ihm und dem Brand - oder eine Motivation, die über diesen Vertrag hinausgeht."

„Also wieder der Papierkram", seufzte Nadine resignierend. „Hast du eigentlich jemals daran gedacht, dass wir in diesem Job mehr Zeit mit Büromaterial verbringen als mit Handschellen und Pistolen?"

„Jeden Tag", versicherte Sandra und dieses Mal konnte sie sich ein kleines Lächeln nicht verkneifen. Sie schaute ein weiteres Mal zur weißen Tafel, zog einen neuen Kreis um Brians Namen und verband ihn mit einem roten Strich zu Lisa-Marie. Es war ein Anfang und Sandra würde keine Ruhe geben, bis sie das ganze Puzzle zusammengesetzt hatten.

Ben saß, mit tief in den Taschen vergrabenen Händen, am Rand einer kaputten Bank am improvisierten Lagerfeuer. Seine dünne Jacke bot kaum Schutz gegen die schneidende Kälte, aber die Hitze der Flammen linderte den Frost, der sich durch die schlecht isolierten Wände des Hauses zog. Der Rauch stieg spiralförmig in den dunklen Himmel, während die kleine Gemeinschaft des Wohnblocks sich rund um das Feuer versammelt hatte. Es war fast ironisch, dass erst ein Brand im Keller nötig gewesen war, um die Nachbarn zusammenzubringen.

Hier und da huschten Schatten außerhalb des Lichtkegels lang. Als Ben genauer in die Dunkelheit sah, entdeckte er, dass sich auch viele Katzen hier aufhielten. Der alte Kater Arnuld, saß auf seiner Mauer. Rippchen turnte auf einem alten Kinder-wagen herum. Findi schlich durch das Gebüsch und weitere für Ben sowohl bekannte als auch unbekannte Augen blitzten aus Verstecken und von Dächern und Vorsprüngen. Es wirkte, als spürten diese Tiere, dass etwas nicht stimmte.

Amina Joseph wog ihren kleinen Sohn David auf dem Schoß, während ihre Tochter Naomi mit einem Stock spielerisch das Feuer umrundete.

„Das Problem mit der Heizung muss endlich gelöst werden", sagte sie bekümmert. „Wir können doch nicht den ganzen Winter so verbringen. Die Kinder frieren."

„Ja, es hilft wirklich nicht, hier zu sitzen und zitternd auszuharren", brummte Herr Inan, der mit verschränkten Armen und ernster Miene in die Flammen starrte." Aber vielleicht macht dieser Zug den nächsten umso offensichtlicher."

Frau Hartmann schnaubte: „Offensichtlich wäre, dass mal jemand die Dame des Hauses zur Rede stellt. Aber die kriegt man ja nie zu Gesicht."

Ben fühlte, wie ein Stich durch seinen Magen ging. Lisa-Marie hatte sich seit Tagen nicht mehr heraus getraut und ihm war auch klar, warum das so war. Sie wollte den Konfrontationen mit den Bewohnern aus dem Weg gehen, weil sie keine Lösungen für deren Forderungen hatte.

Kleinlaut verteidigte er sie: „Sie bemüht sich. Das hier lässt auch sie nicht kalt."

„Uns aber schon", fuhr die ältere Frau ihn an. „Unsere Heizungen sind kalt. Wir haben Glück, dass wir nicht alle schon flach liegen. Ich hab direkt einen Brief aufgesetzt, die Frist ist schon rum. Wenn ich schon nicht im Warmen sitze, dann wenigstens billig."

Karim, der etwas abseits stand und rauchte, richtete sich auf und blickte Frau Hartmann interessiert an, bevor er fragte: „Wie meinen Sie das?"

Diese stöhnte genervt, so erklärte Clara Ziegler an ihrer Stelle: „Wenn die Heizung nicht richtig funktioniert, kann man einen Brief an die Vermietung aufsetzten, in dem das Problem dokumentiert wurde und eine Frist festgesetzt wird, in der Zeit das Problem behoben werden muss. So eine Heizung ist im Winter wichtig, deswegen reicht eine Frist von sieben Tagen. Findet sich aber keine Lösung, kann zwanzig Prozent weniger Kaltmiete gezahlt werden."

„Das habe ich auch gemacht. Wenn die Heizung ganz ausfällt, kann man die Miete sogar bis hundert Prozent mindern", meinte Amina und wandte sich zu Karim, „Ich habe das Anschreiben noch gespeichert. Wenn du willst, ändere ich das für dich ab und drucke dir das aus."

Der angesprochene bejahte und lächelte Amina dankbar an. Um sie herum ging gerade Luigi und reichte Clara Ziegler eine Tasse dampfenden Kaffee.

„Ich sage euch, mit einem schönen, warmen Kaffee im Bauch, sieht alles gleich viel besser aus", ermutigte er und verteilte weitere Tassen.

Clara lächelte müde, zog ihren Schal enger um die Schultern und deutete mit einem leichten Nicken auf Karim. „Vielleicht sollte der Held dort drüben mal auf ein weißes Ross steigen und uns retten."

Karim lachte leise und entgegnete: „Ich habe zwar kein Pferd, aber ich kann euch bestimmt ein paar Decken besorgen, wenn ihr welche braucht."

Plötzlich fuhr ein schwarzer SUV vor und ein Mann stieg aus. Die Katzen reagierten sofort. Arnuld, auf seiner gewohnten Position auf der Mauer, begann ein tiefes Knurren. Rippchen kauerte sich in die Ecke des Hofs und beobachtete mit scharfem Blick jede Bewegung. Die anderen leuchtenden Augenpaare folgten ihm. Den Vierbeinern stand das Fell zu Berge, sie hatten die Ohren spitz nach hinten gerichtet und manche buckelten. Alles an ihnen geriet in absolute Abwehr-haltung.

Der Eingetroffene schritt erhobenen Hauptes mit festem Gang durch den Hof und lenkte dabei die Aufmerksamkeit auf sich. Er war nicht besonders hoch gewachsen, aber sein gesamtes

Gebaren, von seinem perfekten Erscheinungsbild bis hin zur aufrechten Körperhaltung, vermittelte eine kaum erreichbare Größe.

„Wer ist das denn?", fragte Karim laut genug, dass alle es hörten.

Als der Unbekannte schon fast an ihnen vorbei war, trat Arnuld in dessen Blickfeld und schien mit seinem eindringlich, stechenden Ausdruck zu irritieren. Der Mann fing sich rasch und drehte der Gruppe nun doch leicht den Kopf zu, ohne auch nur einen von ihnen direkt anzusehen.

Der Fremde sprach gelangweilt: „Ich besuche eine … Freundin." Beim letzten Wort schwang ein verächtlicher Unterton mit.

„Freundin?", wiederholte Karim und hakte misstrauisch nach, „Hat die Freundin auch einen Namen?"

Der Mann war allerdings am Ende des Satzes bereits im Gebäude verschwunden. Ben hatte die Szene mit einem unguten Gefühl verfolgt. Er war diesem Menschen schon einmal flüchtig begegnet und er hatte sofort gewusst, dass Brian Taylor Schwierigkeiten brachte. Jetzt hier, im Kontext zu Lisa-Marie, konnte das nichts Gutes bedeuten.

„Dieser Typ ist gruselig", murmelte Luigi und schüttelte den Kopf. „Ich wette, der lacht nie ehrlich über Witze."

Amina wiegte David weiter, sah dem Fremden hinterher und gab zu bedenken: „Er kann ja nur zu Frau Schäfer wollen. Aber … was will er von ihr?"

Ben wusste, dass sie alle die Antwort ahnten, aber niemand wagte, sie auszusprechen. Lisa-Marie war die Frau, die oben thronte - sowohl buchstäblich als auch sinnbildlich. Doch je länger Ben in das Flackern der Flammen starrte, desto deutlicher spürte er den Riss, der durch diese Illusion ging. Brian Taylor war nicht gekommen, um zu plaudern. Und Lisa-Maries Last würde nach dieser Nacht noch schwerer werden.

Ben schob die Hände noch tiefer in die Taschen. Vielleicht war es an der Zeit, Lisa-Marie zur Rede zu stellen. Aber nicht jetzt. Noch nicht.

Kapitel 6

Lisa-Marie saß auf dem Sofa ihrer Wohnung und starrte auf den Bildschirm ihres Laptops. Sie hatte die letzte Woche damit verbracht, verzweifelt Rechnungen zu sortieren und nach Lösungen zu suchen, wie sie ihre Schulden abbezahlen konnte. Doch egal, wie oft sie die Zahlen durchging, das Ergebnis blieb dasselbe: Sie war in einer Sackgasse.

Wie so oft in den letzten Tagen klopfte es an ihre Tür, sie klappte den Laptop zu und entspannte sich ein wenig. In letzter Zeit hatte Ben ihr des Öfteren einen Besuch abgestattet und ihr Gesellschaft geleistet. Es waren immer angenehme Begegnungen und eine willkommene Abwechslung zu der sonst so sorgenvollen Einsamkeit, die sich inzwischen in ihren Wohnräumen breit gemacht hatte.

Die Tür flog auf, allerdings stand Brian darin Perfekt wie immer. Sein maßgeschneiderter Anzug saß makellos, sein weißes Hemd schimmerte fast unnatürlich sauber und die teuren Lederschuhe glänzten, als hätte er gerade erst den Laden verlassen. Doch es war sein Blick, der sie erstarren ließ. Sein typisches kaltes Lächeln. Lisa-Maries zog sofort den Kopf ein und ihre Hände verkrallten sich ineinander.

Ohne eine Einladung abzuwarten, betrat er die Wohnung. Der Duft seines dezenten, aber teuren Parfums füllte den Raum, als er sich im Wohnzimmer umsah.

„Brian, ich …", begann Lisa-Marie, doch er hob eine Hand, um sie zu unterbrechen.

„Lisa-Marie", sagte er mit seiner butterweichen Stimme, die immer ein wenig zu leise war, sodass man sich automatisch konzentrieren musste, um ihn zu verstehen. „Ich weiß, es war eine harte Zeit für dich. All diese Probleme, die Steuerschulden, die ganzen Mängel in diesem Block und dann noch die Menschen, die nur ständig etwas von dir wollen. Es ist wirklich unfair, wie viel Last auf deinen Schultern liegt."

Sie ging zur Tür, schloss sie und umklammerte ihre Hände vor der Brust, als sie sich erklärte: „Ich wollte mich bei dir melden. Ich war nur … beschäftigt."

Er drehte sich mit einer gemeißelten Miene zu ihr um. „Oh, ich verstehe. Natürlich. Manchmal braucht man einfach Abstand. Aber weißt du, was mich wirklich verletzt hat?", behauptete er. „Dass du mir nicht mehr vertraust."

„Das stimmt nicht", erwiderte sie schnell, ohne ihn direkt anzusehen.

„Ist das so?", hakte er nach.

Er setzte sich auf das Sofa und schlug ein Bein über das andere. Seine Haltung war entspannt, nur die Energie in seinem Körper verriet etwas anderes: Eine kontrollierte Spannung, als ob er jederzeit losspringen könnte.

„Ich habe dir immer nur geholfen, Lisa-Marie", fuhr er im Plauderton fort. „Ich habe dich gefördert. Ich habe dir Möglichkeiten eröffnet, die du ohne mich nie gehabt hättest. Und doch … als die Dinge schwierig wurden, hast du aufgehört, meine Anrufe und Nachrichten zu beantworten."

Sie blieb stehen, wagte es nicht, sich zu ihm zu setzen und wisperte schließlich: „Es war alles einfach zu viel."

„Das glaube ich dir", meinte Brian aufgesetzt mitfühlend. Er nickte langsam und musterte sie. „Du bist umgeben von Problemen. Und die meisten Menschen verlangen ständig etwas und fallen dir bei nächster Gelegenheit in den Rücken, wenn sie das bekommen haben, was sie wollten. Das wissen wir beide. Und weißt du, was das Schlimmste daran ist? Du kannst nicht einmal wissen, wer sie sind. Jeder könnte der Nächste sein."

„Was meinst du?", fragte sie, obwohl sie die Antwort fürchtete.

Er lehnte sich vor, seine Stimme wurde noch leiser. „Deine netten Nachbarn zum Beispiel. Einer hat angeblich sein Leben riskiert, um dich hier heraus zu holen. Warum sollte jemand, der dich kaum kennt, so etwas tun? Aus Nächstenliebe?", betonte Brian verächtlich. „Weil er ein Held ist? Oder viel realistischer: Weil er etwas von dir haben will?"

Lisa-Marie schluckte und redete tonlos: „Ben hat mir nur geholfen. Er ist so."

„Ben also. Hat er das? Nur geholfen?", drückte Brian sehr skeptisch aus. „Oder hat er gesehen, dass du in einer schwachen Position bist, und dachte, er könne etwas vom Kuchen einer bekannten Persönlichkeit abbekommen?"

„Das glaube ich nicht", flüsterte sie selbst nicht im geringsten überzeugt.

Brian lehnte sich zurück, sein Blick voller Mitgefühl, das nicht zu ihm passte. „Du bist eine gute Seele, Lisa-Marie. Ich weiß das. Du willst immer das Beste in den Menschen sehen. Aber manchmal, wenn man aufhört, die Wahrheit zu erkennen, wird man benutzt. Ich will nicht, dass dir das auch passiert."

Sie spürte, wie ihre Knie weich wurden, und setzte sich schließlich in den Sessel gegenüber. Sie sank in sich zusammen, ließ den Kopf hängen und resignierte. „Was soll ich denn tun?"

Er ließ die Stille einen Moment bestehen, als würde er ernsthaft darüber nachdenken, obwohl er nur seine Überhand genüsslich auskostete, bis er langsam und deutlich sprach: „Du musst all diese Belastungen loslassen. Die Wohnanlage zum Beispiel. Sie zieht dich nur runter. Schau, wo sie dich hingebracht hat: Schulden, Sorgen, diese schreckliche, schreckliche Brandnacht. Der Block belastet dich nur."

Lisa-Marie schüttelte den Kopf und widersprach schwach: „Der Block bedeutet mir etwas."

„Das verstehe und respektiere ich", versicherte Brian beinahe sanft. „Aber ist er es wirklich wert, dein Leben zu ruinieren?

Du kannst weitermachen, Lisa-Marie. Frei von diesem Ballast. Gib ihn an mich und ich kümmere mich um alles. All deine Probleme - die Schulden, die Verantwortung, die Zweifel und Forderungen der Hausbewohner - werden verschwinden."

„Und was bleibt dann?", fragte sie kaum hörbar mit brechender Stimme.

Er beugte sich wieder vor, seine Handflächen nach oben geöffnet. „Freiheit. Und ich. Ich werde dich weiterhin unterstützen. Ich werde dafür sorgen, dass du nie wieder solche Sorgen haben musst. Du kannst dich auf mich verlassen. Du weißt, dass ich fähig bin."

Sie blickte ihn an, ihre Gedanken ein Durcheinander. Sie wollte ihm nicht glauben. Sie wollte nicht dass er recht hatte. Doch in ihrem Inneren flüsterte eine kleine Stimme, dass er vielleicht die einzige Person war, die wirklich wusste, wie sie aus diesem Chaos herauskommen konnte.

„Ich möchte dir so schnell wie möglich helfen, aber ich weiß, wie schwer dir das fällt. Schlaf noch ein paar Nächte darüber und dann fangen wir an, all deine Probleme zu lösen.", waren die letzten Worte, ehe Brian Taylor aus Lisa-Maries Wohnung verschwand.

An diesem Abend saß die junge Frau noch lange ohne Bewegung stumm da, so wie ihr Manager sie zurück gelassen hatte. Sie war dabei, sich mit dem Gedanken abzufinden, den Block abgeben zu müssen. Ihr war, als könne sie kaum noch atmen. Sie griff nach einer dicken Decke und legte sie sich um die Schultern, um auf den Balkon zu treten.

Lisa-Marie betrachtete die umliegenden Straßen, die näheren Gebäude und den Hof, auf dem sie schon als Kind so viele glückliche Tage verbracht hatte. Sie war sich klar, dass dies ihr Abschied war.

Sie zuckte zusammen, als sie plötzlich einen gewaltigen Schatten neben sich auf der Brüstung wahrnahm. Goldene Augen schienen wie kleine Scheinwerfer in ihre Richtung und es war ein tiefes Brummen zu hören.

Dass ausgerechnet letzteres eine beruhigende Wirkung auf Lisa-Marie zu haben schien, verwunderte sie selbst. Da saß eine schwarze, langhaarige Katze, deren massige Erscheinung eher einem Bären ähnelte. Spitze Ohren ragten aufmerksam in die Höhe und Lisa-Marie spürte das Bedürfnis, sie zu streicheln.

Langsam und mit ausgestreckter, flachen Hand näherte sie sich dem Tier, dass seinen Kopf schnurrend hineinlegte. Lisa-Marie fuhr durch das warme Fell und ihr kamen die Tränen. Sie war gerade dabei gewesen, dem Block Lebewohl zu sagen. Wie hätte ihr Großvater das nur gefunden?

Es miaute dumpf und sie erhielt eine kräftige Kopfnuss von der Katze, als wolle sie sie trösten. Lisa-Marie wollte die Wohnanlage noch nicht aufgeben. Es musste etwas geben, dass sie tun konnte. Etwas, dass sie noch übersehen hatte. Sie würde einen Weg finden. Lisa-Marie schloß die Arme sanft um den robusten Körper des Vierbeiners.

„Danke!", hauchte sie und bemerkte erst jetzt, dass ihre Allergie sich schon länger nicht mehr bemerkbar gemacht hatte.

Der Fahrstuhl öffnete sich geräuschlos und Nadine Neumann trat als Erste hinaus. Sie warf einen Blick auf den glänzenden Marmorboden, dann auf die deckenhohen Fenster, die eine atemberaubende Aussicht auf Bremen boten. Direkt vor ihr prangte eine doppelflügelige Glastür, an der in schlichten, reflektierenden Lettern ‚Taylor Management' stand. Hauptkommissarin Sandra Sander folgte ihr, zog einmal kurz an der Jacke, als wolle sie sich innerlich ordnen und nickte Nadine knapp zu.

„Bereit für den Tanz mit dem Teufel?", witzelte Nadine und drückte die Tür auf.

Die Empfangsdame - ein Model in Businesskleidung, wie es schien - musterte sie und sprach sie mit professioneller Freundlichkeit an: „Herr Taylor erwartet Sie bereits."

Natürlich tut er das, dachte Nadine, und tauschte einen Blick mit Sandra. Sie folgten der jungen Frau durch einen Korridor mit minimalistischen Designerstücken, vorbei an geschlossenen Türen, hinter denen die Schicksale zahlreicher Künstler*innen wohl gerade verhandelt wurden. Am Ende des Ganges öffnete die Empfangsdame eine massive Holztür.

Brian Taylor saß in seinem perfekt eingerichteten Büro hinter einem Mahagonischreibtisch, der so makellos poliert war, dass man sein Spiegelbild darin hätte sehen können. Moderne Möbel trafen auf Vintage-Luxusstücke. Alles wirkte wie eine Machtdemonstration in Inneneinrichtung. Seine Trophäen und gerahmten Fotos standen ordentlich in den Regalen.

„Ah, die Damen von der Polizei", empfing Brian sie höflich lächelnd, stand auf und streckte die Arme aus, als wolle er sie umarmen. „Was für eine Überraschung. Nehmen Sie doch Platz."

Nadine ignorierte die Geste, ließ sich aber in den Sessel fallen, als würde sie hier regelmäßig geschäftliche Verhandlungen führen. Sandra hingegen setzte sich aufrechter, legte ihren Notizblock auf den Tisch und faltete die Hände darüber.

„Herr Taylor", begann sie sachlich. „Wir haben einige Fragen zu Kefir Moubarak."

Brians Lächeln schien zu bleiben, aber für den Hauch einer Sekunde veränderten sich seine Gesichtszüge, als habe er in eine Zitrone gebissen. Für die meisten Beobachter wäre dieser kurze Ausdruck unbemerkt geblieben. Sandra hatte es registriert.

„K-four?", fragte er nach. „Interessant. Ich hatte mit einem Gespräch über Lisa-Marie gerechnet. Sie scheint ja in letzter Zeit eine Menge Aufsehen zu erregen."

Nadine hob eine Augenbraue und bemerkte: „Zu Frau Schäfer kommen wir noch. Aber fangen wir doch mit Herrn Moubarak an. Ihr verschwundener Goldknabe. Wissen Sie zufällig, wo er steckt?"

Brian lehnte sich zurück, legte die Fingerspitzen aneinander und antwortete:

„Wissen Sie, Künstler sind Freigeister. Manchmal brauchen sie eine Pause, um sich neu zu erfinden. Ich respektiere das."

Sandra blätterte durch ihre Notizen, ehe sie ausholte: „Er hat sich zuletzt vor zwei Wochen bei seinen Produzenten gemeldet. Seitdem keine Spur. Und eigenartig ist doch, dass sein Vertrag einige Parallelen zu Lisa-Marie Schäfer aufweist. Exklusivität, hohe Rückzahlungen bei Vertragsbruch, -"

„Ganz normale Geschäftspraktiken", unterbrach Brian sanft. „Schließlich investiere ich viel in meine Talente."

„Investieren Sie auch in Brandbeschleuniger?", warf Nadine trocken ein.

Für Nadine hielt Brian nur für einen Moment inne, aber Sandra sah die schockierte Überraschung. Seine Augenbrauen zuckten kurz nach oben. In dieser Zeit riss er die Augen auf, um anschließend sofort wieder sein gewinnendes Lächeln scheinbar unverändert zu präsentieren und leise zu lachen.

„Ach, Sie meinen Lisa-Maries kleines Feuerchen?", versicherte er sich. „Eine Tragödie, wirklich. Zum Glück ist sie unverletzt geblieben."

„Interessanterweise war der Brandherd genau dort, wo sie einige rechtlich fragwürdige Dokumente aufbewahrte", erwiderte Sandra. „Und er wurde mit Wachs beschleunigt. Wachs wird unter anderem für Bühnenrequisiten verwendet."

„Es gibt schon lustige Zufälle", amüsierte sich Brian.

„Ja, entweder das, oder jemand wollte Spuren verwischen", ergänzte Nadine und tippte dann mit dem Finger auf die Tischplatte. „K-Four ist verschwunden, Lisa-Marie wird in ihrem eigenen Apartment fast geröstet und jetzt kommt das Beste: Wir haben mit einer dritten Künstlerin aus Ihrem Hause gesprochen. Vielleicht sagt Ihnen der Name Elisabeth Kranz etwas?"

Brian regte sich kaum, aber Sandra bemerkte, dass er seine Finger jetzt flach auf die Tischplatte legte - als würde er sich selbst bremsen. Eigentlich hatten ein paar ihrer Kollegen vor Ewigkeiten mit Elisabeth Kranz gesprochen und seit dieser Anschuldigen, hatten sie die Künstlerin nicht mehr erreicht. Aber die Gespräche hatten statt gefunden, auch wenn es sich gerade so anhörte, als sei es noch nicht so lange her gewesen.

Vielleicht hatte gerade das den Manager aus der Reserve ge-
lockt.

„Natürlich", sagte er betont locker. „Eine der talentiertesten
Entdeckungen. Leider habe ich schon länger nichts mehr von
ihr gehört. Worum geht es genau?"

Sandra schlug ihr Notizbuch erneut auf und berichtete: „Sie
behauptet, dass ihr Vertrag ursprünglich andere Konditionen
hatte - bis sie sich über bestimmte Vorgaben beschwerte. Danach war sie plötzlich mit neuen Klauseln konfrontiert. Und
kurioserweise erhielt sie just in dieser Zeit einige anonyme
Drohungen. Wissen Sie etwas darüber?"

Brian seufzte theatralisch und heuchelte: „Wissen Sie, es ist so
schwer, Künstler zufrieden zustellen. Sie wollen Ruhm und
Erfolg, aber keine Verpflichtungen. Ich muss auch schauen,
wo ich bleibe. Ich sorge nur dafür, dass meine Firma nicht
ausgenutzt wird."

Nadine bemerkte mit einem schiefen Grinsen: „Sie scheinen
ein Händchen dafür zu haben, Ihre Schäfchen beisammen zuhalten, Herr Taylor. Aber wenn plötzlich ein paar von ihnen
verschwinden oder verbrannte Briefe hinterlassen, wird's interessant."

Brian beugte sich leicht vor. Seine Stimme blieb zwar ruhig,
aber seine Worte waren messerscharf. „Ich hoffe doch, dass
Sie sich nicht zu sehr in Verschwörungstheorien verstricken.
Das wäre … bedauerlich."

Sandra erwiderte seinen Blick und meinte, „Uns interessieren
keine Theorien, nur Beweise. Und je mehr wir nachforschen,
desto mehr Ungereimtheiten finden wir. Falls Ihnen also noch
etwas einfällt, das uns bei Kefir Moubarak, Lisa-Marie Schäfer

oder Elisabeth Kranz weiterhelfen könnte, wäre jetzt ein guter Zeitpunkt, damit heraus zu rücken."

Brian musterte sie für einen Moment, dann lehnte er sich zurück und lächelte. „Ich fürchte, ich kann Ihnen nicht weiterhelfen. Aber Sie sind jederzeit willkommen wiederzukommen. Ich genieße anregende Gespräche."

Sandra und Nadine tauschten einen Blick. Dann erhoben sie sich gleichzeitig.

„Wir melden uns sicher bald wieder", versprach Sandra kühl.

„Ich freue mich darauf", gab Brian zurück, stand ebenfalls auf und begleitete sie mit unerschütterlicher Gelassenheit zur Tür, bevor er noch sagte, „Und grüßen Sie mir Elisabeth, Falls Sie das Glück haben, sie nochmal zu treffen. Einen schönen Tag noch die Damen."

Als die beiden Polizistinnen den Fahrstuhl betraten, atmete Nadine hörbar aus. „Was für ein Schleimbeutel. Aber du hast gesehen, wie er reagiert hat, als Frau Kranz' Name fiel?"

Sandra nickte nachdenklich. „Ja. Da haben wir ihn tatsächlich aus der Fassung gebracht."

„Also: Dranbleiben?", fragte Nadine mit einem bübischen Grinsen.

„Ja", pflichtete Sandra bei. „Definitiv."

Während dessen klopfte es zaghaft an Lisa-Maries Tür und Bens Stimme erklang dahinter.

„Lisa-Marie, ist alles in Ordnung?", fragte er. „Darf ich rein kommen?"

Sie war hin und her gerissen. Die Beziehung zwischen ihnen war schon jetzt so vielen Belastungen ausgesetzt, dass ihr hätte unbehaglich werden müssen, wenn Ben in Erscheinung trat, doch gleichzeitig spürte sie eine unerklärliche Verbindung zu ihm. Es war, als wäre er der Einzige, der den Druck in ihr erkennen konnte, ohne sie zu verurteilen. Ihr fiel auf, dass er bereits zu lange wartete.

„Ja, alles gut", antwortete sie hastig und versuchte, ihre Nervosität zu verbergen, als sie zur Tür ging. „Nur ein bisschen viel Stress ... Du weißt schon."

Ben trat mit einem besorgten Blick ein. „Ich glaube, ihr berühmten Menschen könnt nur schwer jemandem vertrauen, aber du bist unsere Vermieterin. Du musst dich mehr um das Haus kümmern. Die Nachbarn werden langsam ungeduldig."

Es war die einfache Wahrheit, die ihm oft über die Lippen kam, aber sie hatte in den vorherigen Begegnungen nie richtig zugehört. Es ging immer nur um die Katzen und das Reparaturen in den Wohnungen erst dann ausgeführt werden, wenn ein Hausmeister engagiert ist. Aber vorher müssen die Katzen weg. Und jetzt, mit all dem Druck von Brian und den ständigen Anforderungen des Blockkaufs, konnte sie diese Worte kaum ertragen.

„Ich weiß, Ben", sagte sie schließlich leiser als zuvor. „Aber ich weiß nicht mehr, wie ich das alles zusammenhalten soll. Der Block, mein Manager, meine Finanzen ..."

Ben setzte sich neben sie. „Du musst nicht alles allein tragen, Lisa-Marie. Nicht jetzt. Und schon gar nicht in dieser Situation. Du hast mehr Menschen, auf die du dich verlassen kannst, als du denkst."

Doch Lisa-Marie wusste, dass ihre Welt surrealer und immer weniger greifbar schien.

Sie hatte das Gefühl, dass jeder Schritt, den sie machte, sie weiter von dem entfernt hielt, was sie sich immer gewünscht hatte. Der Traum, das eigene Leben zu kontrollieren und anderen gleichzeitig zu helfen, schien immer mehr zu zerbröckeln.

Plötzlich hörte sie einen Laut aus der Ferne. Es war ein dumpfes Miauen. Sie drehte sich zur Balkontür um und sah den Bären einer Katze von letzter Nacht, wie sie aus einer Gruppe von weiteren anscheinend entspannteren Katzen herausragte und ihren Blick fest erwiderte.

Diese Tiere schienen in diesem Moment eine eigenartige Präsenz zu haben. Sie waren nicht nur Tiere, die ihr Leben lebten. In einem merkwürdigen, stillen Zusammenspiel schienen sie eine Energie auszustrahlen, die Lisa-Marie sowohl beruhigte als auch beunruhigte.

„Es wird alles gut, Lisa-Marie. Aber du musst endlich aufhören, alles alleine zu machen", flüsterte Ben und setzte süffisant nach, „Das scheinen die Katzen auch so zu sehen. Vor allem der Große, Babo, wirkt sehr interessiert. Vielleicht solltest du dir von ihnen den Weg zeigen lassen."

Lisa-Marie schaute ihn nachdenklich an und nickte schließlich kurz. Die Katzen, die immer um sie herum waren, schienen wirklich zu wissen, was zu tun war. Als sie so darüber nachdachte, schweiften ihre Gedanken zu dem Entschluss, den sie letzte Nacht mit Babo im Arm geschlossen hatte und mit der Umsetzung würde sie jetzt sofort beginnen.

„Ben", begann Lisa-Marie gefestigt, „du mischst dich inzwischen in viele Dinge ein. In Dinge, die dich überhaupt nichts angehen."

Gänzlich verblüfft wollte Ben zu einer Entschuldigung ansetzen, doch dazu ließ die junge Frau ihm keine Zeit.

„Außerdem bist du ständig hier. Ich kann dir versichern: Ich kümmere mich um die Instandhaltung des Gebäudes.

So schnell es eben geht. Jetzt, da du das weißt, brauchst du mich nicht mehr andauernd daran zu erinnern und kannst mich auch einfach mal in Ruhe lassen", ratterte Lisa-Marie herunter. „Bitte geh jetzt!"

Ben wusste nicht wie ihm geschah. Mit offenem Mund stand er da und starrte sie an. Die Influenzerin merkte, wie geschockt er war, und wusste, dass sie ihm jetzt noch einen kleinen Schups geben musste.

Sie hob ihren Kopf noch ein klein wenig höher und setzte jetzt von oben herab nach: „Außerdem sind Katzen nach wie vor nicht erlaubt, Ben, und so wird es auch bleiben."

Lisa-Marie stellte sich vor ihr Balkonfenster und schaute mit verschränkten Armen hinaus, bis sie langsam in Gang kommende Schritte und dann die ins Schloss fallende Wohnungstür vernahm. Ihre Power-Pose verlor vollkommen an Spannung, ihr Kopf sank zwischen ihre Schultern und der Kloß in ihrem Hals wurde schmerzhaft vernehmbar.

Sie hatte schon oft geschauspielert, aber so schwer wie jetzt, war es ihr schon lange nicht mehr gefallen. Sie musste das, was auch immer da zwischen ihnen war, unterbinden. Es gab einen

Grund, da war Lisa-Marie sich sicher. Sie wusste nur nicht, welcher es war.

Entweder hätte Ben tatsächlich diese Hintergedanken, von denen Brian ihr erzählt hatte. Schließlich kannte sich ihr Manager mit so etwas aus.

Oder sie würde so Ben schützen - vor ihrem Manager, vor den öffentlichen Medien und vor allem vor ihr selbst.

Kapitel 7

Nachdem Ben so harsch zum Gehen aufgefordert wurde, schleppte er sich in seine Wohnung und blieb eine Zeit lang einfach hinter der geschlossenen Tür in seinem Eingang stehen.

Lisa-Marie hatte ihn hart getroffen. Er dachte, sie kämen gut miteinander aus. Er dachte, sie fühle sich wohl in seiner Gegenwart. Es wäre ihm nicht in den Sinn gekommen, dass sie das so extrem anders sah.

Was hatte sich plötzlich verändert? Hatte ihr Manager vielleicht immer noch so viel Macht, auch über ihre privaten Entscheidungen, dass er sie dazu gedrängt hatte?

Ben wusste es nicht. Erst jetzt bemerkte er hitzige Stimmen im Flur, die lauter wurden. Sie schienen zu den anderen Hausbewohnern zu gehören. Er hatte keine Lust, sich jetzt damit zu beschäftigen. Wenn da nicht die Neugier gewesen wäre.

Langsam und leise verließ er seine Wohnung und schlich sich die Stufen herunter, bis er den Ursprung der Geräusche sehen konnte. Seine Nachbarn standen im Erdgeschoss bei einander. Ayhan Inan und Karim Walid bildeten das Zentrum.

Die Diskussion im Flur wurde lauter. Der sonst immer so ruhige und besonnene Herr Inan sprach eindringlich über die Notwendigkeit von Masken und Impfungen. Seine Stimme war fest und seine Argumente wohl durchdacht.

„Es geht nicht nur um uns", sagte er. „Wir haben Verantwortung. Jeder von uns, wirklich jeder Einzelne. Und das ohne Ausnahme."

Doch Karim lachte scharf auf. „Das ist, was sie wollen, oder? Dass wir uns alles gefallen lassen. Haben Sie sich jemals Gedanken gemacht, wer davon wirklich profitiert?" Seine Augen blitzten, als er in die Runde sah und weiter sprach: „Es gibt Dinge, die sie uns nicht erzählen. Man muss nur mal bei Sonne in den Himmel gucken. Nicht nur glauben, was in irgendwelchen Büchern steht. Die haben was vor mit uns."

Herr Inan fiel ihm ins Wort, „Du weißt was? Du? Nichts weißt du, außer die Preise von deinen Drogen, Junge. Wach auf!"

Zum ersten Mal wurde Karim gegenüber seinem älteren Nachbar etwas schroff. „Was wissen Sie denn? Wollen Sie Fakten wissen?" Er holte sein Handy raus. Die anderen Nachbarn mischten sich ein und die Stimmen wurden zu einem Wirrwarr aus Meinungen und Frustrationen.

Die Witwe Clara Ziegler in der Ecke nickte dem Rentner zu, schwieg aber, während die alleinerziehende Amina Joseph mit müden Augen und einem Kind auf dem Arm genau so still blieb, wie Luigi Pinna, der auf den Stufen saß. Ben fühlte sich elend.

Er spürte die Risse im Block, in der einst so starken Gemeinschaft. Lisa-Maries Blick, der in seinen Gedanken reflektierte, nagte an ihm, als sich eine Tür neben ihm öffnete.

Frau Hartmann, eine Frau in den Siebzigern, schloss mit einem tiefen Seufzen ihre Wohnungstür hinter sich und erwiderte recht lang Bens Blick.

Ihr Leben war einst lebhaft und voll - Ein Mann, zwei Kinder, die nun weit weg lebten, Enkelkinder, die sie selten sah. Sie war eine Frau, die sich immer selbst versorgt hatte und mit beiden Beinen fest im Leben stand, doch die Pandemie hatte sie zu einer einsamen Gefangenen gemacht. Ihre Tage bestanden nun aus einer stummen Routine: Aufstehen, Kaffee, ein Blick aus dem Fenster.

Sie betrachtete Ben weiterhin, der im Flur stand, während Herr Inan und Karim immer noch über Masken und Impfstoffe diskutierten.

„Junger Mann", sagte sie plötzlich, „Sie hängen viel zu oft im Treppenhaus herum. Haben Sie nichts Besseres zu tun?"

Ben lächelte schwach und entgegnete: „Manchmal ist es das Beste, was man tun kann."

Frau Hartmann schnaubte, doch ein leichtes, freches Schmunzeln umspielte ihre alten Lippen. Vielleicht, dachte sie, war dieser junge Mann nicht so nutzlos, wie sie ursprünglich geglaubt hatte.

Ben verzog sich von den anderen unbemerkt in seine Wohnung und ihm wurde es schwer in der Brust. Er hatte ein Gefühl, dass dies alles nur der Anfang war. Bloß der Anfang wovon?

Es war inzwischen spät in der Nacht, als es an seiner Tür klopfte. Für gewöhnlich bekam Ben zu dieser späten Stunde keinen Besuch mehr, wenn er denn überhaupt welchen bekam. Er schritt zur Tür und öffnete sie einen Spalt.

Vor ihm stand ein älterer Herr mit lichtem, grauem Haar. Die Falten in seinem Gesicht berichteten von vielen sorgenvollen Stunden. Er hielt eine dicke, lederne Mappe, die recht schwer in der Hand des gedrungenen Mannes wirkte, und schaute eindringlich zu Ben hinauf.

„Hallo Ben, mein Junge. Darf ich?", begrüßte der Besucher ihn wie einen alten Bekannten und schob sich bereits durch die Tür.

Ben gab die Begrüßung halbherzig zurück. In den hintersten Ecken seines Gedächtnisses suchte er nach diesem Menschen, ohne fündig zu werden. Er folgte seinem spontanen Gast zum Küchentisch, an welchem sich dieser bereits halb eingerichtet hatte. So alt der Mann auch sein mochte, schnell war er.

Die Mappe war schon aufgeklappt. Diverse Fotos, Diagramme, Zeichnungen und Dokumente mit Listen, Namen und Zahlen bedeckten den kleinen Tisch.

„Du könntest einen etwas größeren Tisch gebrauchen, mein Lieber", empfahl der Fremde und schob die Papiere etwas übereinander, um noch mehr dazu legen zu können.

76

„Entschuldigen Sie bitte, wie ist nochmal ihr Name?", wollte Ben nun endlich wissen. Vielleicht würde er dann darauf kommen, wer diese Person war.

Der Mann ließ von seinen Unterlagen ab, wandte sich zu Ben und musterte ihn einen Moment.

„Du", betonte er besonders stark, bevor er seinen Satz weiterführte, „darfst mich Karl nennen."

Es machte einfach immer noch nicht Klick bei Ben. Er kannte diesen Karl nicht. Doch die Sprechpause war zu kurz, als dass er noch hätte nachhaken können, ehe der effiziente kleine Mann weitersprach.

„Es gibt aber viel Wichtigeres als das. Ich bin hier, um dir Einiges zu zeigen", erklärte Karl endlich. „In nächster Zeit wird es hier vielleicht ein wenig hektischer, aber dazu kommen wir, wenn es so weit ist. Fangen wir vorne an. Kennst du diesen Mann hier?"

Der Herr hielt ein Foto von Brian Taylor hoch. Wie Ben wusste, war er ziemlich reich, hatte viel mit Prominenten zu tun und machte Lisa-Marie das Leben schwer. Sich immer noch wundernd nickte er kurz.

„Dann kommen wir langsam ans Eingemachte. Brian Taylor ist offiziell ein Manager, der seinen Musikern, Schauspielern oder was auch immer erfolgreich hilft, Fuß in ihrer Branche zu fassen und das auch sehr effektiv. Alles in allem klingt das leider deutlich schöner, als es in Wahrheit ist", schilderte Karl und gab Ben einen Moment Zeit, sich auf die nächsten Worte vorzubereiten.

Er nahm tief Luft und setzte seine Ausführung nun deutlich langsamer fort: „Brian Taylor ist ein Kontrollmechanismus einer kleinen, ausgewählten Gruppe aus unglaublich mächtigen Menschen. Diesen ist es am wichtigsten, ihre Macht zu stärken und zu erweitern. Und in naher Zukunft wollen sie das tun, indem sie die vermeintlich Wehrlosesten opfern."

Es ratterte in Bens Kopf, doch die Zahnräder wollten einfach nicht ineinander greifen. Ja, das klang natürlich furchtbar, aber der Sinn dieser Situation, die sich gerade in seiner Küche abspielte, wollte ihm nicht einleuchten.

Es platzte aus ihm heraus: „Warum erzählen Sie ausgerechnet mir das Alles?"

Ein mitleidvolles Grinsen zierte sein Gegenüber, als dieser sprach: „Weil du das ändern kannst. Du könntest eine heldenhafte Rolle spielen und den Leuten helfen, die jetzt oder vielleicht sogar in Zukunft andernfalls in Gefahr sind."

Ben mochte seinen Ohren nicht trauen. Er sollte eine heldenhafte Rolle spielen? Ausgerechnet er? Er fühlte sich ganz und gar nicht heldenhaft. Ben dachte an die letzten Wochen. Daran, wie seine Freundin ihn verlassen hatten, dass er vollkommen alleine war und er - Dank der Pandemie - nicht mal mehr zur Arbeit konnte, die ihm so viel bedeutet hatte. Daran, wie es bis gestern noch zwischen ihm und Lisa-Marie lief und wie es heute aussah.

So gut konnte er sich an dieses Gefühl erinnern. An das Gefühl, ein vollkommener Versager zu sein. Und jetzt sagte ihm dieser Karl, er solle einen Helden spielen?

Er schluckte und meinte: „Warum sollte ausgerechnet ich das machen?"

„Weil du uns Möglichkeiten eröffnen kannst, zu denen niemand anderes in der Lage ist", begründete Karl sehr kryptisch und betrachtete interessiert den kräftigen Kater, Arnuld. „Hab ich recht, mein Freund?"

Arnuld hatte es sich bisher unter dem Tisch gut gehen lassen, streckte sich nun genüsslich und setzte sich dann demonstrativ vor seinen Bediensteten, Ben. Sein Schwanz zuckte und er ließ ein forderndes Schnaufen hören.

Jetzt erinnerte der junge Mann sich wieder daran, was ihm aus der Panikattacke heraus geholfen hatte. Es war ein Brummen in den Ohren und ein Tapsen auf seinen Beinen. Ohne es zu bemerken, hatte er sich hingesetzt und Mimi, die kleine Katzendame, hatte auf seinem Schoß gestampft. Arnuld lag laut schnurrend hinter Bens Kopf auf dem Bett und Babo hatte sich eng neben ihn gesetzt.

Seine Katzen hatten ihn aus dem Sumpf heraus gezogen. Auch jetzt in diesem Moment, mit dem Fremden vor sich, wirkte ihre Anwesenheit bestärkend. Eventuell sollte er es einfach versuchen. Ben hatte nichts mehr zu verlieren und so konnte er wohlmöglich seinen Nachbarn, seiner Vermieterin und vielleicht sogar sich selbst helfen.

„Na dann, bleibt mir wohl nichts anderes übrig, was?", lenkte Ben letztendlich mit einem schrägen Lächeln auf den Lippen ein.

Es war ein grauer Nachmittag, als ein schwarzer SUV vor dem Wohnblock hielt. Der Motor lief noch eine Weile, bevor die Tür aufging und Brian ausstieg.

Er betrat rasch das Treppenhaus und begegnete Frau Hartmann, die gerade eben ihre Wohnung verließ.

„Echt schöner Block", sagte Brian mit einem Lächeln, das eher einer Drohung glich. „Schade, dass Sie ihn bald verlassen müssen."

Frau Hartmann erstarrte. „Wie bitte?"

„Oh, keine Sorge. Sie werden informiert." Brian ging weiter, ließ die verdutzte Frau stehen und wandte sich zu Ben, der gerade die Treppe hinunterkam.

„Und wer sind Sie?", Brians Tonfall war süffisant, fast herausfordernd.

„Ben", antwortete dieser, ruhig, aber angespannt.

„Ah, der Katzenmann." Brian lächelte kalt. „Dann solltest Sie schon mal überlegen, wohin mit Ihren Haustieren. Bald ist hier Schluss und zwar für alle."

„Was soll das heißen?" Ben trat einen Schritt näher, seine Stimme bebte vor unterdrückter Wut.

„Das heißt", sagte Brian leise, „dass ich diesen Block übernehmen werde. Und Leute wie Sie werden nicht Teil der Zukunft sein. Sie können alle nach Marßel oder Blumenthal ziehen, zu dem anderen Gesindel."

Lisa-Marie beobachtete die Szene vom oberen Absatz des Treppenhauses aus. Bens sonst eher unsichere Art wich einer ungewohnten Entschlossenheit, als er Brian direkt ansprach: „Sie können nicht einfach -"

„Sie haben keine Ahnung, mit wem Sie hier reden", unterbrach er ihn höhnisch. „Ich kann nahezu alles."

Mit einem spöttischen Lachen nahm er die letzten Stufen zu Lisa-Marie, die ihm bereits die Wohnungstür aufhielt.

„Brian", sagte sie kühl. „Komm rein."

Das Gespräch zwischen Brian und Lisa-Marie war von starker Spannung durchzogen. In ihrer Wohnung ließ er sich unaufgefordert auf die Couch fallen, während sie mit verschränkten Armen im sicheren Abstand stehen blieb.

„Lisa", begann Brian, sein Ton nun fast sanft. „Du weißt, warum ich hier bin."

„Du willst den Block", sagte sie trocken.

„Und du weißt, dass ich dir helfen kann." Brian beugte sich vor, seine Stimme ein Flüstern. „Die Schulden beim Finanzamt, ich lasse sie verschwinden. Die Verträge, die dich binden, sind Geschichte. Alles, was du tun musst, ist den Block aufzugeben."

Lisa-Marie schluckte schwer. „Und was passiert mit den Menschen hier?"

„Das sollte doch echt nicht dein Problem sein. Glaub mir, sie finden schon einen neuen Weg, diese armen, komischen Nichtsnutze." Er lehnte sich zurück und lächelte sehr selbstzufrieden.

„Weißt du was?", sprach er aufgesetzt gütig. „Du tust mir Leid. Ich gebe dir nochmal Zeit bis zum Ende des Monats. Mehr kann ich dir nicht einräumen. Aber du sollst in Zukunft wirklich meine Nachrichten beantwortet."

Währenddessen hatten sich die Nachbarn draußen im Hof versammelt. Frau Hartmann und Ben hatten den anderen ihre Begegnung mit Brian im Treppenhaus geschildert und diskutierten nun hitzig.

Karim, wie in den meisten Fällen recht laut und provokativ, hielt eine Zigarette in der Hand, während er Ben angriff. „Und du mit deinen Katzen. Denkst du, das ist normal? Vielleicht bist du ja der Grund, warum sie uns alle los werden wollen!"

Ben war frustriert. Dieser Ganze Wahnsinn sollte jetzt sein Werk gewesen sein? Er explodierte jetzt und fuhr ihn an. „Hör auf, Unsinn zu reden!" Seine Stimme war fester als je zuvor. „Du weißt genau, dass das nichts damit zu tun hat. Anstatt so einen Mist von dir zu geben und nur zu meckern, könntest du einfach mal selbst eine Lösung vorschlagen, die tatsächlich hilft!"

Mit diesem Gegenwind hatte Karim nicht gerechnet und bevor er reagieren konnte, unterbrach Amina den Streit.

„Habt ihr das schon gesehen?", sagte sie und hielt die Schlagzeile hoch: *„Top-Star Lisa-Marie: Steuerhinterziehung in Millionenhöhe!"*

Nun verlagerte sich der Punkt der Diskussion und verlief sich eher ein einem Meer an Spekulationen, was sich tatsächlich hinter diesem Artikel verbarg und was ihre Vermieterin noch alles auf dem Kerbholz habe, bis sie sich in Albernheiten verrannten und witzelten.

Das Gespräch war nun zwar noch weniger konstruktiv als vorher, aber sorgte dafür, dass sich die Nachbarn trotz der Neuigkeiten nicht so stark dem Druck ausgesetzt fühlten.

Bens Blick wurde von der Bewegung einer Katze angezogen und lenkte sich so auf ein selbstzufriedenen Gesicht eines Mannes, der nicht hierher gehörte. Brian Taylor verließ beinahe beschwingt das Grundstück. Und wieder ließ er Ben mit einem flauen Gefühl zurück.

Kapitel 8

In dieser Nacht hatte Lisa-Marie wieder etwas zu tief ins Rotweinglas geschaut. In ihrem Kopf drehte es sich. Sie wollte einfach nicht mehr nachdenken. Nicht an Brian. Nicht an den Block. Und nicht an Ben. Es war alles zu viel und vor allem zu aussichtslos.

Was sollte sie nur tun? Doch diese Frage wollte sie sich erst morgen wieder stellen. Sie ließ die letzten Tropfen aus der Flasche in ihr beinahe überschwappendes Glas fallen und trank es in einem Zug.

Sie glaubte, diese eine Nacht ohne trostlose Gedanken zu brauchen. In einem Meer aus Kissen schlief sie ein und be-merkte dabei nicht, wie ihr Handy vibrierend vom Tisch fiel. Das Touchscreen zeigte Brians Gesicht.

Am nächsten Tag wurden die Gespräche der Nachbarn durch ein nahendes Sirenengeheul gestört. Fahrzeuge fuhren auf den Hof und dutzende gepanzerter Männer des MEK Bremen stürmten eilig zum Hauseingang. Ihre Schritte hallten an den Betonwänden wider.

Irritiert und besorgt sah die versammelte Nachbarschaft des Haupthauses zu. Karim war etwas nervöser als der Rest. Doch recht schnell hatten sie die Vermutung aufgestellt, dass es sich hier um die Eigentümerin drehen könne.

Und deren Abführung bestätigte die These .Lisa-Marie wirkte wie betäubt. Blass, kraftlos und mit tiefen Augenringen starrte sie einfach nur vor sich. Und ließ die Menschen um sich herum ohne eines Blickes gewähren.

Die Nachbarn sahen aus sicherer Entfernung zu, während die Beamten einige Aktenordner der Wohnung ihrer Vermieterin mit nahmen.

Ben blieb allein auf dem Hof stehen, den Blick fest auf Lisa-Marie gerichtet, als sie nach Stunden zurück gekehrt war. Ihr Gesicht war blass. Ihre Schultern hingen herunter. Er trat auf sie zu, doch bevor er sprechen konnte, hob sie die Hand.

„Bitte. Sprich mich nicht an", zischte sie schwach.

Ihre Stimme war brüchig, aber bestimmt. Trotz ihrer Worte ließ Ben nicht locker.

„Lisa-Marie", flehte er beinahe, „du kannst das nicht allein durchstehen."

„Allein?", sprach sie freudlos lachend. „Ich war immer allein."

Sie blickte ihn an und zum ersten Mal sah er die Verletzlichkeit hinter ihrer kühlen Fassade. Doch bevor sie weitersprechen konnte, vibrierte ihr Handy. Es war Brian. Sie drehte sich weg, nahm den Anruf an und sprach leise.

Nach dem Gespräch richtete sie ihren Fokus wieder auf Ben und meinte nur resigniert: „Es ist vorbei. Ich muss den Block abgeben."

„Was?" Bens Stimme war kaum mehr als ein Flüstern.

„Und du solltest deine Katzen loswerden", fügte sie hinzu, kälter, als sie es wohl wirklich beabsichtigt hatte, bevor sie in im Hausflur verschwand.

Alle Katzen, vor allem Arnuld, miauten laut. Rippchen rannte wie von einer Tarantel gestochen über den Hof. Babo machte sich träge ebenfalls auf den Weg nach oben. Der Block war scheinbar still, aber unter der Oberfläche brodelte es. Die Nacht nach dem MEK-Einsatz war ungewöhnlich ruhig. Kein Flüstern. Keine hitzigen Diskussionen. Selbst Karim hatte seine üblichen Streifzüge unterbrochen. Nur die Katzen waren in Bewegung. Ihre Schatten huschten über den Hof, als hätten sie eine ganz eigene Mission.

Arnuld führte sie an. Sein strenger Blick schien die anderen zu koordinieren. Rippchen öffnete eine angelehnte Kellertür und Findi verschwand darin, bevor das Licht eines vorbeifahrenden Autos den Eingang erhellen konnte.

Brian saß spätabends in seinem Büro, die Unterlagen von Kefir Moubarak alias K-four und Bildschirme mit Live-Aufnahmen von dessen Zelle vor sich. Der Rapper saß zusammengesunken auf einem Hocker. Sein Gesicht von Müdigkeit und Frustration gezeichnet, was man Dank der blutigen Wunden und blauen Stellen nur schwer ausmachen konnte.

Ein junger Mann mit scharf geschnittenen Gesichtszügen trat ein.

Dieser meinte: „Alles erledigt, Boss."

Seine Stimme war ruhig, fast zu ruhig. Doch in seinen Augen blitzte ein Hauch von Zögern auf. Ein Zeichen, dass hinter der Fassade mehr steckte. Brian nickte zufrieden.

„Sehr gut, Kano", antwortete er. „Und was ist mit K-four?"

„Er spricht immer noch nicht. Aber das wird er sicher bald", versicherte der Handlanger.

„Du wirst mir bald danken", murmelte Brian, der einen Scotch in der Hand hielt. „K-four wird ein exemplarisches Beispiel dafür sein, wie man Loyalität erzwingt."

Kano schwieg. In seinem Inneren kämpften zwei Stimmen: Die Loyalität zu Brian, der ihn einst aus schwierigen Verhältnissen geholt hatte, und das wachsende Gefühl, dass das, was hier geschah, falsch war.

Sein Blick fiel auf eine Notiz auf dem Schreibtisch: *„Lisa-Marie unter Kontrolle bringen. Letzte Frist bis Monatsende. "* Er fragte sich, ob diese Lisa-Marie auch bald K-fours Platz einnehmen würde oder wie es allgemein weiter ging.

Kano war an für sich ein kreativer Mensch. Er konnte singen, rappen, texten und kannte sich mit Grafiken aus. Dennoch bekam er von Brian bisher weniger als kaum Wertschätzung, geschweige eine Chance als Künstler. Vielmehr befand sich Kano in einem Konflikt aus Dankbarkeit und Abhängigkeit gegenüber Brian Taylor und dem Drang, das Richtige tun zu wollen.

Der Manager machte eine abfällige Handgeste, die Kano signalisierte, dass er jetzt gehen können. Er tat wie geheißen und wandte sich ab, doch als er die Tür schloss, war da ein Ausdruck von Unsicherheit in seinem Gesicht.Spät in der Nacht klopfte es erneut an Lisa-Maries Tür. Die zwei Polizistinnen standen davor, als sie geöffnet wurde.

„Frau Schäfer, wir müssen nochmal mit Ihnen sprechen", erklärte Sandra.

Sie und Nadine saßen nun mit ernstem Blick in Lisa-Maries Wohnung am Tisch. Sie hatten einige Akten vor sich auf dem Tisch aufgestapelt, die sie aus ihrer Tasche gezogen hatten. Lisa-Marie saß ihnen sichtbar angespannt gegenüber.

„Wir wissen, dass Brian nicht nur Ihr Manager ist", begann Nadine mit ruhiger, aber ausgesprochen durchdringender

Stimme. „Er hat Verbindungen, die weit über das Showbusiness hinausgehen. Uns liegt Beweismaterial vor, das zeigt, wie er Künstler*innen manipuliert und sie für seine Zwecke ausnutzt."

Lisa-Marie schaute weg. Ihre Hände zitterten leicht. „Ich ... ich weiß, dass er gefährlich ist, aber ich habe keine Wahl. Er hält alles in der Hand."

„Sie haben mehr Macht, als Sie denken. Wenn Sie uns helfen, können wir ihn zur Strecke bringen." Nadine lehnte sich vor. und sprach jetzt noch eindringlicher: „Nur so halten wir ihn und seine Kollegen davon ab, mit anderen das Gleiche zu machen und wie Sie auszubeuten."

Lisa-Marie schwieg. Die Wahrheit lastete viel zu schwer auf ihr: Brian hatte sie nicht nur finanziell, sondern auch emotional gegeißelt. Ihr Blick fiel auf ein Bild an der Wand – eine Erinnerung an bessere Zeiten, als sie noch glaubte, die Kontrolle über ihr Leben zu haben.

Die Frage war nicht, ob sie ihn aufhalten und aus der Misere heraus wollte. Die Frage, die sie sich stellte, war, ob sie noch die Kraft dazu hatte, so einen Kampf durch zu stehen.

Kapitel 9

Am Abend versammelten sich die Katzen wieder im Hof. Arnuld führte die Gruppe an. Ihre Bewegungen wirkten zielgerichteter als zuvor. In der Ferne war das Geräusch eines Motors zu hören. Ein Auto hielt und zwei Männer in dunklen Anzügen stiegen aus. Sie sprachen kurz miteinander, bevor sie in Richtung des Blocks gingen.

Von einem Fenster in Bens Wohnung aus sah Karl ihnen nachdenklich zu und schlürfte einen Schluck gezuckerten Tee.

„Es beginnt", murmelte er mehr zu sich selbst.

Ben sah ihn fragend an. „Bitte?"

„Nichts", Karl widmete sich nun dem jungen Mann zu. „Ich bin eigentlich nur hier, um dir ein bisschen den Rücken zu tätscheln."

Grinsend sah er in ein verunsichertes Gesicht voller Fragezeichen. Man sollte meinen, der Mentor haben in solch verzwickten Situationen nicht viel zu lachen, allerdings schöpfte er jeden Grund aus, lächeln zu können. Jetzt gerade, amüsierte er sich über den irritierten Jüngling vor ihm.

„Du hast uns etwas Wichtiges gezeigt", ermutigte er Ben. „Du hast Brians Handeln nicht einfach schweigend hingenommen. Wenn es darauf ankommt, hast beweist du Charakter."

Ben zuckte mit den Schultern. Obwohl man ihm ansah, dass er sich leicht geschmeichelt fühlte, tat er es ab. „Es hat nichts geändert."

„Heute nicht. Morgen kommt noch", fuhr Karl unbeirrt fort und nahm einen weiteren viel zu lauten Schluck aus seiner Tasse. „Aber das wir es. Du weißt es noch nicht, aber es gibt tatsächlich Menschen, die zu dir aufschauen und es werden in Zukunft noch mehr, wenn du deine Menschlichkeit und deinen Willen bei behältst."

Der Mentor konnte Ben ansehen, dass er nicht gerade überzeugt war. Das musste er aber auch nicht sein. Er sollte einfach der sein, der er war. Dann würde er sich immer mehr um seinen Mitmenschen kümmern und starke Zivilcourage beweisen.

„Brian Taylor ist nicht nur ein Manager. Er ist auch ein Werkzeug, das der Loge dabei Hilft, die Macht über Menschen zu halten und auszubreiten.", machte Karl weiter. „Dieser Block wird mit deiner Hilfe zu einem Mahnmal für all die anderen Orte, die im Moment dem gleichen Schicksal ausgeliefert scheinen. Wir dürfen nicht zulassen, dass die wenigen Reichen alles an sich reißen und den ganzen anderen Menschen ihre Lebensgrundlage nehmen!"

Das war einer der wenigen Momente, in denen selbst Karl ernster wurde. Es war ihm zu wichtig und was er nun sagen wollte, musste für bare Münze genommen werden.

„Du kannst das verhindern! Die Nachbarn vertrauen dir jetzt schon, selbst wenn sie es nicht zugeben. Genau wie die Katzen." Der gedrungene Mann veränderte seine Haltung. Er nahm einen stabilen Stand ein und machte seinen Rücken gerade. Nun wirkte größer und stärker als zuvor. „Die Katzen haben eine besondere Rolle in diesem Ganzen. Es geht um diene Energie, um die der Nachbarn und um die deiner Katzen. Diese Symbiose macht euch so stark, wie kaum etwas anderes."

„Ähm… Also…“, fing Ben an, „ich weiß nicht, was ich sagen soll.“

„Brauchst du auch nicht. Denk einfach darüber nach“, versicherte Karl ihm und sein Schmunzeln kehrte zurück. „Ich muss jetzt sowieso weiter. Begleitest du mich zur Tür?“

Der Duft von frisch gebackenem Kuchen empfing Ben bereits im Hausflur. Sein Mentor war wie immer rasch und unbemerkt verschwunden und er selbst ging zu seinen Nachbarn, die wieder einmal an einem Lagerfeuer auf dem Hof saßen.

„Wir müssen uns irgendwie die Zeit vertreiben“, sagte Frau Hartmann mit einem leichten Lächeln, als sie Ben einen Teller überreichte.

Die Gespräche waren leise, doch wirkten sie wie eine kleine Flucht aus der bedrückenden Realität des Lockdowns.

„Das ist verboten!“

Eine scharfe Stimme zerschnitt die friedliche Stimmung. Herr Kühne, ein Mann mit harten Gesichtszügen und einem wachsenden Bauch, trat aus einem der dreistöckigen Wohngebäude. Seine Augen funkelten vor Missmut.

„So eine Versammlung im Lockdown?“, schimpfte er. „Denkt jemand von euch überhaupt an die Regeln?“

Ruhig trat Herr Inan vor und versuchte seinen Nachbarn zu beschwichtigen: „Herr Kühne, wir halten Abstand und außerdem – Wer braucht denn noch mehr Spannungen? Kommen Sie! Nehmen Sie sich doch ein Stück Kuchen und leisten uns Gesellschaft!“

„Das ist illegal!", beharrte Herr Kühne auf seinem Standpunkt. Er zog sich schnaubend und mit geballten Fäusten zurück. „Ihr werdet schon sehen, was ihr davon habt."

„Ach, lasst den alten Miesepeter doch reden", meinte Frau Hartmann verächtlich.

„Ich glaube, eigentlich würde er sich selbst gerne zu uns setzten. Aber er steht sich selbst im Weg", dachte Amina laut nach.

„Wie meinst du das?", will Farid wissen.

„Wie sollte er sich jetzt, nachdem er uns schon so oft über den Mund gefahren ist, entspannt in unsere Runde setzen? Da würde er sich sicher nicht wohl mit fühlen.", erklärte sie.

„Außerdem passt das hier",

Herr Inan machte eine Geste, die den Kreis der zusammengefundenen Nachbarn einfasste, „nicht in sein Weltbild. Wir kommen von überall her. Wir haben alle unsere ganz unterschiedlichen Geschichten und Hintergründe und kommen dennoch vorbildlich miteinander aus."

„Mensch, Herr Inan! Da bekomme ich ja fast Pipi in die Augen", lachte Luigi. „Aber Sie haben voll und ganz Recht."

„Ja", gab selbst Karim zu. „Es ist schön hier zu zugehören."

Damit hatte er alle Blicke, so wohl verwunderte als auch warme, auf sich gezogen.

Seine Hautfarbe nahm einen leichten rötlichen Stich an, ehe er faucht: „Keine Sorge, sowas sage ich nicht nochmal. Ihr könnt jetzt weg gucken."

Die Nachbarn lachten und wandten sich ab. Alle bis auf Amina.

Sie musste noch etwas los werden. „Ich freue mich ehrlich, dass du das so siehst."

Karim erwiderte kurz ihren Blick und schenkte dann dem Kuchen in seinem Teller alle Aufmerksamkeit. Und dann kam der Bautrupp.

Ein Transporter fuhr vor, von einem Vermessungstrupp gefolgt. Ein bulliger Mann stieg aus, mit einer faltbaren Karte in der Hand und einem Funkgerät am Gürtel.

„Das Tachymeter positionieren Sie hier", wies er seine Mitarbeiter an und zeigte sowohl auf bestimmte Punkte in seinem Plan als auch hin und wieder auf Leute aus seinem Team., „und richten es auf diesen Punkt. Messen Sie zuerst die Basislinien und kontrollieren Sie die Abstände zu den Referenzpunkten. Und Sie notieren jede Messung. Dann können Sie die direkt mit den Plandaten abgleichen. Alles klar?" Die letzten Worte rief er beinahe, während seine Leute bereits loslegten. Um die fragenden Blicke der Anwohner kümmerte er sich gar nicht.

Karim war der Erste, der seine Stimme erhob: „Was soll das? Was macht ihr hier?"

„Das geht Sie nichts an", brummte derjenige, der eben noch Anweisungen verteilte.

„Es sieht so aus, als wollen sie das Grundstück vermessen", vermutete Frau Ziegler kleinlaut.

„Ach ja?", knurrte Karim. „Wir wissen ganz genau, was ihr vorhabt. Ihr wollt uns vertreiben! Aber nicht mit mir, ya Kelb!"

Strammen Schrittes bewegte er sich auf den Eindringling zu und holte aus. Gerade als seine Faust nach vorn schnellte, drang eine leise Stimme an sein Ohr.

„Mama, was machen die denn?"

Es war Naomis Stimme. So wütend und machtlos Karim sich auch fühlen mochte: Er wollte nicht, dass Kinder zusahen, wie er als erster zuschlug.

Der vermutliche Bauleiter taumelte aus Schreck zurück und fiel auf den Boden, während Ben sich an Karims Seite stellte. Der Eindringling stand wütend und beschämt auf. Er warf einen Blick in die Menge.

„Ihr braucht euch gar nicht überlegen fühlen! Ihr werdet noch alle bezahlen!", rief er, bevor er in seinen Transporter stieg und davonfuhr. Die Katzen knurrten. Rippchen kratzte mit einer Kralle über den Asphalt, als wollte sie ihn markieren.

Als die Dunkelheit bereits über den Block herein gebrochen war, versammelten sich die Nachbarn erneut. Ben stand in der Mitte, umgeben von all den anderen Mietern des vierstöckigen Hauses. Sophie Hartmann hatte einen Teller mit Schnittchen abgestellt. Ihre Miene war entschlossen.

„So, Junge. Warum sind wir hier?", wollte sie wissen, obwohl sie aussah, als habe sie bereits eine Ahnung.

Ben holte tief Luft. „Ich denke, wir müssen unser Schicksal selbst in die Hand nehmen. Wenn es so weiter geht, fliegen wir hier bald raus. Ich würde unseren Runden auf dem Hof gerne beibehalten. Dafür müssen wir allerdings etwas tun und alle an einem Strang ziehen."

„Und was ist denn nun genau dein Plan, Ben?", fragte Ayhan Inan ruhig, aber neugierig.

„Mein Plan …", überlegte Ben. Ihm war nicht klar gewesen, dass er jetzt eine Art Gesprächsleiter sein würde. Eigentlich dachte er, jemand anderes würde gerne diese Rolle übernehmen und einschreiten. Statt dessen sahen ihn seine Nachbarn erwartungsvoll an. Er fasste einen Entschluss. Er würde Karls Worten einen Vertrauensvorschuss geben. Zu verlieren hatte er ja nichts.

„Zuerst möchte ich euch etwas erzählen", begann Ben und erzählte den anderen Bewohnern, dass er viel von Karl erfahren hatte. Die Hinweise bezüglich der Katzen behielt er allerdings vorsorglich erstmal für sich.

Nachdem er die wichtigsten Informationen mit allen geteilt hatte, gab er ihnen einen Moment zum erfassen. So wie sein Mentor auch ständig machte. Inzwischen hatte Ben gemerkt, wie wichtig es war, seinen Gedanken diese kurze Zeit zu geben.

„Als erstes sollten wir versuchen jemanden finden: Eine Frau, die auch schon mal einen Vertrag mit Taylors Unternehmen hatte. Sie soll seine Schwachstellen kennen, ist im Moment allerdings untergetaucht. Außerdem sollten wir uns über unsere Rechte als Mieter informieren. Wenn wir uns alle Informationen besorgen, dann können wir uns auch wehren."

Karim verschränkte die Arme. „Und warum sollten ausgerechnet wir das hinbekommen?"

„Weil wir eine einmalige Truppe sind", gab Ben wie selbstverständlich von sich. „Schaut euch doch an! Jeder von euch hat ganz unterschiedliche Talente. Wenn wir es nicht schaffen, wer dann?"

Herr Inan legte ihm eine Hand auf die Schulter. „Wir schaffen das gemeinsam, mein Sohn. Wir brauchen auch dich. Denn du bist der Stärkste von uns." Seine Stimme war voller Wärme und zum ersten Mal schien Karim ernsthaft zuzuhören.

„Und der Mutigste", sagte die junge Mutter zuversichtlich, woraufhin Frau Hartmann ergänzte, „Und ein Schnuckel bist du auch."

Luigi, ein Mann mit kräftigen Schultern und einer weichen Stimme, lachte und trat dann aus der Menge. „Das hätte ich Ihnen nicht zugetraut Frau Hartmann. Sie machen unseren Karim ja ganz verlegen." Zu Ben gewandt und vom Nicken der anderen unterstützt sagte er dann: „Also, ich bin dabei. Ich bin vor Jahren nach Bremen gekommen, um ein besseres Leben zu führen. Eines auf das meine Eltern stolz gewesen wären. Wenn ich helfen kann, dann tue ich es auch. Sonst könnte ich nicht mehr in den Spiegel sehen. Und das wäre doch ein großer Verlust für mich. Nicht wahr, Frau Hartmann?"

Er imitierte mehr schlecht als recht eine Denkerpose. Alle lachten und konnten alles für einen Augenblick vergessen: Den Lockdown, die Angst vor einer Infektion, ihre ganzen Sorgen und die Geschehnisse um ihr Zuhause.

„Danke", sagte der sonst so zurückhaltende Ben, während der glückliche Karim ihm seine Arme auf die Schultern legte.

Nahezu überwältigt von der plötzlichen Unterstützung führte Ben aus: „Es wird nicht einfach. Aber es geht nicht nur um den Block. Es geht um uns alle."

Rippchen sprang auf Karims Schulter und schnurrte, als wollte sie ihm Mut machen. Die anderen Katzen blickten aus ihren Nischen und Ecken auf die Gruppe. Ihre Augen funkelten im Mondlicht. Arnuld, still und würdevoll, schlich zwischen den Beinen der Menschen hindurch, als ob er wusste, dass etwas Großes bevorstand.

„Wohin gehen wir zuerst?", fragte Luigi.

Ben zögerte. „Wir müssen die Frau finden. Sie war Schauspielerin und eine von Taylors ersten Opfern. Wenn sie uns helfen kann, wären wir ein gutes Stück weiter."

Herr Inan legte ihm eine Hand auf die Schulter. „Wir schaffen das!"

Frau Ziegler hob leicht ihre Hand und meinte: „Also, wegen juristischen Grundlage … Ich habe mal in einer Kanzlei gearbeitet. Ich bin zwar keine Anwältin, aber ich denke, ich habe noch einiges aus dieser Zeit mitgenommen."

Ben war überrascht und Dankbar. Clara Ziegler war sonst nicht gerade vorne mit dabei, wenn es darum ging Verantwortung zu übernehmen. Nicht weil sie inkompetent sei, sondern weil sie befürchtete, etwas nicht zu schaffen.

„Das wäre eine große Hilfe, wenn Sie sich da nochmal reinlesen könnten, Frau Ziegler", antwortete Ben.

„Clara", entgegnete Sie, „Es wäre schön, wenn ihr mich einfach nur Clara nennen würdet."

„Danke, Clara", kam Ben ihrem Wunsch nach.

Langsam entfernten sich die Anwohner wieder vom Hof. In den Fenstern der benachbarten Gebäude leuchteten immer mehr Lichter auf. Menschen beobachteten, was vor sich ging. Herr Kühne stand reglos in einem Fenster, seine Augen schmal und voller Missgunst.

„Das wird nicht leicht", murmelte Ben, als sie langsam alles zusammen räumten.

„Es muss nicht leicht sein", erwiderte Herr Inan. „Es muss nur richtig sein."

Hinter ihnen folgte eine Prozession von Katzen, ihre Bewegungen leise und zielgerichtet. Der Mond beleuchtete die Szenerie und Gefühle von Hoffnung bis hin zu Unsicherheit, lag in der Luft.

Kapitel 10

Das Büro von Brian wirkte wie immer makellos. Die Regale waren mit wertvollen Büchern und Auszeichnungen gesäumt, die einen Mann zeigten, der scheinbar alles im Griff hatte. Doch die Atmosphäre änderte sich, als die Polizistinnen Nadine Neumann und Sandra Sander eintraten.

„Herr Taylor", begann Nadine mit kühler Stimme. „Wir haben ein paar Fragen an Sie. Es betrifft den Rapper K-four beziehungsweise Kefir Moubarak."

Brian lehnte sich in seinem Sessel zurück. Wie gewöhnlich trug er ein süffisantes Lächeln auf den Lippen. „Ach, die Polizei. Was für eine Überraschung. Ich hätte erwartet, dass Sie sich inzwischen mit echten Problemen beschäftigen."

Nadine ließ sich nicht beirren. „Herr Taylor, wir haben Grund zur Annahme, dass Sie wissen, wo sich Kefir Moubarak im Moment aufhält. Er ist seit mehreren Wochen verschwunden und alle Spuren führen zu Ihnen."

„Spuren?" Brian lachte kurz trocken auf. „Kefir Moubarak ist ein absolut freier Mann. Vielleicht genießt er einfach eine Auszeit. Nicht jeder mag es, auf Schritt und Tritt überwacht zu werden, wissen Sie?"

Doch als Sandra eine Akte auf den Tisch legte, gefüllt mit Fotos und Dokumenten, verschwand das Lächeln aus seinem Gesicht.

„Wir haben Zeugenaussagen, die Ihre Verbindung zu seinem plötzlichen Verschwinden bestätigen. Außerdem gibt es inzwischen weitere Berichte über Ihre Verträge mit Künstlern. Lisa-Marie ist auch eine interessante Figur in diesem Zusammenhang."

Brians Blick verdunkelte sich. „Lisa-Marie ist irrelevant. Sie hat nichts mit K-four zu tun."

„Oh, das glauben wir nicht", erwiderte Nadine ruhig.

„Ihre Steuerprobleme, die Verträge, Ihre Verbindungen – das alles passt zu einem Muster, Herr Taylor", warf Sandra ein. „Und dieses führt direkt zu Ihnen."

In diesem Moment öffnete sich die Tür und Kano trat mit einem Ordner unter dem Arm ein. Er schien kurz zu zögern, als er die beiden Polizistinnen sah.

„Entschuldigen Sie bitte, Herr Taylor, ich wollte nicht stören", gab er unsicher von sich.

Brian winkte ihn herein, obwohl Sandra Kano mit einem durchdringenden Blick fixierte.

„Und Sie sind?", ergriff Sandra sofort die Gelegenheit.

„Kano. Ähm … Kano Chan", antwortete er knapp. Sein Blick wanderte zu Brian. „Ich arbeite hier."

„Wir benötigen Ihre Personalien", sagte Sandra, ihre Stimme war fest. „Standardverfahren."

Brian sprang auf, ehe er sich wieder fing. „Das ist doch echt lächerlich! Mein Mitarbeiter hat nichts mit dieser Sache zu tun."

Sandra ignorierte ihn und reichte Kano ein Formular. „Herr Chan, bitte füllen Sie das aus. Wir werden Ihre Daten überprüfen."

„Brian Taylor", sagte Nadine mit leiser Dringlichkeit wieder an Brian gewandt, „wir raten Ihnen, die Sache ernst zu nehmen. Sie stehen bereits unter Verdacht, in die Entführung von Kefir Moubarak verwickelt zu sein. Und wenn wir weiter graben, könnten wir noch mehr finden."

Brian ballte seine Fäuste, die Maske aus Selbstsicherheit begann zu bröckeln.

„Sie haben doch gar keine Beweise", zischte er.

„Vielleicht nicht", entgegnete ihm Nadine mit einem zuversichtlichen Lächeln, „aber selbst, wenn dem so wäre, würden wir sie finden."

Als Kano die Papiere ausfüllte, wurde die Spannung im Raum unerträglich. Brian funkelte ihn an, doch Kano schien sich bewusst zurückzuhalten, als würde er versuchen, unscheinbar zu bleiben. Die Polizistinnen standen auf, sammelten ihre Unterlagen ein und wandten sich an Kano.

„Herr Kano Chan, sie werden wahrscheinlich bald als Zeuge vorgeladen. Überlegen sie sehr gut, was Sie aussagen. Es könnte nicht nur Ihre Zukunft beeinflussen."

Kaum waren die Polizistinnen gegangen, rammte Brian seine Fäuste auf den Schreibtisch. Er wandte sich mit blitzenden Augen an Kano.

„Hör jetzt zu, du kleiner Versager", zischte er. Seine Stimme sprühte vor Gift. Offenbar hatte vergessen, die Rolle des allmächtigen Retters bei zuhalten. „Du hast gar keine Zukunft ohne mich. Wenn du auch nur einen Ton über irgendetwas sagst, bist du erledigt. Verstanden?"

Kano hielt Brians Blick stand, doch die Angst in seinen Augen war unübersehbar.

„Ich habe nichts gesagt", murmelte er.

„Dann sorg dafür, dass es so bleibt!", sagte Brian kalt. „Sonst bist du schneller weg, als du glaubst."

„Ja … ja, klar, Brian", antwortete er. Nachdem Brian auf einen Knopf an seinem Schreibtisch gedrückt hatte, öffnete sich eine geheime Tür hinter einem Regal. Dahinter erschien K-four betäubt und gefesselt in einem kleinen Raum.

„Der wird bald wach. Gib ihm eine Ladung. Ich überlege mal besser, wie wir ihn hier wegschaffen und wo wir ihn endlich entsorgen können."

Der Regen prasselte gegen die Scheiben von Herr Inans Wohnzimmer, während Ben, Karim, Luigi und Herr Inan um den alten Küchentisch saßen. Vor ihnen stand ein aufgeklappter Laptop neben verstreuten Zeitungsartikeln, handschriftlichen Notizen und einer Karte von Bremen. Rippchen sprang auf den Tisch.

Die dünne Katze verfügte über eine Geschicklichkeit, die selbst in der Katzenwelt ihresgleichen suchte. Sie wuchs bei einem Alkoholiker-Paar in der Nachbarschaft auf. Beides ziemlich unangenehme, sonst aber harmlose, Personen, die sich des Öfteren so laut stritten, dass die Polizei gerufen wurde. Meist entweder von Frau Hartmann oder von Herrn Kühne, diesem frustrierten, alten Mann, der gleich unter ihnen wohnte.

Kühne wohnte im Nebenhaus unter den beiden Alkoholkranken, die oft Besuch hatten. Irgendwann brachten Babo und Arnuld die kleine Katze mit. Seitdem lebte sie bei Ben.

Rippchen schob mit einer Pfote ein kleines Stück Papier beiseite und musterte die Gruppe, als würde sie diese beurteilen.

„Also", begann Herr Inan langsam, während er sich seine Brille aufsetzte. „Diese Schauspielerin … Wir wissen nur, dass sie vor Jahren in die psychiatrische Klinik eingewiesen wurde. Wo sie jetzt ist, ist allerdings völlig unklar."

„Sie hat mal in einem Theater in Bremen gespielt", fügte Luigi hinzu, während er auf seinem Handy scrollte. „Vielleicht können wir da zunächst anfangen?"

„Warum … machen wir das überhaupt?", murmelte Karim, der nervös mit einem Kugelschreiber spielte. „Ich meine, wir riskieren hier alles, um jemanden zu finden, den wir nicht mal kennen. Wozu denn?"

Ben hob den Blick. „Weil wir keine andere Wahl haben. Wenn wir Brian stoppen wollen, brauchen wir diese Frau. Sie kennt seine Geheimnisse. Oder bist du wirklich so scharf darauf, hier aus zuziehen und dir eine neue Bleibe zu suchen?"

Arnuld, der alte Kater, sprang auf den Schoß von Karim und starrte ihn unverwandt an. Karim seufzte und schob den Kugelschreiber weg, um seine Finger in Arnulds Kragen zu versenken und ihn zu kraulen.

„Na schön. Ihr habt ja recht", resignierte Karim. „Aber wenn wir da reingehen, will ich nicht, dass einer von uns alleine ist. Wir machen das zusammen."

„Wie?", Luigi war überspitzt überrascht. „Wollten wir nicht in ein altes Gebäude rein und uns sofort aufteilen? Ich glaube, in Horrorfilmen ist das bisher immer gut aus gegangen."

Ben bewarf ihn mit einem weichen Katzenspielzeug. „Aufhören jetzt. Wir müssen uns hier konzentrieren!", mahnte er, konnte sich ein Schmunzeln jedoch selbst nicht verkneifen.

Zur gleichen Zeit saß Brian in seinem Büro, dessen Finger auf der Schreibtischplatte trommelten. Vor ihm stand ein sichtlich angespannter Kano, während die beiden Männer in dunklen Anzügen sich schweigend in der Ecke des Raums postiert hatten.

„Kano", begann Brian mit seiner bedrohlich ruhigen Stimme, „du wirst K-four von hier weg nehmen. Ich will, dass er verschwindet."

Kano erstarrte. Bis jetzt hatte er immer noch einen Funken Hoffnung gehabt, dass es nicht zum Äußersten kommt.

„Du willst ihn umbringen lassen?", wollte er sich Klarheit verschaffen.

Brian beugte sich vor, ein eisiges Lächeln auf den Lippen. „Kano, ich mache keine Vorschläge und ganz sicher auch keine halbfertigen Sachen. K-four weiß zu viel und gefährdet damit uns alle. Auch dich." Brian bestätigte Kanos Vermutung, ohne es direkt zu benennen, in dem er sagt: „Und Dank unserer kleinen Vertragsklausel wird sein Tod mir nebenbei noch ein hübsches Sümmchen einbringen. Das nenne ich: Win-Win."

Brian würde erst dieses Problem verschwinden lassen und danach alles, was zwischen ihm und dem Block lag. Das Grundstück, auf dem die Wohngebäude standen, sollte Brian dabei helfen, seinen Reichtum und damit seine Macht zu erhöhen. Hier wollte er hohe Millionenbeträge für sich generieren. Es ging aber auch darum, einem gewissen Netzwerk einen großen Gefallen zu tun, von dem der Manager ein entscheidender Teil war.

Die beiden Männer in den Anzügen, die sich als Marcin und Tobias vorstellten, nickten nur stumm. Ihre Gesichter waren hart und ihre Bewegungen präzise, wie bei Menschen, die wussten, wie man Befehle ausführte. Und das vor allem ohne in Detail zu gehen.

„Wann?", fragte Kano schließlich.

„Heute Nacht ist es so weit", antwortete Brian. „Und vergiss nicht: Wenn du es vermasselst, bist du der Nächste."

Vor einigen Monaten hatte K-four, einer der bekanntesten Rapper Deutschlands, beschlossen, sich von Brian zu lösen. Der Vertrag, der ihn ewig an den Manager gebunden hatte, war wie ein Käfig, und K-four hatte erkannt, dass seine gesamte Karriere und sein Leben, unter Brians ständiger Kontrolle nicht mehr sicher waren.

Der Manager hatte pikante Videos und Audios, die den Rapper in der Öffentlichkeit in ein schlechtes Licht rücken konnten. Damit erpresste er ihn zuletzt. Doch der junge Künstler wollte aus dem Vertrag heraus und sein eigenes Label gründen.

Eines Nachts, in einem Club in Berlin, war K-four mit zwei Freunden aufgetaucht, die er aus seiner längst vergangenen Zeit in Frankfurt kannte. Beide waren berüchtigte Mitglieder der internationalen organisierten Kriminalität. Diese grimmigen Männer, groß und breit gebaut, waren bewaffnet und schienen fest entschlossen, Brian einzuschüchtern.

„Du lässt mich gehen!", hatte K-four gesagt. Seine Stimme war fest und gerade eben so leise, dass am ihn noch deutlich verstehen konnte. „Oder ich lasse dich auffliegen."

Brian hatte ein Lächeln aufgesetzt, bei dem seine Augen nicht mitmachten.

„Und was genau willst du erzählen? Dass du ein Opfer bist oder dass du ein Teil des Systems bist, das du jetzt so sehr verachtest?"

K-four hatte die Faust geballt, doch seine Freunde hatten ihn zurückgehalten. So blieb ihm nichts anderes, als zu zischen: „Das war's jetzt, Brian! Wir sind fertig miteinander!"

Aber Brian war nicht fertig mit ihm gewesen. Innerhalb einer Woche war K-four spurlos verschwunden. Niemand ahnte, dass er in einem versteckten Raum hinter Brians Büro festgehalten wurde. Er war gefesselt, wurde mit aller Gewalt im Zaum gehalten und wurde nun auch mit den Gedanken an seinen bevorstehenden Tod konfrontiert, während er permanent überwacht wurde.

Nur ein paar Tage nach diesem Überfall von K-four und seinen großen Begleitern, wurden eben diese beiden dazu gezwungen, K-four eine Falle zu stellen, damit Brians Leute ihn entführen konnten. Diese angeblichen Freunde, eigentlich hätte man sie eher entfernte Bekannte nennen können, hatten sich Brian gezwungenermaßen angeschlossen und dessen Worten gehorcht.

Die einzige Beleuchtung in Lisa-Maries Wohnung ging von einer unscheinbaren Stehlampe aus, die sich hinter ihr befand. Es war ein kühles und schwaches Licht, als hätte es sich den Schatten in ihrem Kopf angepasst.

Lisa-Marie war tief gefangen, zwischen Schuld und Scham. Die Stunden des Tages verschwammen für sie zu einer endlosen Abfolge von Telefonaten, leeren Blicken auf den Bildschirm ihres Laptops und dem ständigen Aufschub von Entscheidungen, die längst überfällig waren.

„Frau Schäfer, wir können Ihnen keinen weiteren Kredit gewähren", erklang die professionelle Stimme ihres Bankberaters am anderen Ende der Leitung.

Lisa-Marie presste die Augen zusammen. „Aber ich habe Sicherheiten! Mein Name -"

„Ihr Name, Frau Schäfer", unterbrach der Mann höflich, „steht momentan nicht für Sicherheit. Wir wünschen Ihnen alles Gute, Frau Schäfer. Auf Wiederhören."

Mit zitternden Händen legte sie auf. Die Worte hallten in ihrem Kopf nach, wie ein Echo in einer leeren Halle. Früher hatte ihr Name alles bedeutet: Vertrauen, Glamour, Möglichkeiten. Sie hatte mehr mit ihrem Namen bewirken können, als zuvor jemals mit eigenen Händen. Doch jetzt war er nur noch ein Synonym für Skandal, Schlagzeilen und Steuerhinterziehung. Jetzt war er eher ein Hindernis, als ein Vorteil.

Ein Blick auf ihr Handy verriet, dass die Medien nicht ruhten. Die neuesten Artikel zeigten ihr Gesicht – strahlend, wie es einmal war – und daneben die großen Lettern:

„Lisa-Marie am Abgrund: Millionen Schulden und keine Lösung in Sicht."

Ein Anruf, der nichts änderte: Ein weiteres sehr böses und hartes Gespräch mit ihrem Manager brachte keine Erleichterung. Im Gegenteil. Brian hatte ihr deutlich gemacht, dass die einzige Lösung in seinen Händen lag.

„Gib mir den Block", hatte er mit dieser unerträglich gelangweilten Ruhe verlangt. „Ich kann deine Schulden heute verschwinden lassen. Aber ich brauche deine unwiderrufliche Entscheidung. Und die besser gestern als heute. Du weißt selbst, dass das die beste und die einzige Lösung ist."

Lisa-Marie starrte aus dem Fenster. Der Hof war leer, doch in der Ferne sah sie den robusten Arnuld, der wie ein stiller

Wächter auf der Mauer saß. Seine Augen schienen sie zu beobachten, als wüsste er mehr, als sie selbst ahnte.

Diese Last der Erinnerungen überkam sie. Lisa-Marie setzte sich vor die Trophäen, die in ihrer Wohnung aufgereiht standen und zog die Knie an die Brust, während sie mit einem Finger sanft die Dinge abtastete, die einst Symbole ihres Erfolgs waren und sie mit stolz erfüllt hatten. Jetzt waren sie bedeutungslos geworden. Das Einzige, das blieb, war die Leere.

Aus der Tiefe ihrer Gedanken drang eine vertraute Stimme: Die Worte ihrer Mutter, die sie als junges Mädchen immer ermutigt hatten.

„Lisa, du wirst eines Tages die Welt erobern. Aber vergiss nie, wer du bist!"

„Wer war ich denn?", murmelte Lisa-Marie brüchig. „Und wer bin ich jetzt?"

Das Handy vibrierte erneut. Ein weiteres Interviewangebot. Ein weiterer Versuch der Medien, sie aus der Reserve zu locken. Sie wischte es weg. Ein neuer Anflug von Hoffnung – oder nur die pure Verzweiflung?

Als der Abend näher kam, suchte sie die Kontaktdaten einer alten Freundin heraus, die sie seit Jahren nicht mehr gesehen hatte. Vielleicht, dachte sie, könnte diese Freundin ihr helfen, zumindest ein Darlehen zu bekommen.

Sie tippte auf den grünen Hörer und flehte das Universum an, sich ihrer zu erbarmen. Vielleicht würde das die eine Möglichkeit sein, die sie noch nicht bedacht hatte und die ihr jetzt aus dieser Schlucht heraus helfen würde. Doch schon nach den ersten Worten des Gesprächs wurde ihr klar, dass es ein Fehler war.

„Lisa?" Die Stimme klang irritiert, fast distanziert. „Es tut mir leid, aber ... du weißt doch, wie das ist. Ich kann dir nicht helfen. Viel Glück…"

Nach diesem Gespräch blieb Lisa-Marie stumm. Sie fühlte sich wie eine Fremde in ihrem eigenen Leben. Der Boden unter ihren Füßen war nicht weggerissen worden. Er hatte sich schlicht aufgelöst und sie in eine endlose Tiefe fallen lassen.

Vielleicht war es ihre eigene Melancholie, die sie in diesem Moment im Block vor dem Fenster zu sehen glaubte. Draußen begann es zu regnen. Der Regen prallte zunächst unregelmäßig auf die Fensterbank und das Geräusch einzelner dicker Tropfen schwoll nach kürzester Zeit zu einem Rauschen an, der selbst die Stille in ihrer Wohnung auszufüllen schien.

Unten im Hof liefen die Katzen mit geschmeidigen Bewegungen zwischen den Pfützen hindurch. Lisa-Marie wünschte sich so zielstrebig zu fühlen, wie die Katzen wirkten.

Sie sah ihnen zu, während die Dunkelheit sich wie ein Schleier über den Block legte. Sie fragte sich, wie es weitergehen sollte. Ob es überhaupt eine Lösung gab. Dann, leise und kaum hörbar, kam ein dumpfes Miauen aus dem Treppenhaus.

Lisa-Marie erkannte ihn bereits an seiner Klangfarbe. Es war Babo, der fast besorgt zu ihr hinauf spähte, als sie die Tür öffnete. Lisa-Marie sah den Kater an, der den Kopf leicht schräg legte.

„Du hast es einfach, nicht wahr?", flüsterte sie traurig, bevor sie ihm doch empfing. Babo schritt hinein, als wäre er nachhause gekommen.

Die Nacht war dann still, aber in Lisa-Maries Kopf war ein einziges Wirrwarr aus Gedanken voller Ängsten und Hoffnungen. Sie wusste, dass sie jetzt eine Entscheidung treffen musste. Doch jede Möglichkeit schien sie tiefer in den Abgrund zu ziehen.

Die Nacht war dunkel. Der Regen hatte sich in einen feinen Nebel verwandelt, der die Stadt langsam zu verschlucken schien.

Kapitel 11

In einem Büro irgendwo in Bremen saßen Nadine Neumann und Sandra Sander vor dem leitenden Oberstaatsanwalt.

„Wir brauchen endlich die Durchsuchungsbeschlüsse", begann Nadine bestimmt, „Brian Taylor ist der Schlüssel. Und wir haben Grund zu der Annahme, dass K-four immer noch in seiner Gewalt ist."

Der Staatsanwalt schüttelte stur den Kopf und behauptete: „Sie haben keine Beweise, die so etwas rechtfertigen würden, Frau Neumann. Kefir Moubarak ist ein erwachsener Mann., der sich frei bewegen kann, wie er will. Wahrscheinlich in Dubai oder anderswo. Und selbst wenn Sie das ausschließen könnten: Es gibt nichts, was eine direkte Verbindung zu Brian Taylor beweist."

„Er hat ein Netzwerk", sagte Sandra eindringlich. „Das ist nicht nur das Showbusiness. Es geht um mehr. Es geht um Manipulation, Macht und Kontrolle."

„Das ist nicht genug", erwiderte der Staatsanwalt inzwischen genervt. „Sie werden die Ermittlungen einstellen. Das ist mein letztes Wort. Ende der Diskussion und jetzt gehen Sie endlich!"

Als sie das Büro verließen, sprach Sandra: „Wir schnappen uns diesen Kano Chan. Wenn wir ihn zum Reden bringen, haben wir schon fast einen Fuß in der Tür."

Nadine nickte. „Sonst fällt mir auch nichts besseres ein. Dann machen wir es eben so."

Auch hinter dem Büro von Brian herrschte eine unnatürliche Stille. K-four lag, immer noch gefesselt und erschöpft, halb bewusstlos auf dem Stuhl. Kano stand in der Ecke, die Hände in den Taschen, während Marcin und Tobias mit routinierten Bewegungen eine Tragetasche öffneten, die eine Spritze und ein Kabel enthielt.

„Los, bring ihn jetzt raus!", sagte Marcin knapp, ohne Kano eines Blickes zu würdigen.

Kano trat zögernd vor. Er bückte sich und für einen Moment sahen er und K-four sich an. Der Rapper blinzelte langsam. Seine Stimme war heiser.

„Kano… Ich weiß, dass du mehr bist als das hier.", sagte er schleppend.

„Rede nicht", murmelte Kano und schüttelte den Kopf. Doch K-four hielt ihn gebannt in seinem Blick fest, trotz seiner Schwäche.

„Du bist kein einfacher Gehilfe, Kano. Du bist wie ich. Du willst frei sein.", stieß er noch aus.

Ein schwaches Lächeln huschte über sein Gesicht, bevor er wieder in den Schlaf fiel. Das Betäubungsmittel hatte nun seine Wirkung gezeigt. Kano wandte sich ab, während Marcin und Tobias den bewusstlosen K-four auf eine Trage schnallten.

„Der Wagen ist bereit", sagte Tobias knapp. „Beeil dich, Kano! Keine Fehler!"

In ihrer Wohnung hatte Lisa-Marie eine halbe Flasche Wein geleert. Die Gläser standen ungeordnet auf dem Tisch, während ihr Handy vor ihr vibrierte. Es war Brian.

Sie ignorierte den Anruf. Stattdessen starrte sie auf die Schatten, die sich an den Wänden bewegten. Die Geräusche der Nacht drangen durch die Ritzen: Das Tropfen des Regens, ein dunkles Miauen.

Babo war immer noch da. Er legte seine Stirn mit geschlossenen Augen an ihre. Diese Geste des gewaltigen Katers brach ihren Widerstand.

Tränen stiegen in ihr auf und sie drückte den Vierbeiner an sich.

„Du verstehst das alles nicht, oder?", flüsterte sie.

Ein Klopfen riss sie aus ihren Gedanken. Sie zögerte, doch schließlich öffnete sie die Tür einen Spalt. Es war Ben.

„Lisa-Marie…", sagte er unsicher. „Ich weiß, du hast gesagt, ich soll mich raus halten. Nur… Du hast dich eine Zeit lang nicht blicken lassen. Bitte, ich will nur wissen, ob es dir gut geht. Ist alles in Ordnung?"

„Geh, Ben!", fauchte sie. Ihre Stimme war voller Härte, doch diese spiegelte sich nicht in ihren Augen.

„Ich weiß, dass du denkst, ich kann dir nicht helfen", versuchte Ben es erneut, „aber ... vielleicht kann ich es ja doch. Irgendwie…"

„Du verstehst nicht, worum es hier geht, Ben!", schrie sie jetzt beinahe.

Lisa-Marie riss die Tür komplett auf. Sie ging auf ihn zu, starrte ihm direkt ins Gesicht und ihre Stimme bebte bei ihren nächsten Worten.

„Das ist gefährlich, Ben. Für alle, für mich und auch für dich. Bitte", flehte sie nun, während sie in mit ihrer Hand auf seiner Brust von sich weg schob. „Halt dich daraus! Geh einfach!" Ben wollte etwas erwidern, doch da hatte sie die Tür bereits hinter sich zu gezogen. Nun sank Lisa-Marie auf den Boden, während Babo auf sie zu stapfte und sich an sie schmiegte. Zu dieser Zeit schien ausgerechnet einer der Tiere ihr den meisten Trost zu spenden, welches eigentlich zu Ben gehörte. Dennoch war sie dankbar dafür.

Später in der Nacht versammelten sich die Katzen wieder auf dem Dach des Blocks. Arnuld saß in der Mitte, wie ein General, der seine Truppen dirigierte. Rippchen aber schlich mit

Findi umher, während die anderen in einem Kreis standen. Ihre Augen leuchteten im schwachen Mondlicht. Von diesem Punkt aus konnte man Bremen-Nord in seiner ganzen melancholischen Schönheit sehen.

Die alten Fabrikgebäude am Horizont, Relikte einer besseren Zeit, ragten wie Wächter der Vergangenheit in den Himmel. Der Fluss, der sich durch die Stadt schlängelte, war in Dunkelheit getaucht, doch sein Flüstern erreichte die Dächer.

Die Katzen bewegten sich leise, fast synchron, als hätten sie eine Choreographie einstudiert. Arnuld hob den Kopf, sein Blick fest auf ein entfernte Lagerhaus gerichtet.

Die Luft war schwer und das Gewicht der Nacht schien über der Stadt zu liegen. In diesem Moment war Bremen-Nord nicht nur ein Schauplatz. Es war eine lebendige Erinnerung. Es war ein Ort, der Geschichten von Verlust, von Hoffnung und von einem unbändigen Willen, trotz all dem weiterzumachen, erzählte.

Im Lieferwagen schlug K-four seine Augen auf der Trage liegend auf. Offenbar war er in letzter Zeit so oft ruhig gestellt worden, dass die Mittel nicht mehr die große Wirkung auf ihn hatten, wie sie es einst taten. Kano saß auf einem ausklappbaren Sitz daneben und beobachtete ihn.

„Du weißt, dass das hier nicht lange gut geht", sagte K-four leise. Seine Stimme klang müde, aber seine Augen waren wachsam. Kano schwieg, bevor er näher trat.

„Ich tue nur, was mir gesagt wird", erklärte Kano sich.

K-four lachte trocken. „Das ist es, oder? Ich tue nur, was mir gesagt wird. Das sagen sie alle. Aber weißt du, Kano, du bist nicht wie die anderen. Du kannst besser sein."

Kano sah ihn unsicher an und entgegnete: „Du kennst mich nicht."

„Oh, doch", sagte K-four, „Ich sehe es. Du bist nicht so wie Brian. Du hast ein Gewissen."

Ein Moment des Schweigens folgte, bevor Kano sich abwandte. „Ich kann dir nicht helfen."

„Vielleicht nicht jetzt", sagte K-four, „Aber du wirst es tun. Wenn nicht für mich, dann für dich selbst."

Die Wohnung von Herrn Inan war warm und einladend, wie ein kleiner Kontrast zur kühlen Düsternis von Bremen-Nord. Doch an diesem Tag fühlte sich selbst dieser Ort schwer und träge an.

Ben saß am Tisch, sein Blick war leer, während Herr Inan einem nervösen Karim die Grundlagen des Schachs erklärte.

„Das Pferd zieht in einem L", sagte Herr Inan geduldig und bewegte die Figur. „Es ist nicht schwer, Karim."

„Aber warum?", fragte Karim und schüttelte den Kopf. „Warum nicht einfach geradeaus? Es ist … verwirrend."

Luigi, der auf der Couch lag, warf ihnen einen genervten Blick zu.

„Weil es so ist, Karim. Denk nicht drüber nach", meine er.

Luigi, der sich jetzt aufgerichtet hatte, beobachtete das Spiel still, während er eine Tasse Kaffee hielt.

„Manchmal", sagte er nachdenklich, „müssen wir die Dinge aus einem anderen Blickwinkel sehen. Das Pferd scheint so verwirrend zu sein, aber es hat eine eigene Logik. Man muss sie nur erkennen."

Ben schnaubte leise. „Das ist schön gesagt, Luigi. Aber was bringt uns das jetzt? Wir kommen nicht weiter. Wir haben keine Ahnung, wo wir sie finden sollen."

„Die Katzen wissen es vielleicht", sagte Karim plötzlich, ohne aufzusehen. Alle im Raum hielten inne und sahen ihn an.

„Die Katzen?", fragte der überraschte Luigi, setzte sich grader hin und schmunzelte. „Was redest du da? Willst du sagen, dass wir sie als kleine Spione vorschicken sollen?"

„Na ja", murmelte Karim, „Sie gehen immer an die gleichen Orte. Dahin, wo wir nur schwer hinkommen. Vielleicht … wissen sie etwas."

Luigi lachte. „Und ich dachte, ich wäre hier für die Witze zuständig. Karim, das ist albern. Wir reden hier über einen echten Menschen, den wir suchen, nicht über ein Wollknäuel oder einem Spielzeugmäuschen."

„Na ja, wenn ich so richtig darüber nachdenke, haben die Katzen mir schon ziemlich oft geholfen", überlegte Ben laut. „Die Katzen haben mich geweckt, als es gebrannt hatte, und Dank Arnuld bin ich auch nochmal zu Lisa-Marie hoch gerannt."

Ayhan Inan stellte seine Tasse ab und stand auf.

„Vielleicht hat er recht. Die Katzen beobachten die Welt auf eine Weise, die wir nicht verstehen", bestätigte er. „Sie sehen gewiss auch Dinge, die uns verborgen bleiben."

In diesem Moment klopfte es an der Tür. Herr Inan öffnete und ein gedrungener Mann trat wie selbstverständlich ein. Sein Gesicht war von der kalten Nacht etwas gerötet, doch seine Augen hatten den gleichen durchdringenden Blick wie immer.

„Endlich seid ihr auf der richtigen Spur. Ihr seid näher dran, als ihr glaubt", sagte er ohne jegliche Begrüßung. „Diese Katzen … sie führen euch. Aber ihr müsst ihre Hinweise verstehen lernen, aber dafür habt ihr ja ihn." Nun zeigte der ergraute Herr auf Ben.

Der schmunzelte und begrüßte ihn: „Hallo Karl. Du fällst mal wieder mit der Tür ins Haus. Darf ich vorstellen? Das ist der Karl, von dem ich euch erzählt hatte."

Karl schüttelte den Kopf. „Nein, Ben. Wir haben Wichtigeres zu regeln. Wir müssen mehr über die Katzen sprechen. Sie sind auch Beobachter und stille Wächter. Und sie wissen Dinge, die wir nicht wissen können."

Arnuld, der plötzlich aufgetaucht war, saß in der Mitte des Raumes und starrte Karl an, als würde er seine Worte bestätigen. Plötzlich sprang er auf den Tisch, direkt zwischen das Schachbrett und die Tassen. Mit einer gezielten Bewegung warf er eine der Figuren um – den Läufer.

Die Figur rollte über die Tischkante und fiel auf den Boden, direkt neben einen alten Stadtplan, den Luigi unachtsam aus seiner Tasche sortiert hatte. Herr Inan hob die Figur auf, doch sein Blick blieb auf dem Stadtplan hängen.

„Moment mal", murmelte er. Er breitete die Karte aus und betrachtete sie genauer.

„Was ist das?", fragte Karim.

„Ein altes Theater", sagte Herr Inan und deutete auf eine Markierung. „Es ist ein Gebäude, das früher auch als Gemeindezentrum genutzt wurde. Vielleicht ist sie dort."

„Wie kommst du denn darauf?", fragte Ben skeptisch.

„Luigi, hattest du nicht gesagt, dass sie mal in einem Theater gespielt hätte?", wollte Herr Inan wissen.

„Ja", bestätigte der. „Ich habe eine Anzeige gefunden, in der mit ihr Werbung gemacht wurde."

Herr Inan sah jetzt Ben an. „Das wäre der perfekte Ort, um sich zu verstecken. Es ist zu vergessen und abgeschieden, als das jemand daran denken würde, da zu suchen. Die Katzen waren bestimmt sehr oft dort. Eine von Ihnen könnte uns ja vielleicht führen."

Die Gruppe war für einen Moment still, dann nickte Luigi langsam.

„Es macht Sinn. Und selbst wenn wir falsch liegen, haben wir nichts zu verlieren", stimmte er dem Rentner zu.

Ben seufzte, dann stand er auf. „In Ordnung. Wir versuchen es."

Bevor sie gingen, stellte Karim eine letzte Frage: „Und was ist mit dem Läufer? Warum hat Arnuld ihn umgeworfen?"

Herr Inan lächelte leicht. „Weil der Läufer manchmal Wege sieht, die wir nicht sehen. Diagonale Wege."

Karim nickte, als hätte er endlich begriffen. Die Gruppe verließ Herr Inans Wohnung, geführt von einer Karte, einem Kater und einer Hoffnung, die sich aus der Resignation erhoben hatte.

Kapitel 12

Die Nacht war still, als der Lieferwagen mit dem provisorisch gefesselten K-four im Laderaum los fuhr. Die Straßen waren leer, doch K-fours Kopf gänzlich überfüllt. Er wusste, dass dies seine letzte Chance war.

„Du solltest es dir nochmal gründlich überlegen, Mann", sagte K-four nur für Kano hörbar, der immer noch neben ihm saß, während Tobias und Marcin vorne im Fahrerbereich saßen.

Kano war sichtlich nervös. Sein Bein wippte, seine Finger nestelten an einander herum.

„Ich weiß nicht, warum ich dir das erzähle", zischte er mit vorsichtigem Blick nach vorne, „aber Brian… er plant etwas Größeres. Es geht. nicht nur um dich."

K-four hob eine Augenbraue. „Was meinst du?"

„Ich weiß es nicht genau", murmelte Kano, „aber ich glaube, es hat mit Lisa-Marie zu tun. Und mit diesem Block. Ich glaube - Bro, nein, ich weiß es, Mann. Du bist nicht anders als ich." Kano lachte leise und fuhr mit ruhigerer Stimme fort, „nur ein klein wenig erfolgreicher."

K-four nickte langsam und meinte dann, „Du hast zwei Möglichkeiten, Kano: Entweder du arbeitest weiter für ihn, oder du stellst dich gegen ihn. Aber wenn du wartest, wird dir die Entscheidung abgenommen."

Kano sah ihn an und überlegte. Er war sich unschlüssig, was er tun sollte.

„Warum müssen wir ihn nochmal weg bringen?", fragte Kano angespannt deutlich lauter. Marcin warf ihm einen scharfen Blick nach hinten.

„Befehl von oben. Brian will keinen Ärger" Und mit Nachdruck fügte er hinzu, „Wir fragen nicht. Wir machen, was gemacht werden muss."

„Vielleicht wäre es besser, wenn wir -", begann Kano, doch Marcin schnitt ihm das Wort ab. „Mach einfach deinen Job, Kano. Oder hast du Lust als nächster auf der Trage mit zu fahren?"

Der Lieferwagen hielt an einer Ampel und Kano nutzte den Moment, um einen tiefen Atemzug zu nehmen. Doch bevor er sich sammeln konnte, brach K-four plötzlich los. Mit einem gezielten Schlag befreite er sich von seiner Fessel und sprang aus dem Wagen.

„Verdammt!", schrie Marcin, als er ausstieg. Kano folgte ihm zögerlich, doch K-four war schneller. Er sprintete taumelnd durch die rar besuchte Straßen. Seine Füße waren schwer, aber sein Wille ungebrochen.

Ein lauter Aufprall zerriss die Stille. K-four lag auf der Straße. Der Lieferwagen hatte ihn erwischt.

Einige Passanten hatten den Unfall beobachtet. Tobias drückte aufs Gas und fuhren mit quietschenden Reifen davon. Menschen eilten nach dem ersten Moment der Fassungslosigkeit zu dem Mann, der eben noch mehrere Meter durch die Luft geschleudert wurde. K-four lag auf dem Rücken und blutete aus dem Mund.

Im Inneren des Krankenwagens herrschte hektische Betriebsamkeit. Die Notärztin beugte sich über K-four, während der Rettungssanitäter den Druckverband anlegte.

„Ist das nicht …?", begann dieser.

„Was macht das für uns einen Unterschied? Konzentrieren Sie sich!", ermahnte die Notärztin, ehe sie leiser nachschob. „Aber ja. Er sieht aus wie K-four."

Die Rettungsassistentin bemerkte: „Ich habe seine Lieder immer geliebt."

Sie begann leise zu summen, während sie das EKG anschloss. Eine Melodie, welche die anderen erkannten. Plötzlich öffnete K-four kurz die Augen.

Seine blutigen Lippen bewegten sich langsam und brachen kaum hörbare Worte hervor: „Martin … Amo … Ryan."

„Was?", fragte die Notärztin und brachte ihr Ohr näher an ihn heran. Doch bevor sie mehr hören konnte, verlor er wieder das Bewusstsein.

Sie reagierte sofort. Die Ärztin wies ihre Kollegen zügig an: „Tom, Sauerstoffsättigung messen! Miriam, Puls und Blutdruck prüfen!"

Sie selbst kontrollierte die Reaktion der Pupillen. Hoch konzentriert taten sie alles notwendige, um K-fours Leben zu retten, während der Krankenwagen durch die Stadt raste.

Die Nachbarn eingehüllt in die Dunkelheit der Nacht sind vor dem alten Theater angekommen. Ein fahles Mondlicht beleuchtete die bröckelnde Fassade, während die kalte Luft von Bremen-Nord die Atemzüge sichtbar machte.

„Ich sage euch", begann Karim, der sich die Hände rieb, „Wenn das hier ein Horrorfilm wäre, wäre ich der Erste, der umkehrt."

„Dann ist ja gut, dass wir keinen Horrorfilm abdrehen", erwiderte Luigi süffisant.

„Oder würdest du wirklich von Rippchen gerettet werden wollen?"

Rippchen, die ihnen leise gefolgt war, kauerte sich in eine Ecke und putzte sich, als hätte sie Luigis Bemerkung nicht gehört.

„Warum ist das alles eigentlich immer so unheimlich?", fragte Ben leise, während er auf die Tür zeigte. „Es ist, als hätte das Gebäude von selbst beschlossen, uns nicht reinzulassen."

„Vielleicht hat es Geschmack", murmelte Luigi und schob die Tür auf, die mit einem gequälten Knarren nachgab.

Das Theater war innen genauso trostlos wie außen. Staub lag auf den alten Sitzen und der rote Samt der Vorhänge war von der Zeit zerfressen. Doch es war die Stille, die Ben am meisten störte. Es war nicht die angenehme Stille einer ruhigen Nacht, sondern die bedrückende Leere eines Ortes, der zu lange vergessen worden war.

„Ich frage mich", begann Luigi, „ob hier noch jemand Spuren von Popcorn findet. Falls ja, könnte ich wenigstens davon leben, während ich mich vor Geistern verstecke."

„Halt jetzt bitte mal deinen Mund", flüsterte Ben und stieß ihn leicht an. „Du machst es schlimmer."

Arnuld führte die Gruppe zielstrebig durch die Reihen. Sie schlichen vorsichtig über das knarrende Parket und erreichten die Bühne, die immer noch mit alten Requisiten übersät war. Ben bückte sich und hob ein Notenblatt auf. Die Tinte war verblasst, doch die Noten waren noch lesbar.

„Was ist das?", fragte Luigi neugierig.

„Musik", antwortete Ben. „Oder das, was mal Musik war."

„Das ist tiefsinnig, Ben", murmelte Karim. „Vielleicht solltest du anfangen, Gedichte zu schreiben."

Doch Herr Inan nahm ihm das Blatt ab und betrachtete es genauer.

„Das ist ein Hinweis", sagte er plötzlich. „Seht ihr das hier? Das ist nicht irgendeine Partitur. Das ist von Hand geschrieben – und ich bin mir ziemlich sicher, dass ich diese Handschrift kenne."

„Woher?", fragte Ben.

„Sie gehört Elisabeth Kranz", antwortete Herr Inan. „Das muss von ihr stammen. Sie war Musikerin bevor sie Schauspielerin wurde. Vielleicht … hat sie das hier gelassen."

Während sie weiter suchten, blieb Ben kurz stehen. Luigi bemerkte es und hielt neben ihm.

„Was ist denn los?", fragte er.

„Ich frage mich nur", begann Ben langsam, „ob wir wirklich etwas ändern können. Ich meine, was machen wir hier eigentlich? Suchen wir eine Frau, die nicht mal gefunden werden will?"

Luigi legte eine Hand auf seine Schulter. „Manchmal weiß man nicht, ob man etwas ändern kann, bis man es versucht hat. Und manchmal … reicht es, dass es versucht wird."

„Das ist fast poetisch", murmelte Karim mit einem schwachen Lächeln. „Hast du das von einem Film?"

„Nein", sagte Luigi und zwinkerte, „von meinem Kalender."

Sie schmunzelten in die Stille, doch der Moment wurde durch ein Rascheln aus den hinteren Reihen unterbrochen. Arnuld knurrte leise und alle drehten sich um. Doch konnten sie nichts erkennen.

Sie setzten ihre Suche schließlich fort und fanden ein kleines Zimmer hinter der Bühne. Es war mit alten Kleidern, Bühnenbildern und Schachteln gefüllt. Auf einer der Kisten lagen einige ramponierte Fotos. Ben sah sie durch. Ein Bild sah er sich intensiver an und hielt es anschließend in die Höhe.

„Das ist sie", sagte Ben. „Das ist unsere gesuchte Schauspielerin."

Es zeigte Elisabeth Kranz, jung und mit einem Lächeln, das die Zeit nicht hatte auslöschen können.

„Das ist ja schön und gut. Sie war mal hier. Aber wo ist sie jetzt?", fragte Karim.

Herr Inan betrachtete das Foto genauer und setzte sich hierzu seine Lesebrille auf die Nasenspitze.

„Hier steht etwas. Eine Notiz." Er las leise vor: „ *Wo die Töne schweigen, da wird die Wahrheit gesprochen.* "

„Und was soll das heißen?", fragte Luigi.

Herr Inan sah nachdenklich aus. „Vielleicht, ... dass wir woanders suchen müssen. Ein Ort, der mit Musik zu tun hat. Oder mit Stille?"

„Und das macht für Sie Sinn", murmelte Karim.

„Noch nicht", sagte Herr Inan, „Aber das wird es bestimmt bald."

Leider brachte die weitere Suche keine neuen Erkenntnisse und sie machten sich auf den Rückweg. Ein leichter Regen fiel und die Straßen glitzerten im fahlen Licht der Laternen. Luigi, immer noch gut gelaunt, begann, leise ein altes, italienisches Lied zu summen.

„Was ist das?", fragte Karim.

„Ein Lied aus meiner Heimat", sagte Luigi, „Meine Nonna hat es immer gesungen, wenn sie Pasta gemacht hat. Kennst du Tarantella? Das ist unsere Kultur."

„Das erklärt, warum ich jetzt Hunger habe", murmelte Karim und zog die Kapuze enger.

Die Gruppe lachte und für einen Moment schien die Schwere der Nacht vergessen. Doch tief in Bens Gedanken blieb diese Frage: War das wirklich der richtige Weg? Arnuld lief an seiner Seite und Ben schwor, dass der Kater ihn kurz ansah, als wollte er ihm die Antwort geben.

Nadine und Sandra saßen in einem hell beleuchteten Raum der Polizeistation. Vor ihnen saßen die drei Rettungskräfte, die bei K-fours Unfall im Einsatz gewesen waren: Die Notärztin Dr. Sophia Henning, der Rettungssanitäter Tom und die Rettungs-assistentin Miriam.

„Wir brauchen alle Details", begann Nadine. „Alles, was Sie gesehen, gehört oder gar gerochen haben."

Sophia sprach zuerst: „Wir haben ihn auf der Straße gefunden, schwer verletzt. Es sah aus, als hätte ihn ein Auto angefahren. Aber da war mehr. Viele seiner Verletzungen passten nicht ganz dazu."

„Was meinen Sie, Dr. Henning?", fragte Sandra.

„Es sah aus … als hätte er … vorher schon …" Sophia zögerte. „Ich weiß nicht. Es war seltsam. Es gab Schürfwunden und Prellungen, die in unterschiedlichen Stadien des Heilungsprozesses waren. Diese Verletzungen mussten schon Tage oder gar Wochen zurück gelegen haben. Wir waren nur zu sehr damit beschäftigt, ihn über Wasser zu halten. Daher konnten wir uns das nicht genauer ansehen."

Sandra sah in ihre Notizen und fuhr fort: „Laut unseren Informationen hat Herr Moubarak auch etwas gesagt. Könnten Sie das einmal wiederholen?"

Miriam nickte eifrig und bestätigte: „Ja! Es war undeutlich, aber ich habe es gehört. Es hat sich angehört wie ‚Martin … Amo … Ryan'. Ich habe aber nicht verstanden, was das heißen soll."

„Hat er noch etwas gesagt? Irgendetwas erklärt?", hakte Nadine nach, doch niemand hatte eine Antwort.

„Er war nur kurz bei Bewusstsein", fügte Tom hinzu. „Aber dann ist er wieder bewusstlos geworden und … na ja, wir mussten ihn wiederbeleben."

Nadine lehnte sich zurück, ihre ganzen Gedanken rasten. „Gut, das hilft uns sehr. Danke, dass Sie gekommen sind."

Die Rettungskräfte standen auf, doch bevor sie gingen, sagte Miriam noch leise: „Ich hoffe, er überlebt. Ich war ein großer Fan."

Als die Tür sich schloss, wandte sich Nadine an Sandra. „Das ist ein Anfang. Er will, dass sie auffliegen. Nur was könnte er damit gemeint haben?"

Sandra sah auf ihre Notizen. „Ich weiß es noch nicht. Aber wir werden es herausfinden."

Sandra und Nadine verließen die Polizeistation und machten sich auf den Weg zu einem kleinen Bürogebäude am Rande der Stadt. Es war eine Adresse, die sie in den Akten von Lisa-Marie gefunden hatten.

„Na, was meinst du? Finden wir hier Martin Acker führen oder noch mehr Fragen?", stellte Nadine in den Raum, während sie die Treppe hinaufgingen.

Das Büro, das sie betraten, war leer, sehr staubig und offensichtlich seit Monaten nicht mehr genutzt worden. Doch in einer Ecke fanden sie einen Stapel Papiere.

„Das sind Rechnungen", sagte Sandra, während sie die Dokumente durchblätterte. „Für Veranstaltungen … finanziert von Brian Taylor."

„Und hier", fügte Nadine hinzu, „eine Liste von Namen. Lisa-Marie ist darauf." Die beiden tauschten einen Blick.

„Das ist es", sagte Nadine. „Das Netzwerk. Das ist der Anfang."

Doch bevor sie weiterreden konnten, hörten sie Geräusche auf der Treppe. Nadine zog ihre Waffe, während Sandra zur Tür ging und sie lautlos einen Spalt öffnete. Ein Schatten huschte herein.

Arnuld sprang auf einen Schreibtisch und fing an zu schnurren. Die Polizistinnen sahen sich verdutzt an, ehe Nadine in ein schallendes Gelächter ausbrach.

„Wäre das nicht so absurd, fände ich die Katze fast gruselig", stieß sie hervor und kraulte Arnuld kurz, bevor sie ihre Fundstücke zusammen packten und sich auf den Weg zum Büro machten.

Arnuld traf auf einem Dach in der Nähe des Blocks ein, auf welchem Rippchen, Babo und drei weitere Katzen bereits auf ihn warteten. Ihre Augen folgten einem schwarzen SUV, der langsam vorbeifuhr.

Arnuld brummte leise einen tiefen, warnenden Ton und fing so die Aufmerksamkeit der Meisten. Nur Rippchen sah dem Wagen unbeirrt hinterher. Ihr Schwanz zuckte nervös hin und her, während ihre Ohren auf Arnulds Laute ausgerichtet waren.

Der kräftige Babo erhob sich und sprang mit einem dumpfen Klang auf eine andere Ebene des Daches. Als schiene er eben eine Entscheidung getroffen zu haben.

In der Ferne war das Flüstern der Stadt zu hören, doch für die Katzen war es mehr als nur ein Geräusch. Es war eine Bewegung. Ein Muster, das sie zu analysieren schienen.

Die Autobahn A 27 sendete den schrillen Ton eines Motorrads, welches gerade das Gas durchzog. Mimi flüchtete hinter eine Regentonne. Rippchen wurde noch nervöser. Auch Findi wirkte ängstlich. Arnuld und Babo hingegen starrten ent-schlossen auf das von der Pandemie geplagte Bremen-Nord.

Kapitel 13

Es war ein grauer Nachmittag, als Lisa-Marie vor einem großen Stapel Papierkram saß. Rechnungen, Verträge, Mahnungen – sie alle schienen sich unaufhaltsam zu vermehren, je länger ihr Blick auf ihnen verweilte.

Ihr Handy vibrierte zum wiederholten Mal. Es war Brian, doch sie ignorierte den Anruf. Bevor sie wieder mit ihm sprechen konnte, brauchte sie eine Lösung. Auch wenn sie Angst vor den Konsequenzen hatte.

„Es gibt keinen Ausweg", murmelte sie, als sie die Stirn in die Hände stützte.

Tage lang hatte sie darüber nachgedacht, doch jetzt faste sie einen Entschluss. Sie würde ein paar Dinge vorbereiten müssen, um das zu tun, was ihrer Ansicht nach den geringsten Schaden verursachen würde.

Am frühen Abend klopfte es an Bens Wohnungstür. Er öffnete sie und Lisa-Marie stand vor ihm. Sie hatte eine Sonnenbrille auf der Nase und ihre Haare zu einem losen Knoten zusammen gebunden. Sie wirkte zugleich ruhig, aber auch nervös. Ein merkwürdiger Widerspruch, der Ben für einen kurzen Moment stocken ließ.

„Ich habe gedacht", begann sie zögerlich, „vielleicht könnten wir uns … morgen früh kurz beim Bäcker treffen. Ich wollte ein bisschen reden… Ich muss verreisen und vorher würde ich noch gerne etwas mit dir besprechen…"

„Du verreist?", fragte Ben überrascht.

„Ja", sagte sie und schob eine Haarsträhne hinter ihr Ohr. „Nur ein kurzer Trip. Aber ich dachte, ein Frühstück wäre vorher noch nett."

Ben nickte langsam. „Klar, Lisa-Marie. Gerne. Ich bin da."

„Sechs Uhr", sagte sie knapp, bevor sie sich umdrehte und die Treppe hinunterging.

Ben blieb einen Moment stehen und fragte sich, warum sie sich plötzlich doch mit ihm aussprechen wollte. Schnell ließ er den Gedanken fallen. Es war eine Chance, sie besser zu verstehen – und vielleicht sogar ihr zu helfen.

Der Morgen brach an und Ben lag immer noch in seinem Bett. Der Wecker seines Handys vibrierte unaufhörlich, allerdings ungehört. Arnuld saß auf dem Nachttisch und sah ihn mit einem Blick an, der fast ein bisschen Enttäuschung vermittelte. Es war kurz vor sieben, als Ben endlich aufwachte.

„Mist!", rief er, als er auf die Uhr schaute.

Er zog sich in Windeseile an und stürmte aus der Wohnung, während Arnuld ihm hinterher sah, als wolle er sagen: Das war dein Zug, Ben, und du hast ihn vergeigt.

Beim Bäcker angekommen, war der Tisch leer. Der Duft von frischem Brot und Kaffee hing in der Luft, doch es war kein Zeichen von Lisa-Marie zu sehen. Ben fragte die Bedienung, die nur mit den Schultern zuckte.

„Da war vorhin eine Frau. Sie ist gegangen."

Ben setzte sich auf den Stuhl und starrte auf den leeren Teller, der dort stand. Dieser Moment, der seiner hätte sein können, war verflogen.

Nadine Neumann und Sandra Sander saßen in einer Ecke eines kleinen Cafés. Die Stimmung zwischen ihnen war angespannt. Vor ihnen lag ein Bericht, den sie inoffiziell von einer Quelle erhalten hatten.

„Brian Taylor", sagte Sandra leise. „Das ist mehr als nur ein Manager. Er ist ein Puppenspieler."

„Und die Puppen tanzen nach seiner Pfeife", ergänzte Nadine.

„Wir brauchen Beweise", fuhr Sandra fort. „Etwas, das uns einen Haftbefehl sichert. Aber alles, was wir bisher haben, ist indirekt."

Nadine seufzte. „Wir könnten Kano unter Druck setzen. Er taumelt schon."

Sandra nickte. „Aber das Risiko ist hoch. Wenn wir zu früh handeln, war's das."

Einige Tage später saß Ben in seiner Wohnung mit Arnuld auf dem Schoß, während er ständig auf sein Handy starrte. Die Nachrichten lieferten ununterbrochen Vermutungen über Lisa-Marie. Die ganzen Medien stürzten sich darauf, dass sie verschwunden sei. Ihre Schlagzeilen prangten auf jedem Bildschirm: *„Lisa-Marie: Flucht, Entführung oder Mord?"*

Er konnte den Gedanken nicht abschütteln, dass er hätte etwas tun können.

„Ich war zu spät", murmelte er. Arnuld sah ihn an, als wolle er trösten. Ein sehr leises Miauen von Rippchen lenkte ihn ab. Der kleine Kater saß am Fenster und beobachtete den Hof. Seine Ohren waren aufgerichtet.

„Was habe ich hier verpasst, Arnuld?", flüsterte er. „Was hätte ich verändern können?"

Im Block war die Stimmung angespannt. Die Bewohner hatten sich im Hof versammelt, doch diesmal war die Atmosphäre anders. Luigi stand neben Karim, beide mit ernstem Gesichtsausdruck.

„Sie sagen, Lisa-Marie sei einfach verschwunden", begann Frau Hartmann, während sie nervös an ihrer Tasse Kaffee nippte. „Aber so etwas passiert nicht einfach so."

„Vielleicht ist sie nur abgehauen", bemerkte Karim, offensichtlich selbst nicht überzeugt. „Bei dem Ganzen Mist der passiert, kann man ihr das nicht übelnehmen."

„Oder sie wurde geholt", murmelte Luigi leise. „Würde mich inzwischen auch nicht mehr wundern."

In der Ferne ertönte das schrille Geräusch einer Sirene und alle verstummten. Ben, der am Rande der Gruppe stand, blickte zum Himmel. Der Klang der Sirene erlosch, doch das Gefühl von Unheil blieb.

„Wir müssen was tun", sagte Herr Inan schließlich. „Wenn wir nur herumsitzen, wird nichts besser."

„Aber was denn genau?", fragte Karim. „Wir haben nichts Brauchbares gefunden."

„Manchmal", sagte der Rentner, „muss man den Schatten folgen, um das Licht zu finden."

Am nächsten Tag betrat Kano einen kleinen Dönerladen in einer Seitengasse. Er bestellte, ohne groß auf die Karte zu schauen, und setzte sich in die Ecke. Die Luft war erfüllt vom

Geruch von gegrilltem Fleisch und scharfen Gewürzen. Er hatte gerade die erste Gabel genommen, als sich die Tür öffnete, und Nadine Neumann und Sandra Sander hereinkamen.

Ihre Augen fanden ihn sofort. Nadine setzte sich direkt vor ihn, während Sandra sich seitlich neben ihm platzierte. Ihre Haltung war entspannt, aber absolut wachsam.

„Herr Chan", begann Nadine ruhig, „wir müssten da mal mit Ihnen reden."

Kano legte die Gabel weg zur Seite und widersprach ohne sie anzusehen, „Ich habe nichts zu sagen."

„Das ist schade", erwiderte Nadine, während sie sich eine Karte aus der Tasche zog und sie nah vor ihm auf den Tisch legte. „Wir wissen, dass Sie mehr wissen, als Sie im Moment preis geben. Kefir Moubarak ist verschwunden und dann auf dramatische Weise wieder aufgetaucht. Und wir wissen, dass Brian Taylor dahintersteckt. Wir fragen uns nur, was Sie alles davon wissen."

„Ich arbeite nur für ihn", murmelte Kano. „Ich weiß nichts von seinen Geschäften."

„Das höre ich oft", erwiderte Sandra leise. „Aber irgendwann ist jeder bereit zu reden. Es kommt nur auf den Preis an."

Kano sah sie kurz an, bevor er wieder auf den Teller starrte. „Lassen Sie mich in Ruhe."

Nadine beugte sich vor. „Das können wir nicht, Kano Chan. Sie wissen, dass Sie sich mit den falschen Leuten eingelassen haben. Aber Sie haben noch eine Chance, das Richtige zu tun."

Sandra schob ihm die Karte noch näher hin. „Hier. Wenn Sie reden wollen, rufen Sie uns gerne an. Bevor es zu spät ist. Wir hören Ihnen zu."

Als die beiden Frauen gingen, blieb Kano allein zurück. Er starrte auf die Karte, dann auf seinen Teller, bevor er tief durchatmete.

Seine Hände zitterten etwas, als er sich wieder seinem Essen widmete.

Dichter Regen fiel wie Schleier über Bremen-Nord. Die Straßen glänzten im fahlen Licht der Laternen, die noch funktionierten. Es war, als würde die Stadt im Grau der Wolken und im Glanz vergangener Tage ersticken.

Bremen-Nord war einmal das Herzstück der Region – ein Ort, an dem Schiffe gebaut wurden, welche die Welt eroberten. Doch mit dem Niedergang der Werften und dem Verschwinden der großen Unternehmen war die Gegend zu einem Schatten ihrer selbst geworden.

In Aumund, wo die Wohnblöcke dicht an dicht standen, mischte sich die Melancholie der Vergangenheit mit der Lebendigkeit der Gegenwart.

Altehrwürdige Bauten erzählten von besseren Zeiten, während moderne Graffiti die Fassaden schmückten, ein Dialog zwischen Tradition und Rebellion.

Es war eine jener ungemütlicher Nächte, in denen selbst die Katzen, die normalerweise um den Block streiften, lieber in ihren sicheren Verstecken blieben. Arnuld saß auf Bens Fensterbank und blickte hinaus, während Ben zusammen mit Babo auf dem Sofa saß.

In seiner Hand hielt er ein Glas, das er kaum angerührt hatte, und er dachte daran wie er kürzlich vor einer Bäckerei stehen geblieben war, die nach wie vor geöffnet hatte. Ein Mann lachte laut, als er mit der Verkäuferin sprach. Sie schenkte ihm ein herzliches Lächeln.

„Bremen-Nord ist wie ein Mosaik", hatte Herr Inan einmal gesagt. „Jeder Stein ein anderer, aber zusammen ergeben sie ein Bild."

Ben spürte genau dass in diesem Moment. Er sah es in den türkischen Lebensmittelläden, die neben den alten deutschen Gaststätten existierten, in den Spielplätzen, wo Kinder verschiedener Kulturen miteinander tobten, und in den alten Werftarbeitern, die ihre Geschichten an die nächste Generation weitergaben.

Allerdings wurde dieses Mosaik immer unvollständiger und brüchiger. Arbeitslosigkeit, Einsamkeit und die Last der Vergangenheit hatten sich tief in die Seele des Stadtteils gegraben. Die Menschen hielten sich noch über Wasser, doch das rettende Ufer schien weit entfernt.

Sein Handy vibrierte und riss ihn so aus dieser Erinnerung. Die verschiedenen Medien berichteten pausenlos über Lisa-Maries Verbleib, doch keine der Spekulationen klang real. Sie war nicht einfach abgehauen, ohne je zurück zu blicken. Dessen war er sich ganz sicher.

Sie war verschwunden und die Leere, die sie hinterlassen hatte, lastete schwerer auf ihm, als er es sich eingestehen wollte.

Es klopfte an der Tür. Herr Inan trat ein. Sein Haar war feucht vom Regen und er hielt eine Karte in der Hand.

„Du siehst aus, als könntest du einen Freund gebrauchen", sagte er leise und legte die Karte auf den Tisch. „Und vielleicht einen Hinweis."

Ben runzelte die Stirn. „Was ist das?"

„Ich habe das Foto von Elisabeth Kranz noch einmal untersucht", erklärte Herr Inan. „Die Notiz darauf ... Sieh dir das an! ‚Wo die Töne schweigen, wird die Wahrheit gesprochen.' Ich denke, ich habe verstanden, was das bedeutet."

Er wies auf die Karte, auf der eine alte Musikschule markiert war. „Dieser Ort ist seit Jahren verlassen. Aber es gibt Gerüchte, dass er noch genutzt wird. Und zwar von jemandem, der sicher nicht gefunden werden will."

„Du glaubst, sie ist dort?", fragte Ben.

Herr Inan nickte langsam. „Es ist ein Versuch wert."

Kapitel 14

Ben und Herr Inan erreichten die alte Musikschule kurz nach Mitternacht. Die Fenster waren dunkel, doch eine der Türen stand einen Spalt offen. Arnuld und Rippchen folgten ihnen lautlos. Ihre Bewegungen waren flüssig und zielgerichtet.

Im Inneren des Gebäudes herrschte Stille, doch ein schwaches Licht schimmerte aus einem der hinteren Räume. Als sie näher kamen, hörten sie das Knarren von Holz

„Sei vorsichtig", flüsterte Herr Inan, als Ben die Tür öffnete.

Der Raum war spärlich eingerichtet und in der Mitte saß eine schmale Frau, die Ihnen so vertraut vorkam, obwohl sie diese noch nie getroffen hatten – Elisabeth Kranz. Ihr Haar war grau geworden. Ihre Augen wirkten müde, doch sie war eindeutig die selbe Frau wie auf dem Foto.

„Was wollen Sie?", fragte sie leise, aber fest.

„Wir suchen Antworten", begann Ben, „und wir glauben, dass Sie sie haben."

Misstrauisch beäugte die ehemalige Schauspielerin die Eindringlinge. „Und wer sind Sie, dass Sie glauben, ich würde Ihnen antworten?"

„Wir sind einfache Menschen, die überleben wollen. Aber dafür brauchen wir Ihre Hilfe.", beschwichtigte Ben. „Brian Taylor und seine Geschäftspartner müssen aufgehalten werden. Und wir geben unser Bestes genau das zu tun."

„Ihrem Edelmut alle Ehre. Aber glauben Sie wirklich, so etwas wäre so einfach?", gab die Dame zu bedenken. Sie schwieg einen Moment, dann nickte sie. „Vielleicht ist es das tatsächlich. Ich glaube nicht, dass jemals jemand es tatsächlich versucht hat… Aber die Antworten, die Sie suchen, werden Ihnen vermutlich nicht gefallen."

Herr Inan bat die Frau, ihnen die Antworten zu geben, „Ja, meine Dame, es geht hier aber nicht um unser Wohlgefallen, sondern um viel mehr. Das wissen sie bestimmt noch besser als wir."

Elisabeth Kranz wühlte in Ihrer Tasche, zog ein Päckchen hervor und zündete Sich eine Zigarette an. Die kleine Lampe auf dem Tisch warf lange Schatten an die Wände.

„Es ist qualvoll, hier zu sein", begann sie mit brüchiger Stimme. „Dieser Ort. er erinnert mich an all das, was ich verloren habe. Aber wo anders hin kann ich auch nicht. Vielleicht ist das die Strafe für meine Dummheit."

Sie nahm einen tiefen Zug ihrer Zigarette und die Glut knisterte. Ben beobachtete sie schweigend. Seine Gedanken wirr. Arnuld saß an seiner Seite. Der Kater hatte seine Augen aufmerksam auf Elisabeth gerichtet, als würde er konzentriert zuhören, während Rippchen sich an ihre Beine schmiegte.

„Was haben Sie denn verloren?", fragte Herr Inan behutsam. Elisabeth lachte bitter.

„Meine Freiheit. Meine Karriere. Meine Freunde. Meine Liebe. Vielleicht meine Seele … Es wäre einfacher zu antworten, wenn Sie danach fragen würden, was ich nicht verloren habe." Sie lächelte freudlos, zog ein weiteres Mal und ließ den Rauch langsam entweichen. „Brian Taylor ist nicht nur ein Manager. Er ist ein Monster. Und die Menschen, die hinter ihm stehen, sind fast noch schlimmer als er."

„Wer sind diese Menschen?", fragte Ben.

„Es ist eine geheime Loge. Seit es Kinos und Schallplatten gibt, seitdem sind sie da. Es geht nicht nur um das Geld des Publikums. Nein. Es geht um dessen Kontrolle", sagte sie leise. „Sie nutzen Menschen mit weniger Einfluss wie Schachfiguren, um an mehr Geld, Macht und Kontrolle zu kommen."

Ben wollte mehr wissen. „Können Sie uns etwas genaueres sagen? Wer sind diese Leute?"

Verängstigt hob Elisabeth Kranz ihren Blick: „Es sind mächtige Leute. Sie können sich das nicht vorstellen! Diese Typen sind nicht nur in großen, kriminellen Organisationen. Sie sind Menschen des öffentlichen Lebens. Sie sind beliebte Moderatoren, einflussreiche Bauunternehmer und sogar im Bundestag."

Die Tragweite sickerte langsam in Bens Gedanken. Gegen was für einen mächtigen Feind kämpften sie da eigentlich?

„Ich habe Dinge gesehen, die ich nie sehen wollte. Und als ich versucht habe, auszusteigen …" Sie verstummte. Ihre Hände zitterten. „Sagen wir, es ist nicht so einfach."

„Sie haben Sie weggesperrt, nicht wahr", sagte Herr Inan.

Elisabeth nickte. „Das haben sie. Und während ich festsaß, haben Sie mir alles genommen. Aber ich habe etwas haben sie nicht gefunden. Etwas, das wenigstens Brian zerstören könnte. Doch dafür müsste ich zurückgehen. Und das … kann ich nicht."

Arnuld stand auf, sprang auf Elisabeths Knie und schnurrte. Sie sah den Kater mit glasigen Augen an.

„Vielleicht können Sie es", bestärkte Ben. „Nein, ich bin mir sicher, dass Sie es könnten."

In seinem Büro starrte Brian auf die Monitore, die Live-Aufnahmen von verschiedenen Kameras in der Stadt zeigten. Kano saß schweigend auf einem Stuhl in der Ecke, während Brian mit Tobias, einem seiner Handlanger, sprach.

„Lisa-Marie ist weg. Und das ist ein Problem", sagte Brian mit eisiger Stimme. „Wir müssen sie finden. Wenn sie redet, dann ist alles vorbei."

„Vielleicht ist sie schon tot", warf Tobias ein.

Auf Kano wirkte er unangenehm amüsiert. Brian drehte sich abrupt um. Seine Augen kalt.

„Vielleicht ist sie es nicht", zischte er. „Und bis wir sicher sind, tun wir so, als wäre sie am Leben."

Kano räusperte sich. „Was ist mit K-four?"

Brian zeigte ein kaltes, freudloses Lächeln. „K-four ist unser Druckmittel. Er bleibt erstmal wo er ist. Aber wenn er Ärger macht …" Er schnippte mit den Fingern und Tobias nickte.

„Was ist mit den Polizistinnen?", fragte Tobias.

„Die sind doch wie Fliegen", sagte Brian. „Nervig, aber harmlos. Wir kümmern uns später um sie."

Doch in seinem Inneren spürte Brian, dass die Dinge aus dem Ruder liefen. Die Kontrolle, die er so lange gehalten hatte, begann zu bröckeln.

Die Sonne ging jetzt langsam unter und die Schatten der alten Blöcke in Aumund dehnten sich über den Hof. Die Bewohner hatten sich wieder versammelt, diesmal mit einer nervösen Energie, die in der Luft lag. Frau Hartmann verteilte kleine Kekse, während sie mit der Mutter aus dem Erdgeschoss, Amina, sprach.

„Es ist nicht leicht", sagte Amina mit einem weichen Akzent, „allein mit den Kindern. Aber ich versuche mein Bestes."

„Wir alle tun das", erwiderte Frau Hartmann und legte eine Hand auf ihre Schulter. „Sie machen es gut, Amina. Wirklich."

In der Ecke des Hofs war ein Schachbrett aufgestellt. Herr Inan und Karim spielten gegeneinander, während Luigi und etwas entfernt Clara zusahen. Doch die Stimmung war grade seltsam schwer.

„Ich weiß nicht, warum ich mir das antue", murmelte der jüngste von ihnen „Ich verliere sowieso."

„Das liegt daran, dass du nicht verstehst, dass wirklich jede Figur zählt", erklärte der Älteste ihm ruhig, während er einen Zug machte.

„Das klingt wie dein Spruch für alles", murrte Karim und bewegte hektisch eine Figur, ohne lange darüber nachzudenken.

Die Frau im mittleren Alter, die sich bisher größtenteils aus den Gesprächen der Nachbarn herausgehalten hatte, sah immer noch aus der Ferne zu. Clara Ziegler trug ein schwarzes Tuch über den Schultern, als Zeichen ihrer Trauer. Amina lächelte ihr zu und winkte sie heran.

„Du solltest wirklich mehr mit uns reden, Clara", sagte Amina sanft. „Es hilft."

Clara zögerte erst, doch schließlich trat sie näher. „Ich weiß es nicht ... Ich ... Es ist schwer. Seit mein Mann ... Warum er?"

Sie verstummte und blickte zu Boden. Aber Frau Hartmann nickte verständnisvoll.

„Clara. Wir sind hier, wenn Sie uns brauchen. Jeder von uns hat etwas verloren."

„Und was haben sie verloren?", fragte Clara leise.

Frau Hartmann hielt inne, bevor sie antwortete. „Mehr, als ich je zählen könnte. Aber wir müssen immer weitermachen, nicht wahr?"

Ihre Worte hallten durch den Hof und selbst Karim, der noch immer über das Schachbrett gebeugt war, hielt für einen Moment inne. Dann seufzte er.

„Schachmatt", flüsterte der Rentner.

Der Hof verfiel in Stille. Sie wussten, dass sie noch immer keine Lösung hatten.

Ein großer Tisch, umgeben von mächtigen Männern, dominierte den Raum. Brian saß am Ende. Die anderen Mitglieder blickten ihn an.

„Wir haben alles unter Kontrolle", teilte der Staatsanwalt mit. „Die Ermittlungen sind eingestellt."

„Gut. Aber wir dürfen keine Fehler machen", gab der Medienmogul zu bedenken. „Lisa-Marie darf keinesfalls auftauchen."

Am Tisch saßen Männer mit Namen wie Karl-Heinz Meurer, ein Wirtschaftsboss, der Moderator, Tobias Fink, und ein Mafiaboss, bekannt als Don Carlo. Jeder hatte eine Rolle und jeder wusste, dass schon ein einziger Fehler tödlich sein könnte.

Zur gleichen Zeit saß Kano in einer schummrigen Bar. Eine halb ausgeleerte Flasche Bier stand vor ihm. Sein Handy lag stumm auf dem Tisch, bis der Bildschirm aufhellte. Brians Name erschien, doch Kano rührte es nicht an.

„Probleme?", fragte der Barkeeper, ein älterer Mann mit grauem Haar und einem wissenden Blick.

„Vielleicht", murmelte Kano.

Der Barkeeper lachte leise. „Du siehst so aus wie jemand, der weiß, dass er in großen Schwierigkeiten steckt, aber absolut nicht weiß, wie er herauskommt."

„Und was würdest du an meiner Stelle tun?", fragte Kano.

„Das kommt darauf an", sagte der Mann. „Aber manchmal ist es besser, die Wahrheit zu sagen, bevor jemand anderes seine eigene in die Welt posaunt."

Kano nahm einen tiefen Schluck und stand auf. Als er die Bar verließ, fühlte er die Karte der Polizistinnen in seiner Tasche. Sie brannte förmlich, als wollte sie ihn zwingen, sie zu benutzen.

In der Nacht schien Bremen-Nord von einer merkwürdigen Ruhe umhüllt zu sein. Doch auf den Dächern der Stadt geschah etwas Außergewöhnliches.

Arnuld saß an der Spitze eines der höchsten Gebäuden, umgeben von einem Meer von Katzen. Rippchen sprang von einem Rohr zu einer Brüstung, gefolgt von Findi, Mimi und Babo, deren Bewegungen so synchron waren, dass sie wie einstudiert wirkten.

Die Katzen waren still, ihre Augen auf die Ferne gerichtet, wo die alten Werftanlagen im Mondlicht glänzten.

Arnuld stand auf und gab ein leises, tiefes Miauen von sich. Es war ein Signal, das die anderen sofort beantworteten. Die Katzen bewegten sich in einem geordneten Muster.

Von den Dächern aus schien die Stadt wie ein riesiges Schachbrett, mit den Blöcken als Felder und den Menschen als Figuren. Die Katzen waren die wahren Wächter, ihre Bewegungen unsichtbar für die meisten, doch von hoher Bedeutung für alles, was noch kommen würde.

Babo sprang schließlich zu Arnuld und legte eine Pfote auf seine Schulter, als wollte er sich seine Zustimmung einholen. Arnuld nickte, mit der Haltung eines Anführers.

In der Ferne heulte eine Sirene und die Katzen lösten sich auf. Sie verschmolzen mit der Dunkelheit, als wären sie nie da gewesen. Doch ihre Anwesenheit blieb spürbar, wie ein leises Flüstern in der Nacht.

Die Sonne stand tief, als die Nachbarn sich nach und nach wieder auf dem Hof einfanden. Der Frühling schickte erste Vorboten, auch wenn die Kälte der vergangenen Monate noch immer in der Luft zu hängen schien.

Luigi stellte ein kleines Schachbrett vor sich, während Karim sich ihm auf Klappstuhl gegenüber setzte und ihn dabei gedankenverloren zusah. Herr Inan lehnte an einer Wand Sein Blick war auf das schwache Licht in Bens Wohnung gerichtet.

„Wo haben Sie eigentlich Schach gelernt, Herr Inan?", fragte Luigi, während er sich seinen ersten Zug überlegte. Der ältere Mann lächelte vage, als er sich erinnerte.

„In der Türkei. Ich hatte einen Lehrer, der uns Kindern immer gesagt hat: Das Leben ist wie ein Schachspiel. Du kannst nicht alles kontrollieren, aber du kannst immer überlegen, wie du auf den nächsten Zug reagierst."

„Ein kluger Mann", murmelte Luigi.

„Er war mehr als das", fuhr Herr Inan fort. „Er war der Grund, warum ich Lehramt studiert habe. Ich wollte anderen beibringen, die Welt wie ein Schachspiel zu sehen – strategisch, aber nicht unflexibel."

Karim grinste. „Also sind Sie so schlau geworden, weil Sie ein paar Bauern auf einem Brett verschoben haben?"

„Vielleicht", antwortete Ayhan Inan mit einem Schmunzeln, „oder vielleicht, weil ich gelernt habe, dass selbst die Bauern eine wichtige Rolle spielen."

„Ich sag euch", begann Karim seufzend, „Ich bin inzwischen so schlau geworden, dass ich weiß, das alles noch schlimmer wird, bevor es besser wird."

„Danke für deinen Optimismus", schelte Luigi ihn, während er einen Bauern bewegte. „Du willst doch hier nur ablenken. Karim, dein Zug."

Karim starrte auf das Brett, als wäre es ein unlösbares Rätsel. „Warum kann ich nicht einfach den König schlagen?"

„Weil das nicht der Punkt des Spiels ist", erklärte Herr Inan geduldig. „Es geht darum, zu strategisch zu denken. Du musst deine Schritte planen und die deines Gegners versuchen vorher zu sehen. Du solltest sogar einen Plan B haben. Wenn du nur impulsiv handelst, wirst du verlieren."

„Genau", fügte Luigi hinzu. „Schach ist wie -"

„Bitte sag jetzt nicht, wie Poesie oder so was", unterbrach Karim. „Sonst muss ich mir wieder einen Whisky holen."

Die Gruppe schmunzelte amüsiert, doch die Stimmung wurde schnell ernster, als der Rentner das Wort ergriff.

„Wir müssen uns auf das konzentrieren, was wir wissen. Elisabeth Kranz könnte uns helfen, aber wir brauchen mehr Informationen. Und Lisa-Marie … ihr Verschwinden … Wir müssen heraus finden, was genau dahinter steckt. Sie wird uns ganz bestimmt auch helfen können."

„Aber wie sollen wir sie finden?", fragte Ben, der gerade dazu stieß.

„Vielleicht", sagte Herr Inan, „indem wir den richtigen Zug machen. Einen, den Brian nicht erwartet und auch nicht abwehren kann. Wir müssten ihm seine für ihn wichtigste Figur nehmen."

„Welche das ist, kann ich euch sagen", mischte sich jetzt auch Frau Hartmann ein, die sich gerade mit Amina und Clara auf der Bank gleich neben ihnen ließ. „Die wichtigste ist immer die Dame."

Während Ben und Herr Inan grübelnd auf die Dame auf dem Schachbrett starrten und Luigi Frau Hartmann ein amüsiertes Lächeln schenke, fiel Karims Blick flüchtig auf Amina.

Diese hatte einen kleinen Beutel mit Bohnen mitgebracht, die sie sorgfältig in eine Schale legte. Sie war ganz in ihre eigenen Gedanken versunken und seufzte müde.

„Die Kinder werden langsam unruhig", sagte sie angestrengt lächelnd. „Der Lockdown ist schwer für sie. Wir machen kleine Spiele zu Hause, aber ich habe nicht das Gefühl, dass es reicht."

Clara nickte und zog ihre Jacke enger. „Es ist schwer für uns alle. Manchmal … denke ich, dass die Zeit einfach stehen geblieben ist."

„Nein, das ist sie nicht", sagte Frau Hartmann brummig und rührte in ihrer Tasse Tee. „Sie bewegt sich weiter. Nur bewegt sie sich viel langsamer als sonst. Aber was will man machen. Einfach den Po zusammen kneifen und weiter machen."

Die Nachbarn lachten leise, doch der Moment wurde durch eine laute Stimme unterbrochen. Herr Kühne kam aus dem Nebengebäude die Hände tief in den Taschen seiner alten Jacke vergraben.

„Was machen Sie da?", fragte er abfällig. „Versammeln Sie sich wieder, um über uns Männer zu lästern?"

Amina hob eine Augenbraue. „Da gibt es Interessanteres, Herr Kühne. Wir reden über das Leben. Möchten Sie sich uns nicht anschließen?"

„Kaum", schnappte er zurück. „Diese Art von Gesprächen ist nichts für mich."

„Das überrascht uns nicht", keifte Frau Hartmann trocken, und die anderen Frauen lachten.

Herr Kühne sah sie wütend an, doch bevor er etwas erwidern konnte, stand Amina auf und lächelte süß. „Wissen Sie, Herr Kühne, manchmal ist es besser zu schweigen. Es verleiht einem mehr Würde."

146

Herr Kühne knurrte etwas Unverständliches, drehte sich um und verschwand wieder unerledigter Dinge im Gebäude. Die übrigen Bewohner lachten noch eine Weile und machten den ein oder anderen spöttischen Witz, bevor sie sich wieder ihren Gesprächen widmeten.

Die kleine Wohnung, in der Karim lebte, war spärlich eingerichtet, aber sauber. Auf dem Tisch lag ein Päckchen, das er mit einem nachdenklichen Blick betrachtete. Es war eines der letzten, die er verkaufen sollte.

Sein Handy vibrierte und er nahm den Anruf sofort entgegen. „Ja?"

„Bist du da?", fragte die Stimme am anderen Ende.

„Komm einfach vorbei", sagte Karim nüchtern und legte auf.

Wenige Minuten später klingelte es an der Tür und ein junger Mann trat ein. Er trug eine dunkle Kapuzenjacke und blickte sich nervös um.

„Hast du's?", fragte er unruhig.

Karim nickte, doch bevor er das Päckchen überreichte, hielt er inne, was den Unbekannten noch unsicherer zu machen schien.

„Weißt du, warum ich das hier mache?", wandte Karim sich an ihn.

Der junge Mann sah ihn verwirrt an und stammelte, „Weil … du Geld brauchst?"

„Früher ja", bestätigte Karim. „Aber eigentlich muss ich das hier nicht mehr machen. Und das Zeug hier … es zerstört ganze Leben. Und ich habe es schon oft gesehen. Ich höre bald auf. Wer wird auf der Straße schon Millionär? Du? Ich? Nein,

Mann, wir sind nur Läufer von Königen, glaub mir. Du auch. Genau wie jeder andere."

„Dein Ernst?", fragte der Mann.

„Ja", sagte Karim fest. „Such dir einen anderen Weg. Das hier bringt dich nirgendwohin."

Der Mann nahm das Päckchen, doch war er jetzt noch unschlüssiger als zuvor. Karim sah ihm nach, als er die Wohnung verließ, und spürte zum ersten Mal seit langem, dass er etwas richtig gemacht hatte.

Der Hof des Nachbarblocks war voller Stimmen, als Ben und Herr Inan vorbeikamen. Eine Gruppe von Bewohnern stand in einer hitzigen Diskussion um Masken und Impfungen. Ein Thema, das seit Wochen die Menschen spaltete.

„Ich lasse mich doch nicht impfen!", rief ein älterer Mann mit wütendem Gesichtsausdruck. „Das ist alles nur ein Experiment! Wer weiß, was du uns da unter die Haut spritzen!"

„Und die Masken!", fügte eine Frau hinzu. „Die machen uns krank! Ich hab gehört, dass da sogar schon welche von gestorben sind! Und helfen tun die auch nicht!"

Ein jüngerer Mann aus dem Nachbarhaus, der etwas abseits stand, schüttelte den Kopf. „Das ist Unsinn. Meine Schwester arbeitet im Krankenhaus. Die sieht, was da abgeht. Ihr könnt euch gar nicht vorstellen, wie die da kämpfen müssen, nur weil es immer noch Leute gibt, die glauben, man wollte ihnen persönlich was."

Karim, der zufällig dazukam, hob die Hände.

„Hört mal!", sagte er beschwichtigend. „Ich habe früher auch so gedacht. Alles wäre eine Verschwörung. Aber am Ende … Am Ende hat es nur geschadet. Glaubt mir, das ist der falsche Weg. Wir sind in einer miesen Situation, aber da sind wir jetzt nun mal und wir müssen daraus das Beste machen. Wem helft ihr denn, wenn ihr euch gegenseitig zerfleischt?"

Die Gruppe verstummte für einen Moment, irritiert von Karims plötzlichem Auftauchen und seinem unerwarteten Eingeständnis. Bevor die Diskussion weiterging, ertönte ein leises Mauzen. Rippchen und Arnuld tauchten aus dem Nichts auf, gefolgt von mehreren Katzen. Sie bewegten sich zielgerichtet.

„Wohin gehen die? Sie sehen aus, als hätten sie etwas vor, oder?", fragte Herr Inan leise und grinste.

„Ich wünschte, ich wüsste es", murmelte Ben viel ernster als sein älterer Nachbar es erwartet hätte. Die Katzen verschwanden eilig in einer fast geordneten Reihe. Die Menschen auf dem Hof sahen ihnen nach und für einen Moment lag eine seltsame, warme Ruhe in Ihnen.

Es war, als wüssten die Katzen etwas, das die Menschen noch nicht verstanden hatten.

Die Nacht war still, doch über den Dächern von Bremen-Nord schien ein unsichtbares Drama zu spielen. Arnuld saß auf der Brüstung, seine Augen wachsam auf die Straßen gerichtet, wo ein schwarzer SUV langsam vorbeifuhr.

Im Hof des Blocks war es dunkel, doch ein schwaches Licht brannte in einer der Wohnungen im Erdgeschoss, wo Ben, Luigi und Karim zusammensaßen. Sie hatten das Schachspiel weggeräumt und die Unterhaltung war in eine schwere Stille gefallen.

„Ich habe das Gefühl, wir laufen im Kreis", sagte Ben schließlich und rieb sich die Schläfen.

„Es fühlt sich so an, weil wir gegen etwas kämpfen, das größer ist als wir", antwortete Herr Inan. „Aber das bedeutet nicht, dass wir aufgeben sollten."

In diesem Moment ertönte ein leises Kratzen an der Tür. Rippchen schlüpfte herein, gefolgt von Arnuld, dessen Fell im schwachen Licht fast silbern schimmerte. Der Kater sah kurz Ben an, dann Herrn Inan und schließlich sprang er auf den Tisch.

„Was willst du uns sagen?", empfing Ben ihn, halb im Scherz. Arnuld legte eine Pfote auf die Karte, die Herr Inan zuvor ausgebreitet hatte – die Karte mit der markierten Musikschule und den umliegenden Gebäuden. Herr Inan beugte sich vor, und seine Augen weiteten sich.

„Da ist noch etwas", sagte er leise. „Schaut hier."

Er deutete auf ein altes Lagerhaus, das nur ein paar Straßen von der Musikschule entfernt lag, über dem jetzt ein Pfotenabdruck prangte.

„Vielleicht sollten wir dort nachsehen", sagte Luigi mit einem verwunderten Blick auf dem Kater.

Ben zuckte mit den Schultern und bestätigte, „Es ist einen Versuch wert."

Sein Blick verweilte auf seinem vierbeinigen Freund und er war schon fast gespannt darauf, worauf ihn seine Samtpfoten noch stoßen würden.

Kapitel 15

Brian saß in seinem Büro, die Hände auf der Tischplatte verschränkt, während Don Carlo und der Immobilienhai Walter Stein vor ihm standen. Das Licht war kalt und die Stimmung angespannt.

„Du verlierst die Kontrolle", stieß Don Carlo hervor. „K-four, Lisa-Marie - Es wird chaotisch."

„Ich habe alles im Griff", beteuerte Brian. Doch in seinen Augen lag Unsicherheit.

„Das ist nur sehr schwer zu glauben", widersprach Walter. „Wenn die Presse weiter gräbt, könnten wir alle Probleme bekommen."

In diesem Moment öffnete sich die Tür und Kano trat ein. Sein Gesicht war bleich, doch seine Stimme war ruhig.

„Wir haben ein Problem. Die Polizei ist näher dran, als wir dachten", teilte Kano mit. „Und die Bewohner des Blocks … Sie wissen mehr, als sie zugeben."

„Na dann kümmere dich darum!", zischte Brian. Nachdem Kano das Büro verlassen hatte, blieb eine beklemmende Stille zurück.

„Der wirkt nicht gerade widerstandsfähig. Er wird uns noch verraten", spekulierte Don Carlo.

„Vielleicht", murmelte Brian. „Aber darauf bin ich vorbereitet."

Spät in der Nacht stand Ben wieder auf seinem Balkon. Die Lichter der Stadt flimmerten in der Ferne, doch es war das Dach gegenüber, das seine Aufmerksamkeit fesselte.

Arnuld und Babo saßen dort, umgeben von anderen Katzen. Sie schienen still miteinander zu kommunizieren, vollkommen lautlos.

„Was macht ihr da oben?", murmelte Ben, fasziniert und beunruhigt zugleich.

In diesem Moment hörte er ein Geräusch hinter sich. Herr Inan trat auf den Balkon, eine Taschenlampe in der Hand.

„Wir müssen los", meinte er.

„Jetzt sofort?", fragte Ben überrascht.

„Die Zeit drängt", bestätigte Herr Inan. „Wenn wir warten, verlieren wir unsere Chance."

Sie trafen sich mit Luigi und Karim am Tor des Blocks. Rippchen lief vor ihnen her, während Arnuld auf einer Mauer saß und sie beobachtete.

Als sie das alte Lagerhaus erreichten, war die Luft schwer vom feuchten Geruch nach Öl und Verfall. Das Gebäude schien verlassen und Karim fand eine Tür, die nur angelehnt war.

„Das ist es", flüsterte er.

Alte Kisten und verlassene Maschinen erwarteten sie im Innern, als auch der leise Klang von Musik, der sie innehalten ließ. Sie folgten dem Geräusch und fanden einen kleinen Raum, in dem ein altes Radio spielte. Daneben lag ein Notizbuch, dessen Seiten vollgekritzelt waren.

„Das ist Elisabeths Handschrift", sagte Herr Inan und blätterte durch die Seiten. Doch bevor sie mehr herausfinden konnten, hörten sie Schritte.

Die Gruppe versteckte sich hinter den Kisten, während zwei Männer den Raum betraten – Marcin und ein weiterer Mann.

„Wir kommen zu spät. Sie ist wohl schon weg", sagte Marcin. „Brian will keine Spuren. Wir müssen hier jetzt alles sauber machen. Schauen wir vorher noch, ob wir etwas finden."

Ben hielt den Atem an, während die Männer begannen, den Raum zu durchsuchen. Plötzlich ertönte ein lautes Miauen: Arnuld war aufgetaucht und stand jetzt mitten im Raum.

Die Männer sahen sich irritiert an, aber bevor sie reagieren konnten, sprang Arnuld auf eine der Kisten und stieß sie um. Der Lärm ließ sie zusammenzucken und in der Verwirrung schlich die Gruppe der Nachbarn aus dem Raum.

Zurück im Block saßen sie zusammen, das Notizbuch vor sich.

„Das hier …", begann Herr Inan, „das könnte hilfreich sein."

Währenddessen saß Brian in einem anderen Teil der Stadt in einem luxuriösen Büro, umgeben von einigen Mitgliedern der Loge. Dieser sarkastische, dicke Immobilienhai, dessen Name Walter Stein war, sprach gedämpft, aber klar: „Wir müssen heute sicherstellen, dass Lisa-Marie nicht gefunden wird … Das bedeutet, wir müssen sie finden."

Brian nickte, doch in seinem Inneren brodelte eine tiefe Unruhe. „Und was ist mit K-four?", fragte er schließlich.

„K-four ist ein Problem", sagte Don Carlo, der erhabene Mafiaboss. „Aber ein Problem, das gelöst werden kann", führte er süffisant.

Ka-rim stand in seiner Wohnung vor einer Kiste, die er mit seinen alten Utensilien füllte – kleine Waagen, Plastiktüten, alles, was zu seinem alten Leben gehörte.

„Es ist vorbei", murmelte er, bevor er die Kiste zuklappte.

Er ging hinaus in die Nacht, die Kiste in den Händen, und warf sie in einen Container, der hinter einer stillgelegten Werkstatt stand. Rippchen saß auf der Mauer und beobachtete ihn, ihr Schnurren war wie ein leises Lob.

Später suchte er seinen alten Dealer auf. Mit festem Blick legte er ihm das Geld hin, dass er noch schuldete.

„Das ist das Ende", sagte er. Der Dealer musterte ihn misstrauisch, doch nickte schließlich.

„Viel Glück", murmelte er.

Karim sah ihn erleichtert und dankbar an,

„Danke Bruder. Ich kann nicht mehr. Ich bereit sein, ein Vater zu werden."

Zurück in seiner Wohnung blockierte er die Kontakte in seinem Handy – Namen und Nummern, die zu einem Leben gehörten, das er hinter sich lassen wollte.

„Ein neuer Anfang", sagte er zu sich selbst. Der kleine, dünne Rippchen sprang glücklich auf seinen Schoß und legte sich nieder, als ob er wusste, dass dieser Moment ein Wendepunkt war.

„Du bleibst bei uns, oder?", fragte er und die Katze schnurrte laut.

Die Morgenluft war kühl und der Himmel über Bremen-Nord war in ein stumpfes Grau getaucht. Die Straßen wirkten noch stiller als sonst, obwohl die Welt langsam erwachte. Die Zeitungskioske hatten Schlagzeilen, die den Atem anhalten ließen:

„Rapper K-four im Koma – Was steckt dahinter?"

Ben stand mit einer Tasse Kaffee in der Hand an seinem Küchenfenster. Der Duft des Kaffees mischte sich mit dem leichten Geruch vom Morgentau, der von der Straße hereinzog.

Arnuld saß auf der Fensterbank. Sein Blick schweifte über den Block, als könnte er etwas spüren, das Ben verborgen blieb. In der Ferne hörte Ben die Stimmen der Nachbarn, die sich im Hof aufhielten. Es war ein völlig ungewohntes Geräusch, fast wie eine Welle, die näher kam.

Er stellte die Tasse ab und zog sich eine Jacke über. Als er nach draußen trat, sah er, dass fast der gesamte Block auf den Beinen war. Frau Hartmann hielt eine Zeitung hoch, während Luigi mit Karim und Herr Inan leise sprach. Amina und Clara standen etwas abseits, ihre Gesichter sorgenvoll. Auch einige der in den kleineren Wohngebäude lebenden Menschen standen in Grüppchen zusammen.

„Was ist los?", fragte Ben und gesellte sich zu ihnen.

„Die Presse spekuliert über K-four", sagte Herr Inan. „Aber das ist nicht das Wichtigste. Es geht nur darum, was dahintersteckt."

„Was genau meinst du?" hakte Ben nach.

Herr Inan zog einen zerknitterten Zettel aus seiner Tasche und erklärte: „Ich habe gestern Nacht weiter im Notizbuch gelesen.

Es gibt Hinweise, dass Brian Taylor nicht nur mit Lisa-Marie und Elisabeth Kranz in Verbindung stand, sondern auch mit K-four. Und … dem Lagerhaus. Es war kein Zufall."

„Das heißt?", fragte Karim, der seine Zigarette mit den Füßen austrat.

„Das heißt, wir sind näher dran, als wir dachten", schloss Ben ernst und gab zu bedenken, „aber das macht es auch gefährlicher."

Die Diskussion unter den Nachbarn wurde lauter. Herr Kühne war wieder aufgetaucht und schien es sich nun zur Aufgabe gemacht zu haben, alles zu kritisieren.

„Was bringt es, wenn wir hier rumstehen und uns tolle Geschichten erzählen?", sagte er abfällig. „Wir können nichts ändern. Das war doch schon immer so."

„Vielleicht, weil Leute wie Sie immer nur reden, aber nichts tun", warf Frau Hartmann ihm an den Kopf. Ihre Stimme war recht ruhig, aber sehr scharf.

„Und was genau tun Sie?", fragte Kühne höhnisch.

„Leuten wie Ihnen sagen, was Sie schon längst hätten mal hören sollen", sagte Frau Hartmann. „Damit hätte ich schon mal deutlich mehr Zivilcourage bewiesen, als Sie es in Ihrem ganzen Leben jemals getan hätten, Herr Kühne."

Die anderen Bewohner lachten leise, doch bevor Kühne etwas erwidern konnte, trat Amina vor.

„Herr Kühne, wissen Sie, was das Problem mit Menschen wie Ih-nen ist?"

„Was denn, Frau Nachbarin?", presste er verächtlich zwischen zusammen gebissenen Zähnen hervor.

„Sie haben vergessen, wie man an etwas glaubt", schilderte Amina leise, aber überzeugt und sehr bestimmt. „Und … ohne Glauben … Was bleibt uns da noch? Wäre es nicht langsam an der Zeit, zusammen zustehen, Herr Kühne?"

Herr Kühne verstummte nachdenklich und die Nachbarn wandten sich wieder ihren Gesprächen zu.

Ben, Herr Inan, Karim und Luigi entfernten sich und gingen in Herrn Inans Wohnung. Das Notizbuch lag auf dem Tisch und jeder von ihnen studierte es aufmerksam.

„Hier", sagte Herr Inan und deutete auf eine Seite. „Sie erwähnt einen Ort, den sie ‚das Herz‘ nennt. Ich glaube, es ist bloß eine Metapher, aber wenn wir herausfinden, was sie meint, könnte es uns vielleicht ein paar bedeutende Beweise bringen."

„Oder in Schwierigkeiten", fügte Karim hinzu.

„Vielleicht beides", sagte Ben. „Aber wie finden wir heraus, was ‚das Herz‘ ist?"

In diesem Moment sprang Rippchen auf den Tisch und legte eine Pfote auf eine andere Seite des Notizbuchs.

Herr Inan beugte sich vor und las leise: „Der Ort, an dem alles begann."

„Das könnte alles sein", sagte Luigi.

„Ja, nicht gerade eindeutig", murmelte Karim.

Ben lehnte sich zurück und sah aus dem Fenster. „Vielleicht … vielleicht ist es einfacher, als wir denken. Vielleicht müssen wir nicht nach einem Ort suchen, sondern nach einem Moment."

Die anderen sahen ihn fragend an, doch bevor jemand etwas sagen konnte, ertönte ein Klopfen an der Tür. Es war Karl, der alte Mann. Sein Gesicht war wieder sehr ernst.

'

Kapitel 16

Zur gleichen Zeit saßen Nadine und Sandra in ihrem Büro und studierten die neuesten Informationen, die sie von der Vernehmung der Rettungskräfte erhalten hatten.

„Martin … Amo … Ryan", wiederholte Nadine leise. „Das ist fast eindeutig: Nicht nur Namen, sondern Hinweise."

„Aber Hinweise auf was?", fragte Sandra.

„Ich weiß es nicht", sagte Nadine. „Aber wir sollten es besser schnell heraus finden."

In der Ferne ertönte eine schrille Sirene und die Lichter der Stadt schienen für einen Moment zu flackern.

In einem dunklen Konferenzraum in der Innenstadt von Bremen saß Brian an einem langen Tisch, umgeben von den anderen Mitgliedern der Loge. Walter Stein sprach gerade über die Fortschritte ihrer Projekte.

„Die Strukturen im Block sind alt", sagte er. „Es wird nicht schwer sein, sie für unbewohnbar erklären zu lassen."

„Und diese Bewohner?", fragte ein Bundestagsabgeordneter, der neben Don Carlo saß.

„Werden sich fügen", sagte Stein mit einem selbstgefälligen Lächeln.

Brian sah nicht überzeugt aus. „Meinen Informationen zu Folge gibt es Widerstand. Sie mischen sich Dinge ein, die außer Kontrolle geraten könnten."

„Dann bring es wieder unter Kontrolle", forderte Don Carlo bestimmt. „Oder wir werden jemanden finden, der es kann."

Die Nachmittagssonne warf lange Schatten über den Hof, als Clara mit einem Wäschekorb in der Hand die Treppe hinunterging. Amina und Frau Hartmann standen bereits draußen, Amina mit einem kenianischen Strickzeug und Frau Hartmann mit einem Tablett voller Kekse.

Es war ein ruhiger Moment, einer der wenigen, die das Leben im Block hin und wieder schenkte. Bis die Ruhe durch das Quietschen von Reifen gestört wurde.

Ein schwarzer SUV hielt direkt vor dem Eingang und drei Männer in dunklen Anzügen stiegen aus. Sie sahen aus wie Geschäftsmänner, doch etwas an ihrem Auftreten ließ die Frauen aufhorchen.

„Was wollen die hier?", fragte Amina leise, ihre Augen wachsam.

„Sicher nichts Gutes", murmelte Frau Hartmann.

Die Männer zogen Klemmbretter und Maßbänder aus dem Wagen und verteilten sich auf dem Hof. Einer der Männer schrieb Notizen auf, während die anderen sich unterhielten. Ihre Stimmen waren zwar gedämpft, doch Amina konnte den Tonfall von Autorität und Gleichgültigkeit heraushören.

„Entschuldigen Sie", sagte sie und trat entschlossen vor. „Was machen Sie hier?"

Der Mann, der die Notizen führte, blickte sie kaum an und ließ sich Zeit, bis er antwortete: „Routineprüfung. Wir prüfen die Struktur des Gebäudes."

„Im Auftrag von wem?", fragte Clara zaghaft.

„Das geht Sie nichts an", erwiderte der Mann kalt.

„Oh, und wie uns das angeht", fuhr Frau Hartmann ihn an. „Sonst könnte ja jeder kommen und schalten und walten, wie er wollte."

Clara hakte erneut nach: „Kommen Sie im Auftrag von Frau Schäfer? Sie ist die Eigentümerin und muss das hier wenigstens erlauben."

„Das ist sie ohnehin nicht mehr lange", kommentierte einer der anderen Männer, doch Frau Hartmann, die näher gekommen war, hörte ihn.

„Was haben Sie da grade gesagt?", fragte sie mit einer Stimme, die gefährlich ruhig klang. „Wenn Sie etwas sagen wollen, dann tun Sie es! Oder haben Sie nicht den Arsch in der. Hose, um das zu tun?"

Der Mann schien kurz zu verärgert zu sein, doch dann lachte er gehässig. „Es ist nur eine Frage der Zeit. Bald wird hier alles ganz anders sein."

„Wirklich?", sagte Frau Hartmann und legte das Tablett ab. Sie verschränkte die Arme, trat direkt vor den Mann und blickte trotzig zu ihm hinauf. „Wissen Sie, was ich sehe, wenn ich Sie anschaue?"

„Nein, und es ist mir auch egal", schnaubte der Mann verächtlich.

„Ich sehe jemanden, der keine Ahnung hat, mit wem er es zu tun hat", sagte Frau Hartmann so laut, dass alle auf dem Hof sie gut hören konnten. „Meine lieben Nachbarn – ich denke, es ist Zeit, diesen Herren zu zeigen, dass wir niemanden auf uns herum trampeln lassen!"

Die Eindringlinge versuchten die Gebäude zu betreten, doch wurde jeder Eingang von den Bewohnerinnen und Bewohnern versperrt. Sogar Herr Kühne schlug einen kräftigen Arbeiter mit seinem strengen Blick uns seiner Dickköpfigkeit in die Flucht.

Die Männer beschlossen ihre Sachen einzupacken, als sie merkten, dass sich nicht einer der hier lebenden Mensch weg-bewegen ließ.

Karim und Luigi traten mit ernsten Mienen aus dem Gebäude, als sie gerade abzogen, und Karim sah sich recht verwundert um.

„Hier gibt es mehr zusammen halt, als ich gedacht hätte", be-merkte er.

„Besondere Zeiten bringen Besonderes zu Tage", meinte Amina mit einem warmen Lächeln. „Ich finde es wunderbar."

Und etwas zum Karim flüsternd ergänzte sie: „Sieh nur, sogar Herr Kühne hat sich eingesetzt. Wenn das nicht der Beweis ist, dass Menschen sich ändern können."

Herr Kühne schien von dieser Situation verunsichert. Er verschwand als erstes. Ehe die anderen wieder alle ihrem Alltag nachgingen, nickten Sie sich anerkennend zu oder grüßten sich.

Später am Abend saß Ben wieder mit Herr Inan, Karim und Luigi in der Küche. Das Notizbuch lag offen vor ihnen, doch diesmal hatte es keine Antworten gegeben.

„Vielleicht suchen wir am falschen Ort", murmelte Luigi und stützte das Kinn auf die Hand.

„Oder wir stellen die falschen Fragen", bedachte Herr Inan.

Arnuld sprang auf den Tisch und legte sich neben das Notizbuch, als wollte er die Gruppe ermutigen, nicht aufzugeben.

„Was auch immer wir tun … wir müssen es schnell tun", sagte Ben. „Diese Leute da draußen – sie werden nicht aufhören."

„Und Brian auch nicht", fügte Karim hinzu.

Ein Klopfen an der Tür unterbrach das Gespräch. Es war Clara, die mit einem besorgten Gesichtsausdruck eintrat.

„Ich wollte euch nur warnen. Diese Männer … sie werden zurückkommen … ich weiß es."

Herr Inan nickte langsam. „Dann müssen wir vorbereitet sein."

Der Raum war dunkel, nur das Licht einer Schreibtischlampe erhellte Brians Gesicht. Zurückgelehnt in seinem ledernen Bürostuhl schwenkte er ein Glas Whiskey in seiner Hand, während Kano, Marcin und Tobias vor ihm standen. Die Spannung war greifbar und die Stille wurde nur durch das leise Ticken einer Uhr unterbrochen.

„K-four lebt", stellte Brian monoton fest. „Das ist ein Problem."

Tobias, ein schmaler Typ mit scharf geschnittenen Gesichtszügen, nickte und ergänzte: „Er ist im Krankenhaus. Aber das ist kein sicherer Ort."

Brian stellte das Glas ab und verschränkte die Finger. Eindringlich sah er Kano an.

„Er muss verschwinden – Endgültig! Ich will, dass ihr das erledigt", befahl er.

Kano schien unruhig und wollte sicher stellen: „Im Krankenhaus? Ist das nicht zu riskant?"

„Riskanter ist es, ihn am leben zu lassen", zischte Brian. „Er hat viele Informationen, die uns alle gefährden könnten. Auch dich Kano. Das ist keine Diskussion."

Marcin nickte mit angespannter Haltung.. „Wir regeln das", willigte er ein.

„Geht doch", sagte Brian und lehnte sich zurück. „Und hinterlasst keine Spuren! Diesmal darf nichts schiefgehen. Haben wir uns verstanden?"

„Ja", antworteten die Männer im Chor.

Sie verließen den Raum, nur Kano blieb kurz stehen. Seine Augen trafen die von Brian und für einen kurzen Moment schien er etwas sagen zu wollen, doch schüttelte er den Kopf und folgte den anderen hinaus.

Währenddessen herrschte im Block eine ungewöhnliche Stille. Arnuld saß auf der Fensterbank in Bens Wohnung und starrte in die Dunkelheit. Rippchen lief aufgeregt durch den Raum.

„Was ist bloß mit euch beiden los?", fragte Ben und beobachtete die Kater.

Herr Inan saß neben ihm und folgte ihrem Blick, ehe er laut dachte, „Man sagt, Tiere haben ein Gespür für Dinge, die wir nicht sehen können."

„Vielleicht", murmelte Ben.

Im Hof hatten sich einige Nachbarn eingefunden. Clara und Amina standen zusammen, während Luigi und Karim eine Gruppe von Kindern beschäftigte, die laut lachten und spielten.

„Weißt du, was ich vermisse?", fragte Clara gedämpft.

„Was denn?", fragte Amina.

„Ruhe", sagte Clara. „Nicht diese Art von hörbarer Stille, sondern echte Ruhe, die man wirklich fühlt. Die Art, bei der man für einen Moment alles vergessen kann."

Amina nickte. „Das verstehe ich. Aber vielleicht finden wir sie wieder. Irgendwann."

Oben auf einem der Dächer bewegten sich mehrere Katzen. Ihre Bewegungen waren so synchron, als folgten sie einem unsichtbaren Plan.

Arnuld sprang zu einem etwas höher gelegenen Sims, während Babo und Findi in den vielen Schatten verschwanden.

Kapitel 17

Anschließend bewegten sich die Katzen des Blocks durch die Straßen. Sie schienen ein festes Ziel zu haben, ein unausgesprochenes Wissen, das sie führte. Arnuld sprang elegant über eine Mauer, gefolgt von Rippchen und Babo. Die Gruppe erreichte ein mehrstöckiges Gebäude und Arnuld blieb vor einem Seiteneingang stehen. Sein Miauen war tief und eindringlich, fast wie ein Signal.

Kurz darauf herrschte auf der Intensivstation des Krankenhauses eine gespenstische Lautlosigkeit. K-four lag in seinem Bett. Maschinen überwachten seinen Zustand. Sie Blinkten und piepten regelmäßig, während das schwache Licht eines Monitors sein Gesicht beleuchtete.

Kano, Marcin und Tobias schritten durch einen Korridor. Tobias trug eine Tasche, die so harmlos aussah, dass niemand ihr Beachtung schenkte.

„Wir gehen rein, machen es schnell und verschwinden", flüsterte Tobias. Marcin nickte, doch Kano hielt inne.

„Wartet!", sagte er leise. „Das ist falsch. Wollt ihr das wirklich machen?"

„Was meinst du?", zischte Tobias irritiert und blickte sich wieter unauffällig um.

„Das hier", sagte Kano und zeigte auf die Tür. „Das ist nicht, was wir tun sollten."

„Hör zu, wenn du kalte Füße bekommst, dann geh!", forderte Tobias. „Wir haben hier einen Auftrag. Wir erledigen, was erledigt werden muss."

Kano schwieg. Sein Blick wanderte zu K-fours Zimmer. Er erinnerte sich an die Worte des Rappers, an den Moment, als er gesagt hatte, dass Kano mehr sei, als er selbst glaubte.

„Ich mache nicht mit", sagte Kano schließlich. „Tut, was ihr wollt. Aber ich bin raus."

Er drehte sich um und eilte den Weg zurück. Seine Schritte hallten durch den Flur. Marcin fluchte leise und wollte ihn aufhalten, doch Tobias hob die Hand.

„Lass ihn erstmal gehen", meinte er. „Wir erledigen das allein. Der ist später dran."

Unbemerkt verschwanden sie in K-fours Zimmer. Dort öffnete Tobias die Tasche und zog eine kleine Spritze heraus. Er positionierte sich gerade vor dem bewusstlosen Rapper, als ein lautes Fauchen ertönte.

„Was war das?", fragte Marcin.

Ein Schatten huschte durch den Raum und Tobias stolperte zurück. Arnuld war plötzlich auf seinem Arm gelandet und versenkte seine Zähne tief in dessen Hand.

Die Spritze fiel zu Boden. Marcin versuchte, sie aufzuheben, doch Rippchen schnappte sie mit ihrem Maul und rannte davon. Mimi rannt ihm vor die Füße, so dass er stolperte und hinfiel. Babo sprang auf Tobias rücken, der schmerzerfüllt schrie. Findi machte einen Satz und zerkratze Marcin den Nacken.

Ob es an der Kampfkunst der Katzen oder an der Überraschung in diesem Moment lag. Das Ergebnis war das Gleiche. Die Männer hatten nicht mal den Hauch einer Chance.

„Verdammt!", zischte Tobias.

Die Katzen waren genauso schnell verschwunden, wie sie gekommen waren. Den Männern war klar: Nach diesem Aufruhr, konnten sie nicht tun, als schnellst möglich zu verschwinden.

Die Morgendämmerung brachte keine Erleichterung, sondern verstärkte die Kälte in der Luft. Kano ging durch die leeren Straßen. Seine Gedanken wirbelten. Er hatte Brian nicht gehorcht, und das bedeutete, dass er nun ein Ziel war.

Kano wusste, dass er nicht mehr zurückkonnte. Er hatte sich von Brian abgewandt und jetzt blieb ihm nur noch unterzutauchen oder zu kämpfen. Die grauen Straßen von Bremen-Nord waren ihm vertraut, doch nun fühlten sie sich fremd an, als ob die Stadt ihn ausspucken wollte.

In einem unscheinbaren Café am Stadtrand wartete Karl bereits auf ihn, eine dampfende Tasse Tee vor sich.

„Du hast die richtige Entscheidung getroffen", sagte Karl, als Kano sich setzte, wie immer ohne Begrüßung.

„Hast du eine Ahnung, was das bedeutet?", fragte Kano, seine Stimme voller Bitterkeit.

„Ja", bestätigte Karl ruhig. „Es bedeutet, dass du endlich den Mut hast, dich gegen Brian zu stellen. Und das macht dich gefährlich für ihn."

Kano lachte kurz trocken. „Großartig. Genau das, was ich hören wollte."

Karl zog ein kleines Notizbuch aus seiner Tasche und schob es über den Tisch. „Das hier könnte helfen. Es enthält Namen, Orte und Schwachstellen."

„Woher hast du das?", fragte Kano misstrauisch.

„Sagen wir mal, ich habe ein paar Freunde, die wissen, wie man Informationen sammelt", sprach Karl mit seinem geheimnisvollen Lächeln.

Kano wusste inzwischen, dass es nichts brachte, darauf weiter einzugehen. Wenn dieser sture alte Mann etwas für sich behalten wollte, dann würde er das auch tun.

„Das hier ist ein Teil der Wahrheit", sagte Karl. „Aber um die Loge wirklich zu treffen, brauchen wir mehr."

„Wie?", fragte Kano.

„Indem wir jemanden finden, der reden kann", sagte Karl. „Der Staatsanwalt zum Beispiel. Er ist einer von ihnen."

Kano runzelte die Stirn. „Und wie kommen wir an ihn ran?", wollte er wissen.

„Das überlassen wir der Polizei", sagte Karl mit einem leichten Lächeln. „Du hast deine Entscheidung getroffen, Kano. Jetzt lass sie die ihren treffen."

Kano schwieg, doch tief in seinem Inneren formte sich ein Entschluss. Er würde Brian und die ganze Loge stoppen – Völlig egal, was es ihn kostete.

Er blätterte durch die Seiten und hielt bei einem Namen gedankenverloren inne:

Martin Acker

Währenddessen läuft eine junge Frau   durch die Straßen von Bremen-Nord. Sie fotografiert mit ihrem Handy die Umgebung und ruft daraufhin jemanden an.

Sie beginnt das Telefonat mit, „Hi, Julia hier."

Später würde sie sich in ihr Hotel begeben, die Fotos auf ihren Laptop ziehen und ihren Notizen zuordnen.

Indes versammelten sich die männlichen Bewohner des vier-stöckigen Hauses im Block wieder in Herr Inans Küche. Das Notizbuch immer noch für jeden gut sichtbar auf dem Tisch. Es schien, als hätten sie keine Fortschritte gemacht.

„Wir brauchen etwas, das uns weiterbringt", seufzte Ben und fuhr sich durch das Haar.

„Vielleicht sollten wir völlig anders denken", sagte Herr Inan. „Nicht, wo wir suchen ... sondern warum."

„Was meinst du?", fragte Karim, der an einer Wand lehnte.

„Brian Taylor … hat doch zu viel Macht", sagte der Ältere. „Und Macht hat immer eine Quelle. Wenn wir diese Quelle finden, könnten wir ihn schwächen."

„Das klingt nach einem guten Ansatz", bestätigte Luigi. „Aber wo fangen wir an?"

Arnuld, der auf der Fensterbank saß, mauzte leise und Rippchen sprang auf den Tisch. Die Katzen schienen sich zu verständigen, bevor Arnuld auf das Notizbuch zeigte, das Karl zurückgelassen hatte.

„Die Katzen sind manchmal echt schlauer als wir", murmelte Ben.

„Oder sie haben einfach einen besseren Instinkt", sagte Herr Inan und öffnete das Notizbuch.

In einem hochmodernen Büro in der Innenstadt von Bremen saßen Brian und die anderen Mitglieder der geheimen Loge. Walter Stein, der Immobilienhai, sprach gerade über die Fortschritte bei der geplanten Räumung des Blocks.

„Die Vorgänge sind fertig", sagte er. „Wir lassen das Grundstück pfänden, morgen schaut sich ein Gutachter die Immobilie an und kann dann in einer Woche zu einem angenehmen Preis zwangsversteigert werden.

„Sehr gut", sagte Don Carlo, der Mafiaboss. „Und was ist mit den Bewohnern?"

„Sie werden sich fügen", sagte Stein selbstgefällig.

Brian lehnte sich zurück, doch seine Gedanken waren grade woanders. Er wusste, dass Kano ein Problem war. Und er wusste, dass die Polizei näher kam.

„Es gibt hier zu viele lose Enden", bemerkte er schließlich.

„Dann schneid sie ab", sagte Tobias Fink, der Star-Moderator, der neben ihm saß.

Brian nickte langsam. „Das habe ich vor."

Später am Abend saß Ben in seiner Wohnung, das Licht gedimmt. Arnuld lag auf seinem Schoß, während Rippchen auf dem Fensterbrett saß.

„Was soll ich tun?", murmelte Ben. „Das hier wird zu groß für uns."

Arnuld schnurrte beruhigend, als ob er ihm Mut machen wollte. In der Ferne hörte Ben Stimmen. Er trat auf den Balkon und sah, dass sich wieder Nachbarn im Hof versammelt hatten.

Frau Hartmann sprach mit Amina und Clara, während Karim und Luigi mit einem Mann redeten, den Ben nicht kannte.

„Wir haben eine Gemeinschaft", sagte Herr Inan, der plötzlich neben Ben stand. „Das … ist etwas, was Brian nicht hat."

Ben nickte langsam. „Vielleicht ist das unsere Stärke."

„Vielleicht", sagte Herr Inan. „Aber wir müssen sie nutzen, bevor es zu spät ist."

Die Nacht war hereingebrochen und ganz Bremen-Nord lag in schwerer Stille. Brian saß mit Marcin und Tobias vor sich in seinem Büro. Die Stimmung war sehr eisig und Brians Geduld schien am Ende.

„Er lebt noch", flüsterte Brian gefährlich.

„Wir haben es versucht", begann Marcin, doch Brian schnitt ihm das Wort ab. „Versucht? Das reicht nicht!" keifte er. „K-four muss verschwinden! Heute Nacht!"

Marcin nickte. Seine Kiefer knirschten. Tobias beobachtete die Szene schweigend mit kühlen und berechnenden Augen.

„Kein Aufsehen!", befahl Brian lauter als sonst. „Kein Chaos! Und vor allem: Keine weiteren Fehler!"

Marcin stand auf und verließ den Raum, sein Kopf voller widersprüchlicher Gedanken. Er hatte Aufträge wie diesen schon ausgeführt, doch seitdem Kano einfach die Reißleine gezogen hatte, fühlte sich das alles auch für ihn nur noch falsch an.

Kapitel 18

Der Morgen war kalt, als ein schwarzer Wagen vor dem Block hielt. Zwei Männer in grauen Anzügen stiegen von weiteren zwei Sicherheitsleuten gefolgt aus.

Einer von Ihnen war ein Vertreter des Amtsgerichts, begleitet von einem Gerichtsvollzieher. Hinter ihnen parkte ein weiterer Wagen – ein schwarzer SUV, aus dem Brian und Tobias Fink, ein bekannter, erfolgreicher Moderator, stiegen.

„Das wird schnell gehen", wandte Brian sich leise an Tobias. „Die Bewohner haben keine Wahl."

Doch als sie den Hof betraten, wurden sie von einer Wand aus Menschen empfangen. Clara und Amina standen eng beieinander, während Ben sich neben ihnen platzierte.

„Na, was wollen Sie denn hier?", fragte Frau Hartmann streng.

Der Gerichtsvollzieher räusperte sich und entfaltete eine Mappe. „Im Auftrag des Gerichts wurde für dieses Gebäude die Zwangsversteigerung angeordnet. Sie findet in sieben Tagen statt." Er sah sich um. „Ich bin hier, um den Zustand der Immobilie zu protokollieren. Es wäre vermutlich ratsam, wenn sie sich möglichst bald nach einer neuen Wohnstätte umsehen würden."

Ein Raunen ging durch die Menge und Karim trat vor.

„Das ist unser Zuhause!", rief er. „Sie können uns nicht einfach rauswerfen!"

„Doch, das können wir", sagte Brian kalt. „Und wir werden es tun."

In diesem Moment ertönte das Geräusch von Reifen und ein weiterer großer Wagen fuhr vor, flankiert von dunklen Fahrzeugen. Die Türen öffneten sich synchron. Alexander Stein stieg aus, von Leibwächtern umringt.

Er war groß, trug einen maßgeschneiderten Mantel und eine Sonnenbrille, obwohl die Sonne sich hinter einer dicken Wolkenschicht versteckte.

„Das ist Alexander Stein", flüsterte Luigi. „Der Milliardär."

„Was will der hier?", fragte Amina.

Stein trat vor und betrachtete das Gebäude. Dann drehte er sich langsam zur Gruppe um und lächelte kalt. „Ich bin hier, um sicherzustellen, dass alles nach Plan läuft. Dieses Grundstück gehört schließlich bald mir."

Ein Moment der Stille trat ein, nur Clara flüsterte etwas in Herrn Inans Ohr. Dann trat der Rentner vor. „Es wird eine öffentliche Versteigerung geben. Wie können Sie sich so sicher sein, dass Sie es bekommen?"

Steins Lächeln wurde breiter. „Man muss nur die richtigen Leute kennen."

Während die Bewohner mit den Männern im Hof diskutierten, bewegten sich Arnuld, Rippchen und Babo zwischen den parkenden Autos. Arnuld schnupperte an einem der Wagen und gab ein leises Miauen von sich. Er Blieb am SUV von Brian stehen.

„Was macht er da?", fragte Ben, der die Katzen bemerkt hatte.

„Lass sie", sagte Herr Inan. „Sie wissen, was sie tun."

Arnuld sprang auf die Motorhaube. Die anderen Katzen folgten ihm und es sah fast aus, als würden sie miteinander kommunizieren. Von diesen ungebetenen Gästen unbemerkt schlüpfte Rippchen durch die offen stehende Beifahrertür.

Nach einem kurzen Augenblick sah Ben, wie die kleine Katze sich bemühte, etwas blaues Viereckiges aus dem Wagen zu zerren. Babo schlüpfte darunter und trug die meiste Last des Gegenstandes. Auf dem Weg zu ihren menschlichen Verbündeten korrigierte Rippchen immer wieder dessen Position, indem er seitlich leicht dagegen stieß.

„Was zum … ?", murmelte Ben verwundert. „Warum könnt ihr sowas?"

Bei Clara angekommen, nahm sie den Aktenordner entgegen und schlug ihn zaghaft auf. Sie erstarrte.

„Du meine Güte", stieß sie aus.

Die Papiere enthielten eine Liste mit geplanten Immobilienverkäufen. Neben der Adresse ihres Blocks stand der Vermerk „Verkauft an A. Stein - Genehmigung intern bestätigt.

„Die Versteigerung ist doch noch gar nicht gelaufen…", murmelte Clara, während sie weiter durch die Unterlagen blätterte.

„Weil sie gar nicht öffentlich versteigert!", zischte Herr Inan neben ihr.

Die Unterlagen enthüllten, dass Brian und Stein mit mehreren Stadtbeamten einen Deal ausgehandelt hatten. Offiziell sollte das Gebäude versteigert werden, aber in Wahrheit war längst entschieden, dass die Immobilie an Alexander Stein verkauft werden würde.

„Das ist illegal", platzte es aus Clara heraus.

„Wir müssen das der Presse geben", meinte Ben.

„Oder wir nutzen es, um sie selbst zu stoppen", sagte Karim mit einem finsteren Lächeln.

Die beiden Gruppen standen sich immer noch gegenüber. Amina trat einen Schritt auf Stein zu, ihre Augen funkelten vor Zorn.

„Sie denken, Sie können uns hier einfach auslöschen, oder?", fragte sie. „Das hier ist mehr als nur ein Gebäude! Das ist unser Leben!"

Stein lachte kalt. „Leben? Das hier ist ein Schandfleck. Und ich bin der Mann, der so nett ist und ihn beseitigt."

„Wir werden sehen", sagte Herr Inan, ließ sich von Clara den Aktenordner geben und hielt ihn hoch. „Ich glaube nicht, dass ein Korruptionsskandal das beste Aushängeschild für irgendjemanden von Ihnen ist." Anschließend zitierte er mit der Betonung auf dem zweiten Wort liegend: „Genehmigung intern bestätigt?"

Steins Gesichtszüge froren ein. Die Bewohner waren nicht machtlos. Sie hatten etwas in der Hand.

Kleinlaut und ohne ein weiteres Wort machten sich die Eindringlinge von dannen.

Im Block herrschte eine merkwürdige Stimmung. Die Nachricht über die geplante Versteigerung hatte sich wie ein Lauffeuer verbreitet und die Bewohner hatten sich im Hof versammelt. Amina und Clara verteilten Tee, während Luigi eine kleine Gruppe von Kindern unterhielt.

„Wir dürfen nicht aufgeben", sagte Herr Inan, der neben Ben stand. „Das hier ist unser Zuhause."

„Aber was können wir tun?", fragte Ben. „Die Loge hält alle Karten in der Hand."

„Manchmal reicht es, wenn die Wahrheit ans Licht kommt", sagte Herr Inan leise.

Plötzlich tauchte Kano im Hof auf, sein Gesicht ernst. Er trat zu den beiden und hielt ihnen sein Handy hin.

„Ihr kennt mich nicht, aber ich kann helfen", sagte er. „Ich habe etwas."

Es war eine Nachricht von K-four, die er vor Tagen erhalten hatte. Sie war undeutlich, aber ein Name war klar zu hören: Martin Acker.

„Das könnte wirklich hilfreich sein", meinte Herr Inan. „Das K-four mit Brian Taylor zu tun hat, wissen wir. Wenn wir diesen Martin Acker finden, könnten wir Brian vermutlich stürzen."

Im Krankenhaus lag K-four in seinem Bett, immer noch von Maschinen umgeben, aber nun war er wach. Seine Augen glasten vor Schmerzen, doch sein Kopf war klarer als je zuvor.

Marcin und Tobias betraten das Zimmer, ihre Schritte leise. Sie trugen Uniformen, die sie sich verschafft hatten, um unbemerkt hereinzukommen. Nach dem letzten Aufruhr mussten sie dieses Mal noch vorsichtiger sein. K-four sah sie an und lächelte schwach. Es wirkte, als wisse er, was als nächstes auf ihn zukomme.

„Ihr seid hier, um es zu beenden", sagte K-four leise.

Marcin erstarrte. „Wie … kannst du …?"

„Weil ich es weiß", sagte K-four. „Aber hör mir zu. Du hast eine Wahl."

Marcin zögerte, doch in diesem Moment öffnete sich die Tür und eine Krankenschwester trat ein. Marcin und Tobias wichen unbemerkt zurück. Marcins Hände zitterten. Sie konnte sie nicht erkennen. Als die Krankenschwester wieder ging, drehte sich K-four zu Marcin um.

„Wenn du das tust, wirst du nie wieder frei sein …", meinte er schwach, „aber ich bin es bereits."

Marcin hob die Waffe, an der ein Schalldämpfer befestigt war, doch seine Hände zitterten. Tobias zückte ebenfalls die Seine.

„Wir müssen es tun", flüsterte Marcin.

K-four nickte schwach. „Na dann tu es. Aber lass meine Geschichte weiterleben", bat er.

Mit letzter Kraft griff K-four nach seinem Handy und sprach eine kurze Nachricht ein.

„Kano wars nicht … Brian, … Marcin, … To-"

Ein Schuss fiel und K-fours Körper sackte in sich zusammen. Marcin stand da, die Waffe in der Hand, und starrte auf Tobias, der es getan hatte. Die beiden verschwanden genauso unbemerkt aus dem Krankenzimmer, wie sie herein gekommen waren.

Zur gleichen Zeit saßen Ben, Herr Inan und Kano in der Wohnung im Erdgeschoss. Das Handy vibrierte und Kano sah auf den Bildschirm. Es war eine Nachricht von K-four. Kano spielte die Nachricht ab.

„Kano wars nicht … Brian, … Marcin, … To-", erklang K-fours schwache Stimme und endete mit einem dumpfen Knall.

Kano schluckte schwer. Seine Hände zitterten.

„Das war ein Schuss. Er wusste, dass es passieren würde", flüsterte er.

„Wenn das ein Schuss war, hätte das nicht viel lauter sein müssen?", fragte Ben.

„Nicht, wenn ein Schalldämpfer benutzt wurde", erklärte Kano.

178

„Und er hat uns einen Beweis und Hinweise hinterlassen", meinte Herr Inan. „Wir werden heraus finden müssen, wer dieser Martin Acker ist."

Plötzlich ertönte ein Miauen und Arnuld sprang auf den Tisch. Im Maul hielt er einen kleinen Schlüssel, den er offenbar irgendwo gefunden hatte.

„Und was ist das?", fragte Ben.

Herr Inan nahm den Schlüssel und drehte ihn in den Händen. „Das sieht aus wie ein Schlüssel zu einem … Tresor."

„Vielleicht zu etwas, das K-four versteckt hat?", mutmaßte Kano.

In der Nähe des Krankenhauses stand immer noch Marcin mit der Waffe in der Hand. Tränen liefen über sein Gesicht, während er leise flehte: „Es tut mir Leid. Bitte verzeih mir!"

Kapitel 19

Draußen auf den Dächern versammelten sich die Katzen. Arnuld stand an der Spitze, umgeben von Rippchen, Babo und den anderen. Wie Wächter hatten sie ihre Augen auf die Lichter der Stadt gerichtet, die den Horizont erhellten.

Die Nachricht von K-fours Tod verbreitete sich wie ein Lauffeuer. Die Medien berichteten unaufhörlich und die Fans des Rappers versammelten sich vor dem Krankenhaus, Kerzen und Blumen in der Hand.

Dieses Ereignis hatte ein Loch in die Gemeinschaft gerissen und die Bewohner bewegten sich, als wären sie in einem gemeinsamen Albtraum gefangen.

Im Block war die Stimmung bedrückend. Amina saß mit Clara und Frau Hartmann zusammen, während Luigi mit Karim sprach.

„Es fühlt sich an, als hätten wir verloren", sagte Karim leise.

"Noch nicht", widersprach Luigi. „Das ist vielleicht ein Rückschlag, aber verloren haben wir noch lange nicht."

„Genau", bestätigte Ben. „Sonst wäre es das Ende und da sind wir noch lange nicht."

Ich denke auch nicht, dass es das Ende ist", meinte Herr Inan, „Das ist der Anfang."

Sie betrachteten das Notizbuch und den kleinen Schlüssel nachdenklich, die in der Mitte lagen. Der Schlüssel glänzte matt im Licht der Deckenlampe, ein winziges Objekt mit einer Last, die kaum greifbar war.

„Nur ist das hier alles, was wir haben", sprach Ben. „Einen Schlüssel und einen Namen."

„Martin Acker", überlegte Herr Inan laut. „Es klingt wie eine Sackgasse, aber vielleicht ist es das nicht. Vielleicht ist es ein Anfang."

„Wir müssen ihn finden", sagte Kano. Seine Stimme war rau, seine Augen schienen in den letzten Stunden älter geworden zu sein. „Wenn K-four recht hatte, könnte Martin Acker der Schlüssel sein – nicht nur zu Brians Plänen, sondern zu allem."

„Wie fangen wir an?", fragte Ben.

Herr Inan blätterte durch das Notizbuch und hielt an einer Seite inne, die er zuvor übersehen hatte.

„Hier", meinte er leise. „Eine Adresse. Nicht vollständig, aber es könnte reichen."

Spät am Abend standen Ben, Herr Inan und Kano vor dem verfallenen Gebäude, das sie unter der Adresse aus dem Notizbuch gefunden hatten. Diese führte zu einem Vorort, der einst ein Industriezentrum gewesen war, jetzt aber hauptsächlich aus verlassenen Immobilien und herunter gekommenen Wohnungen bestand. Es war der perfekte Ort, um sich oder seine Geheimnisse zu verbergen.

Das Haus wirkte leer, doch ein schwaches Licht warf einen Schimmer durch eines der Fenster im Obergeschoss.

„Was, wenn es nur eine Falle ist?", fragte Ben.

„Dann gehen wir trotzdem rein", sagte Kano und zog die Kapuze seines Pullovers hoch. „Was bleibt uns anderes übrig?"

Sie traten ein. Ihre Schritte brachten die alten Holzbretter des Fußbodens zum Knarren. Der aufdringliche Geruch von Staub und Schimmel hing in der Luft, doch es war die Stille, die sie am meisten beunruhigte.

Im Obergeschoss fanden sie einen Raum, der aussah, als wäre er kürzlich benutzt worden. Im Vergleich zu den restlichen

Zimmern wirkte er ungewöhnlich sauber. Auf dem Tisch, auf welchem ein leerer Karton stand, war nicht ein Staubkorn. Genau wie auf dem Aktenschrank daneben.

„Herr Inan, könnten Sie mir kurz den Schlüssel geben?", bat Ben seinen Nachbarn.

Der nahm den filigranen Schlüssel aus seiner Hosentasche und versuchte ihn gleich in die oberste Schublade des unpassenden Schrank zu stecken. Herr Inans Hand drehte sich und es war ein Klack zu hören.

Ben und Kano sahen sich erwartungsvoll an, während der ältere Mann die Schublade aufzog und so alle drei hineinschauen konnten. Sie fanden einen Laptop samt Ladegerät.

„Ich guck mir den Mal an", meinte Kano, nahm ihn heraus und begann am Tisch den Laptop startklar zu machen.

Indessen öffnete Herr Inan das nächste Fach, in welchem sie viele Papiere fanden, die sie durchstöberten.

„Das ist es", sagte Herr Inan. „Das sind Informationen über Brian Taylors Geschäfte – und über seine verehrten Kollegen."

„Das ist nur der Beginn", murmelte Kano. „Aber es könnte schon genug sein, um uns auf den nächsten Schritt zu bringen."

Bevor sie sich weiter beratschlagen konnten, hörten sie Schritte auf der Treppe. Jemand war gekommen. Hastig beluden Herr Inan und Ben sich mit so vielen Papieren, wie sie tragen konnten und Kano packte den Laptop zusammen, ehe er den offenen Schrank möglichst leise Schloss.

Sie wollten gerade heraus stürmen, als Arnuld auftauchte und sich ihnen in den Weg stellte. In Kanos Gesicht bildeten sich

Fragezeichen, doch Ben und Herr Inan blieben reglos, bis Arnuld von alleine zur Seite ging.

Wer auch immer eben die Stufen eben hoch gekommen war, schien im Bad zu sein. So schafften sie es, unbemerkt das Gebäude zu verlassen.

Der Morgen begann mit einer unerwarteten Nachricht: Die Polizei hatte einen Haftbefehl gegen Kano vorliegen. Die Vorwürfe reichten von Mittäterschaft bei K-fours Tod über Kleindelikte bis hin zum Verdacht auf Verwicklungen in organisierter Kriminalität.

Kano erfuhr es durch Karl, der früh am Morgen in Herrn Inans Wohnung erschienen war.

„Sie werden wegen dir kommen", informierte Karl. „Wir müssen dich verschwinden lassen."

„Das ist verrückt", murmelte Kano und rieb sich die Augen. „Ich habe nichts getan."

„Das spielt keine Rolle", sagte Herr Inan. „Die Loge hat ihren Einfluss geltend gemacht. Sie brauchen einen Sündenbock – und du bist perfekt dafür."

„Und was mache ich jetzt?", fragte Kano.

„Untertauchen", meinte Karl. „Fürs Erste. Es gibt ein paar Orte, die sicher sind. Aber du kannst nicht hierbleiben."

Ben, der in der Ecke saß, sah Kano mit festem Blick zuversichtlich an.

„Wir helfen dir. Das hier ist nicht das Ende", versuchte Ben Kano zu beruhigen.

Dieser nickte langsam, doch die Verzweiflung in seinen Augen war deutlich zu erkennen.

„Danke", sagte er leise.

Während Kano und Karl ihre nächsten Schritte planten, herrschte im Block eine gespannte Atmosphäre.

In dieser Nacht verließ Kano den Block. Karl brachte ihn in ein verlassenes Haus am Stadtrand, das als sicherer Unterschlupf diente. Kano blickte zurück, seine Gedanken bei den Menschen, die er zurückließ.

„Du wirst nicht für immer wegbleiben müssen", tröstete Karl.

„Das hoffe ich", murmelte Kano.

Bremen-Nord lag unter einem grauen Himmel, als der Tag anbrach. Die Straßen wirkten stiller als je zuvor, obwohl das Leben langsam wieder seinen Rhythmus fand. Doch im Block war nichts wie vorher.

Hier versammelten sich die Bewohner, ihre Gesichter von Müdigkeit und Sorge gezeichnet. Die Nachricht von Kanos Haftbefehl hatte die Spannungen weiter erhöht.

„Was hat dieser Kano getan?", fragte ein Mann aus dem Nebenhaus.

„Wahrscheinlich nichts", sagte Amina nachdrücklich. „Aber das spielt für die da oben keine Rolle."

Clara, die neben ihr stand, nickte. „Er war immer freundlich zu mir. Ich glaube nicht, dass er zu so etwas fähig wäre."

„Man kann den Leuten nur vor den Kopf gucken", mischte sich Herr Kühne ungefragt ein.

Frau Hartmann sah ihn herausfordernd an und keifte: „Ja und manche könnten Mal einen Schlag auf den Hinterkopf gebrauchen."

„Hört mir zu! Wir können uns nicht auseinanderreißen lassen", forderte Amina. „Das ist es, was sie wollen. Dass wir aufgeben, uns zerstreuen, und sie dadurch gewinnen lassen. Das hier ist nicht nur ein Kampf um unseren Block. Es geht um mehr. Um das Recht, hier zu sein. Um das Recht, gehört zu werden."

„Aber was können wir denn tun?", fragte ein junger Mann aus dem Nebengebäude.

„Zusammenhalten", sagte Amina mit fester Stimme. „Und helfen, wo wir können. Kano hat uns geholfen und jetzt müssen wir auch ihm helfen."

„Wie?", fragte eine ältere Dame.

„Indem wir herausfinden, was wirklich passiert ist", erklärte Amina. „Und indem wir die Wahrheit ans Licht bringen."

Die Nachbarn nickten, und eine leise Entschlossenheit breitete sich aus.

In der Zwischenzeit versuchten Ben, Herr Inan und Luigi, die Gemeinschaft zu beruhigen. Sie organisierten eine kleine Versammlung im Hof, bei der sie über die aktuelle Situation sprechen konnten und die Nachbarn dazu ermutigten wollten, weiterhin zusammenzuhalten.

„Das hier ist unser Zuhause", sagte Herr Inan. „Und wenn wir zusammenhalten, können wir es schützen."

„Nur wie lange noch?", fragte sich Frau Hartmann laut.

In einem luxuriösen Bürogebäude in der Innenstadt saß Brian mit Walter Stein und Don Carlo zusammen. Der Staatsanwalt war per Videokonferenz zugeschaltet.

„Der Haftbefehl ist durch", teilte Letzterer mit. „Kano wird nicht lange untertauchen können."

„Gut", sagte Brian, doch seine Stimme klang angespannter als gewöhnlich.

„Und der Block?", fragte Stein.

„Wir haben einen neuen Käufer", sagte Brian. „Ein Geschäftsmann aus Dubai. Er wird das Grundstück übernehmen, sobald es geräumt ist, dann bekommt es unser Milliarden schwerer Freund."

„Sorgen Sie dafür, dass es keine Probleme gibt!", forderte Don Carlo.

Brian nickte, doch in seinem Inneren brodelte die Unruhe. Er befürchtete, dass Kano nicht so leicht aufgeben würde – und dass Ben und die anderen ihn vielleicht sogar dabei unterstützen würden.

Im Hof des Blocks war die Stimmung angespannt. Die Nachricht, dass Kano unschuldig sein könnte, hatte die Diskussionen neu entfacht. Amina und Clara versuchten, die Nachbarn zu beruhigen, während Luigi und Karim hitzig debattierten.

„Wenn er unschuldig ist, warum ist er dann untergetaucht?" stellte Karim in Frage.

„Weil er keine Wahl hat", begründete Luigi. „Denk doch mal nach: Brian hat ihn geopfert, um seine eigene Haut zu retten."

„Und Martin Acker?", fragte Amina.

„Vielleicht ist er der Schlüssel", sinnierte Herr Inan, der sich zu ihnen gesellt hatte. „Wenn wir ihn finden, könnten wir alles aufdecken."

Später am Abend saß Ben auf seinem Balkon, Arnuld an seiner Seite. Die anderen Katzen hatten sich auf den Dächern verteilt, ihre Bewegungen leise und zielgerichtet.

„Was machst du da oben?", murmelte Ben und beobachtete Rippchen, die vorsichtig über eine schmale Brüstung balancierte.

Plötzlich sprang Arnuld auf, seine Ohren gespitzt. Er lief über die Brüstung und verschwand in den Schatten. Ben eilte ihm hinterher, im Hof traf er auf Herr Inan und Luigi.

„Was ist los?", fragte Luigi.

„Ich weiß es nicht", sprach Ben. „Aber die Katzen … Sie scheinen etwas zu wissen."

In einer abgelegenen Ecke fanden sie Arnuld, der an einer kleinen Tasche schnupperte. Herr Inan hob die Tasche auf und öffnete sie vorsichtig.

„Das hier…", murmelte er und zog einen USB-Stick heraus.

„Was ist darauf?", fragte Ben.

„Ich weiß es nicht", sagte Herr Inan. „Aber wir werden es herausfinden."

Kapitel 20

Im Block versammelten sich die Katzen auf einem der Dächer. Ihre Augen leuchteten im schwachen Licht und es war, als ob sie die Stadt bewachten.

Diese schien still, doch unter der Oberfläche herrschte Chaos. Die Polizei hatte den Haftbefehl gegen Kano jetzt auch über die Medien öffentlich gemacht und in den Nachrichten wurde er als potenzieller Mitwisser bei K-fours Tod dargestellt. Ein Foto von ihm, unscharf und mit dunklen Augenringen, war auf jeder Titelseite zu sehen:

In der Polizeizentrale saßen Sandra und Nadine in einem kleinen Büro, das sie für ihre Ermittlungen eingerichtet hatten. An einer Korkwand hingen Fotos mit Notizen tabellarisch aufgereiht. Das Whiteboard daneben war mit Fotos, Namen und Pfeilen gespickt, welche Verbindungen zwischen vermeintlichen Mitgliedern und der Loge selbst darstellten. In der Mitte prangte ein Bild von Brian Taylor.

Daneben war ein Name rot umkreist:

„Martin Acker. "

„Das passt alles nicht zusammen", gab Nadine zu bedenken und rieb sich die Stirn. „Kano war bei Brian, aber er ist kein Killer."

„Vielleicht ist er mehr, als wir denken", überlegte Sandra.

„Oder weniger", erwiderte Nadine. „Was, wenn er uns helfen könnte?"

„Dann müssen wir ihn finden, bevor Brian es tut", schlussfolgerte Sandra.

Später in der Nacht saßen Ben und Herr Inan in der Küche. Kano hatte den gefundenen Laptop da gelassen und Herr Inan versuchte, die Daten des USB-Sticks zu öffnen.

„Es ist verschlüsselt", murmelte er.

„Aber es ist nicht unknackbar."

Währenddessen schnurrte Arnuld leise, seine Augen auf den Bildschirm gerichtet. Rippchen sprang auf den Tisch und legte eine Pfote auf den Laptop, als würde sie Herrn Inan motivieren wollen.

„Was ist das?", fragte Ben, als Herr Inan eine Datei geöffnet hatte.

„Ein Verzeichnis", sagte der. „Mit Namen. Und … irgendwelchen Orten."

Es waren bekannte Namen von Politikern, Unternehmern und Stars. Doch es war die Liste der Orte, die den Rentner erstarren ließ.

„Moment mal… Das hier … das sind Treffpunkte", sprach er leise vor sich hin. „Ich glaube, das sind die Treffpunkte der Loge."

„Das wäre ja mal was wert", sagte Ben. „Aber wie bloß können wir das nutzen?"

Sandra und Nadine saßen in ihrem Büro von den Ergebnissen ihrer bisherigen Recherchen umgeben.

„Das ergibt keinen Sinn", äußerte Sandra und tippte mit dem Stift auf ein Bild von Marcin. „Er war beim Krankenhaus, als K-four starb. Kano nicht."

„Vielleicht ist Kano nicht unser Mann", deutete Nadine. „Vielleicht hat jemand versucht, die Aufmerksamkeit auf ihn zu lenken."

„Das würde auch erklären, warum Brian ihn so schnell fallen lässt", murmelte Sandra „Aber warum?"

„Vielleicht macht der Bursche nicht das, was man vom ihm verlangt", sagte Nadine, „und dieser Kano weiß ganz bestimmt etwas, das Brian lieber nicht an die große Glocke hängen würde."

Ihr Gespräch wurde von einer Melodie unterbrochen. Sandras Handy klingelte. Eine unbekannte Rufnummer erschien auf dem Touchscreen.

„Hauptkommissarin Sandra Sander", nahm sie den Anruf wie immer knapp entgegen.

Eine männliche Stimme räusperte sich, ehe sie erklang: „Hallo, mein Name ist Ben Jäger. Kano Chan hat mir Ihre Nummer gegeben. Er sagte, dass er sie als vertrauenswürdig einschätzt und sie sich   im Moment mit Brian Taylor beschäftigen?"

Sandra nickte. „Das ist richtig."

„Also, es ist so", begann Ben zu erläutern, „wir hätten da vielleicht etwas, das interessant für Sie sein könnte."

Zur gleichen Zeit saß Kano in seinem Versteck, das Karl ihm organisiert hatte. Nur spärlich trat Licht von außen ein und die Luft roch nach altem Holz. Seine Gedanken rasten. Er hatte die Nachricht von K-four immer wieder abgespielt. Dessen Worte waren inzwischen tief in seinem Kopf verankert.

„Martin … Amo … Ryan …", flüsterte er vor sich hin. „Was willst du damit sagen?"

Karl trat mit einem Tablett in der Hand ein.

„Wir haben einen neuen Hinweis", informierte er Kano. „Ein Lagerhaus in der Nähe des Hafens. Es könnte der Ort sein, der als Treffpunkt der Loge genutzt wird. Vielleicht finden wir dort etwas, das uns weiterhilft."

„Wann gehen wir?", fragte Kano.

„Sobald du bereit bist", sagte Karl.

In seinem Büro saß Brian mit Marcin und Tobias. Die Luft knisterte vor Anspannung.

„Kano ist eine Gefahr", sagte Brian. „Wenn er redet, könnten wir alle auffliegen."

„Er redet nicht", meinte Marcin. „Er ist kein Verräter."

„Aber er hat Angst", erwiderte Brian. „Und Angst macht Menschen unberechenbar."

Tobias lehnte sich entspannt zurück, ein kaltes Lächeln auf den Lippen. „Wenn er wirklich untergetaucht ist, wird er irgendwann einen Fehler machen. Und dann schlagen wir zu."

Brian nickte, doch seine Gedanken wanderten weiter. Er war sich sicher, dass Kano mehr wusste und dass er handeln musste, bevor es zu spät war.

Sandra und Nadine saßen im Auto vor einem unscheinbaren Gebäude am Stadtrand. Es war ein Treffpunkt, der in den Dateien auf dem USB-Stick aufgetaucht war, den die Bewohner des Blocks durchforstet hatten.

„Das hier könnte der Ort sein, an dem sie sich treffen", spekulierte Sandra.

„Oder ein weiteres Ablenkungsmanöver", fügte Nadine hinzu.

Sie betraten das Gebäude und fanden im Inneren einen Raum, der offensichtlich kürzlich erst genutzt worden war. Auf einem Tisch lagen Papiere und eine Liste von Namen.

„Schau dir das an", forderte Nadine ihre Kollegin auf und hielt ein Dokument in die Höhe. „Das ist ein Protokoll. Und Marcin Stoffel wird hier als Sicherheitsleiter aufgeführt."

„Das ist es", freute sich Sandra. „Das ist unser Beweis."

„Wir brauchen ihn", betonte Nadine. „Er könnte der Schlüssel sein."

„Aber wie finden wir ihn?", überlegte Sandra.

„Wir lassen ihn einfach zu uns kommen", bemerkte Nadine mit einem zuversichtlichen Lächeln.

Marcin saß in einer verlassenen Bar, ein Glas vor sich. Seine Hände zitterten und er sah ständig über die Schulter. Er wusste, dass die Polizei ihm auf den Fersen war – und dass Brian ihn nicht mehr beschützen würde.

Sein Handy vibrierte und er sah Brians Namen auf dem Display. Er zögerte, bevor er den Anruf entgegen nahm.

„Hallo?", fragte er.

„Du bist ein Risiko geworden", bemerkte Brian monoton. „Du weißt, was du tun musst."

„Ich habe genug für dich getan", stieß Marcin hervor. „Und du hast mich benutzt."

„Und ich werde dich weiter benutzen", sagte Brian. „Es sei denn, du willst, dass die Polizei dich findet."

Marcin legte auf und starrte auf sein Glas.

Später in dieser Nacht saß Marcin in seinem Auto, das vor einem verlassenen Lagerhaus parkte. Er wusste, dass er eine Entscheidung treffen musste – fliehen oder sich der Polizei stellen. Doch bevor er handeln konnte, wurde die Tür aufgerissen. Zwei Männer, eindeutig Brians Leute, zerrten ihn heraus

„Brian hat genug von dir", verkündete einer der Männer abgeklärt.

Marcin wehrte sich – erfolglos. Die Männer schlugen ihn nieder und ließen ihn schwer verletzt zurück.

In ihrem Büro saßen Nadine und Sandra über den neuen Beweisen, die sie in dem verlassenen Gebäude gefunden hatten. Die Verbindungen zwischen Marcin, Brian und der Loge wurden immer klarer, doch sie wussten genau, dass sie noch mehr brauchten

„Wir müssen ihn zum Reden bringen", gab Nadine von sich.

„Marcin?", fragte Sandra nach.

Nadine nickte. „Er könnte eine Schlüsselfigur sein Aber wir können ihn nicht zwingen – wir müssen ihn irgendwie überzeugen.".

„Das wird nicht einfach", murmelte Sandra. „Brian wird sicherstellen, dass er nichts sagt."

„Dann holen wir uns Kano", sagte Nadine entschlossen. „Der scheint ja zugänglicher zu sein."

Im Block hatten die Bewohner die Dokumente; die Ben, Herr Inan und Kano besorgt hatten, weiter studiert. Die Beweise waren erdrückend – und sie hatten endlich etwas, womit sie in den Ring steigen konnten

„Das hier könnte unsere Rettung sein", prophezeite Amina.

„Oder unser Untergang", murmelte Clara.

Ben stand still da, Arnuld an seiner Seite.

„Wir müssen es riskieren", bestimmte er schließlich.

Kapitel 21

Die Luft war schwer von Regen, als die Bewohner sich im Hof versammelten.

Es war kein geplantes Treffen, sondern eine spontane Zusammenkunft, aus der Verzweiflung heraus geboren, etwas tun zu müssen .

Amina hielt eine Mappe in der Hand – die Unterlagen waren jetzt von den Mietern gemeinsam geordnet und strukturiert wurden.

„Das hier", begann sie, „ist eine richtige Chance."

„Unsere Chance auf was?", hakte eine Dame aus einem der kleineren Gebäude skeptisch nach.

„Auf die Wahrheit und eine funktionierende Verteidigung", machte Herr Inan deutlich. „Diese Dokumente zeigen, dass Brian Taylor und weitere mächtige Leute das System manipulieren. Sie beweisen, dass alles rund um die Versteigerung unseres Zuhauses illegal ist."

„Aber wie bringen wir das an die Öffentlichkeit?", wollte Karim wissen.

Ben trat vor, Arnuld auf seiner Schulter. „Wir müssen mutig sein", verkündigte er. „Und wir müssen unverrückbar zusammenhalten. Gemeinsam werden wir Mittel und Wege finden."

Die Gruppe nickte und für einen Moment schien ein Funken der Hoffnung die Dunkelheit zu erhellen.

Nadine und Sandra saßen in einem alten Café, das als ihr inoffizielles Pausenraum diente. Sie hatten gerade eine Liste von Treffpunkten der Loge durchgearbeitet, als Nadine plötzlich inne hielt.

„Das hier", sagte sie und deutete auf einen Namen. „Das ist ein Ort, den wir noch nicht überprüft haben."

„Ein altes Hotel", murmelte Sandra. „Stimmt, da waren wir noch nicht. Vielleicht könnte da etwas sein."

„Wir brauchen einen Plan", sagte Nadine.

„Dann machen wir einen", erwiderte Sandra, ihre Augen entschlossen.

In diesem Moment klingelte Nadines Handy. Sie hob ab, doch ehe sie etwas sagen konnte, erklang eine verzerrte Stimme:

„Treffpunkt: Hotel Aurora. Heute Nacht. Sie werden fündig. "

„Was ist los", fragte Sandra, der Nadines Skepsis gleich aufgefallen war.

Diese stutzte noch immer und legte auf, bevor sie meinte: „Ich glaube, wir haben einen anonymen Hinweis bekommen. Heute Nacht soll ein Treffen stattfinden. Zufällig genau in dem Hotel, von dem wir eben gesprochen haben.. Vielleicht ist das eine Chance."

„Oder es ist eine Falle", erwiderte Sandra.

„So oder so: Wir haben keine Wahl", sagte Nadine. „Wir müssen es riskieren."

In einem luxuriösen Konferenzraum saßen Brian, Don Carlo, Walter Stein und der Staatsanwalt. Der Raum war erfüllt von Zigarrenrauch und der kalten Atmosphäre von Macht und Intrigen.

„Die Beweise dürfen nicht ans Licht kommen", sagte der Staatsanwalt. „Wir haben zu viel zu verlieren."

„Dann sorgen Sie dafür, dass sie verschwinden", sagte Don Carlo.

Brian lehnte sich zurück und zog an seiner Zigarette. „Kano ist das größte Problem. Wenn wir ihn ausschalten, wird der Rest zusammenbrechen."

„Und die Polizistinnen?", fragte Stein.

„Die werde ich persönlich regeln", sagte Brian gefährlich leise.

Der Regen hatte nachgelassen und eine seltsame Ruhe lag über Bremen-Nord. Herr Inan saß in seiner Küche vor einem Fotoalbum. Es war eines der wenigen Dinge, die er aus der Türkei mitgebracht hatte, als er vor Jahren hierhergezogen war.

„Was schauen Sie sich da an?", fragte Ben, der mit zwei Tassen Tee hereinkam und seinem Nachbarn eine davon an die Seite stellte.

„Erinnerungen …", sagte Herr Inan leise. „Manchmal frage ich mich, ob ich mehr hätte tun können."

„Sie haben viel getan", erwiderte Ben. „Mehr als die Meisten."

Herr Inan blätterte eine Seite um und zeigte auf ein sehr altes Schwarz-Weiß-Foto.

„Das hier war meine Schule", sagte er. „Ich habe Kinder unterrichtet, die nichts hatten. Und trotzdem haben sie gelächelt."

„Warum haben Sie aufgehört?", fragte Ben.

Herr Inan seufzte. „Weil die Welt mich müde gemacht hat. Es ist anstrengend immer zu kämpfen. Aber jetzt … vielleicht habe ich wieder einen Grund, in den Ring zu steigen."

Während dessen bewegten sich Arnuld, Rippchen und Babo wieder über die Dächer des Blocks. Sie schienen einem unsichtbaren Ziel zu folgen und ihre Bewegungen waren synchron, fast wie ein Tanz. Auf einem der Dächer fanden sie ein kleines Päckchen, das sorgfältig versteckt war.

Arnuld schnupperte daran und brachte es zurück zu Ben.

„Was hast du da?", fragte er und öffnete das Päckchen vorsichtig.

„Vielleicht ein Hinweis", sagte Herr Inan, als er das Päckchen öffnete.

Darin fanden sie eine alte Karte von Bremen-Nord, auf der mehrere Orte markiert waren. Einer war besonders dick hervorgehoben. Es war eine Lagerhalle.

„Das könnte wichtig sein", sagte Ben.

Im Hof des Blocks hatte sich eine kleine Gruppe von Nachbarn versammelt. Amina und Clara standen mit Karim und Luigi zusammen, während Frau Hartmann alleine auf einer Bank saß und strickte.

„Glaubt ihr, wir haben eine Chance?", fragte Clara.

„Natürlich", sagte Amina, „wir haben uns. Und das ist mehr, als Brian Taylor je hatte. Sonst wäre er nicht so egoistisch geworden."

Karim nickte langsam. „Ich habe früher gedacht, dass man allein stärker ist. Aber jetzt … jetzt sehe ich es etwas anders."

Luigi lachte leise. „Man lernt. nie aus, was? Und es ist nie zu spät, das Richtige zu tun."

„Ach, habt ihr das auch mal verstanden? Das hätte ich euch auch schon längst sagen können", fügte Frau Hartmann hinzu und blickte über den Hof. „Aber schaut euch mal die Katzen an."

Die hatten sich auf den Dächern des Blocks eingefunden. Arnuld stand an der Spitze, während Rippchen und Babo sich um ihn gruppiert hatten.

Ihre Augen funkelten im Licht und es war, als ob sie miteinander sprachen. Ben beobachtete die Szene von seinem Balkon aus.

„Was macht ihr da oben?", murmelte er.

Herr Inan trat neben ihn und schaute nachdenklich über Bens Schulter hinweg auf die Vierbeiner.

„Vielleicht sehen sie etwas, das wir nicht sehen können", sagte er.

Plötzlich sprang Arnuld auf einen Balken und miaute laut. Es war ein klarer, entschlossener Ton, der die anderen Katzen in Bewegung setzte. Sie verschwanden in der Dunkelheit, als hätten sie ein gemeinsames Ziel.

Sandra und Nadine erreichten das Hotel Aurora kurz nach Mitternacht. Es war ein altes Gebäude, das schon bessere Tage gesehen hatte. Die alten Fenster waren dunkel, doch im Foyer brannte ein schwaches Licht.

„Das ist der Ort", flüsterte Nadine. „Hier sind wir richtig."

Sie betraten das Gebäude und fanden eine Gruppe von Männern im hinteren Bereich. Einer von ihnen war Marcin, der nervös wirkte.

„Das ist unsere Chance", flüsterte Nadine.

Sie traten vor, ihre Waffen gezogen.

„Marcin!", rief Nadine. „Keine Bewegung, Polizei!"

Die Männer stoben auseinander, nur Marcin blieb stehen und hob sachte die Hände.

„Sie wissen nicht, worauf Sie sich da einlasst", sagte er. „Es wäre vermutlich besser, wenn Sie einfach wieder gehen."

„Das könnte dir so passen", rief Nadine. „Ich bin eher dafür, dass du uns erklärst, worauf wir uns deiner Meinung nach eingelassen haben." In einer verlassener Lagerhalle traf Kano sich mit Karl, der ihm weitere Informationen über die Loge und ihre Machenschaften geben wollte.

„Sie kontrollieren alles",

fasste Karl zum Schluss zusammen.

„Die Politik, die Wirtschaft, sogar die Polizei."

„Und wie stoppen wir sie?", fragte Kano.

Karl zog eine Karte hervor, die er zuvor von den Bewohnern des Blocks erhalten hatte.

„Für diese Frage könnten wir hier vielleicht eine Antwort finden", meinte Karl.

Der Himmel über Bremen-Nord war bleiern und die Straßen schienen noch leerer als sonst. Die wirtschaftlichen Schwierigkeiten, die einst mit dem Niedergang der Werften begannen, hatten sich tief in die Stadt eingegraben. Die Menschen bewegten sich langsamer, ihre Gesichter gezeichnet von Sorge und Müdigkeit.

Inmitten dieses grauen Schattens stand der Block, ein Relikt vergangener Zeiten. Die Fassade war abgenutzt, doch im Inneren lebte eine Gemeinschaft, die trotz aller Widrigkeiten zusammenhielt.

Amina stand   auf dem Treppenabsatz in der Haustür und sah in den Hof. Die Kinder spielten nicht mehr so unbeschwert wie früher und die Erwachsenen flüsterten miteinander, als könnten sie die drohende Gefahr spüren.

„Es fühlt sich an, als ob etwas Großes auf uns zukommt", sagte sie leise zu Clara, die neben ihr stand.

„Vielleicht", erwiderte Clara. „Aber vielleicht ist das auch der Moment, in dem wir endlich etwas ändern können."

„Es geht nicht nur um uns", meinte Herr Inan. „Es geht um alle, die in dieser Stadt vergessen wurden."

„Das verstehe ich", sagte Frau Hartmann. „Aber manchmal fühlt es sich an, als ob wir gegen eine unbezwingbare Macht kämpfen."

„Das ist mehr wahr, als es mir lieb ist", sprach Herr Inan. „Aber manchmal reicht es, einen kleinen Riss in der Mauer zu finden."

Ben trat zu ihnen, Arnuld auf seiner Schulter.

„Vielleicht haben wir den Riss gefunden", sagte er.

Kapitel 22

Am anderen Ende der Stadt erreichten Kano und Karl das Lagerhaus, das auf der Karte markiert war. Es war verlassen, doch innen fanden sie Kisten, die mit dem Logo von Brian Taylors Firma versehen waren.

„Das hier ist es", sagte Karl. „Das ist der Ort, an dem sie ihre Pläne schmieden."

Kano öffnete eine der Kisten und fand Dokumente und Geräte, die offensichtlich zur Überwachung und Speicherung hoher Datenmengen genutzt wurden.

„Das könnte sie zu Fall bringen", sagte Kano.

Nadine und Sandra saßen in ihrem Büro und studierten die neuen Informationen, die sie von Marcin widerwillig erhalten hatten. Es war nicht einfach gewesen, ihn zum Reden zu bringen, doch die Ergebnisse seiner vorsichtigen Aussagen waren erdrückend.

„Das hier ist sehr belastend für Brian Taylor und seinen Kollegen", sagte Nadine.

„Vielleicht könnte sie das sogar zu Fall bringen", erwiderte Sandra, „aber nur, wenn wir es schaffen, es sicher weiterzugeben"

Nadine nickte. „Wir brauchen einen Verbündeten. Jemanden, der mutig genug ist, die Wahrheit zu sagen und das auch vor Gericht."

„Und wer soll das sein?", fragte Sandra.

„Gute Frage. Vielleicht jemand aus diesem Wohnblock? Noch besser wäre ein Insider. Aber das wird schwer", mutmaßte Nadine.

„Wir brauchen aber auch mehr", sagte Sandra und rieb sich die Stirn.

„Was, wenn er nicht mehr hat?", fragte Nadine.

„Er hat definitiv mehr. Das war ihm anzusehen", versicherte Sandra. „Er hat allerdings auch Angst und ist unsicher. Wir müssen erst schauen, was wir für ihn tun können. Danach legt er alle Karten offen auf den Tisch."

Der Regen hatte aufgehört und die Abendsonne warf warme Strahlen auf die Straßen von Bremen-Nord. Im Hof des Blocks herrschte eine ungewöhnliche Stille.

Amina saß auf der Bank neben Frau Hartmann, während Clara den vielen Kinder aus der Umgebung eine Geschichte erzählte.

„Es ist, als ob die Zeit stillsteht", sagte Amina leise.

„Das tut sie nie", erwiderte Frau Hartmann und legte eine Hand auf ihre Schulter. „Aber manchmal fühlt es sich so an, weil wir nicht wissen, wohin wir gehen sollen."

„Glaubst du, wir haben eine Chance?", fragte Amina.

Frau Hartmann sah zu Arnuld, der auf der Mauer saß und die Szenerie beobachtete. „Solange wir zusammen sind, haben wir immer eine Chance. Es wird auf jeden Fall besser, als wenn wir gar nichts tun."

Dann eskalierte die Stimmung im Block. Karim und Luigi hatten sich in die Haare gekriegt und ihre Stimmen hallten durch den Hof.

„Du denkst, du weißt alles!", schrie Karim.

„Und du machst es immer nur noch komplizierter!", erwiderte Luigi.

Herr Inan trat zwischen die beiden und hob die Hände. Die Streitenden funkelten sich immer noch wütend an.

„Genug!", sagte Herr Inan mit fester Stimme. „Das ist doch genau das, was sie wollen – dass wir uns gegenseitig zerfleischen. Das hat doch keinen Sinn."

„Er hat recht", sagte Ben, der eben dazugekommen war. „Wir müssen doch zusammenhalten, sonst haben wir keine Chance. Wir sind irgendwie in dieser Situation gelandet und jetzt müssen wir zusehen, dass wir da heil wieder heraus kommen."

Die Gruppe beruhigte sich, doch die Spannungen waren noch spürbar. Es war mitten im tiefsten Lockdown, die Pandemie hatte alle fest im Bann, aber auf den Bewohnern lastete noch ein viel größerer Kampf. Der gegen Brian Taylor und diese übermächtige Loge.

Zur gleichen Zeit saß Marcin in einem kleinen Café, nervös und mit schwitzenden Händen. Er hatte eine Nachricht erhalten, dass er sich mit jemandem treffen sollte, der ihm helfen könnte. Doch als er das Café verließ, wurde er von zwei Männern in einen dunklen Wagen gezogen. Es waren Brians Leute und sie sahen nicht glücklich aus.

„Du hast geredet", sagte einer der Männer. Es war Tobias. Der bereits mit Marcin zusammen diverse Aufträge erledigt hatte.

„Nein. Wie kommst du darauf?", bestritt Marcin.

„Du weißt doch: Herr Taylor hat seine Quellen", sagte der, zog seine Waffe und schoss.

Im Lagerhaus am Hafen arbeiteten Kano und Karl unermüdlich, die Beweise zu sichern. Sie fanden Dokumente, welche die Verbindungen zwischen Brian, der Loge und mehreren prominenten Persönlichkeiten belegten.

„Das hier ist noch größer, als ich dachte", sagte Kano.

„Es ist immer größer", erwiderte Karl. „Aber das bedeutet, dass sie auch angreifbarer sind."

Kano hielt ein Foto hoch, das er in einer der Kisten gefunden hatte. Es zeigte Brian Taylor mit Don Carlo und einem bekannten Politiker.

„Das ist bedeutsam", sagte Kano. „Wenn wir das an die Öffentlichkeit bringen, könnten wir alles ändern."

Kapitel 23

Am nächsten Morgen erreichte Sandra und Nadine die Nachricht, dass Marcin tot aufgefunden worden war. Er war in einer Gasse erschossen worden, die Waffe neben ihm – alles deutete auf einen Selbstmord hin.

„Also, dass war doch niemals ein Selbstmord", sagte Nadine. „Das passt doch überhaupt nicht zusammen."

„Nein", stimmte Sandra zu. „Das war kein Selbstmord, sondern eine Warnung."

Im Block verbreitete sich die Nachricht schnell und die Stimmung wurde noch düsterer. Die Bewohner merkten, dass die Gefahr näher rückte – und dass ihre Hoffnung schwand.

Ben saß in seiner Wohnung, Arnuld auf seinem Schoß.

„Was machen wir jetzt?", murmelte er.

Herr Inan trat ein, das Notizbuch in der Hand, welches inzwischen übersäht mit Notizzetteln war und diverse Fotos enthielt.

„Wir kämpfen", sagte er. „Das ist alles, was wir tun können."

Es fand eine erneute Versammlung im Hof statt, bei der die Bewohner darüber diskutieren, wie sie weitermachen sollten. Die Spannungen waren greifbar, doch Herr Inan versuchte, Mut zu machen, indem er ihnen gut zusprach..

Allerdings wussten sie alle tief in ihrem Inneren, dass sie am Rande eines Abgrundes standen – und dass der Weg zurück unmöglich war.

Der Regen begann wieder und die Tropfen prasselten gegen die Fenster der Wohnungen im Block.

Die Nachricht von Marcins Tod hatte die Bewohner getroffen wie ein Donnerschlag. Amina saß auf ihrer Couch, die Hände um eine Tasse Tee geschlungen.

„Wie kann so etwas passieren?", murmelte sie.

Clara, die neben ihr saß, schüttelte den Kopf. „Weil die Welt so ist. Manchmal gewinnt das Schlechte."

Frau Hartmann saß ihnen still gegenüber. Ihre Augen waren rot und sie sah aus, als würde sie etwas zurückhalten.

„Vielleicht sollten wir jetzt besser aufgeben", sagte Clara schliesslich. „Vielleicht ist das, was sie wollen eh unvermeidlich?"

Amina sah sie fast schockiert an. „Nein. Wenn wir aufgeben, haben sie schon gewonnen."

Später stand Ben auf dem Hof im Regen, Arnuld an seiner Seite. Herr Inan trat zu ihm, einen Regenschirm in der Hand.

„Du kannst doch nicht die ganze Verantwortung allein tragen", sagte Herr Inan leise.

„Ich weiß", murmelte Ben. „Aber manchmal fühlt es sich so an, als ob es bald niemanden mehr gibt, der uns hilft."

Herr Inan nickte langsam. „Das ist der Punkt, an dem die meisten Menschen aufgeben würden, aber wir dürfen jetzt nicht wie die meisten sein."

Ben sah ihn an, seine Augen voller Müdigkeit. „Und wenn es keinen Weg gibt, das zu gewinnen?"

„Dann finden wir einen neuen Weg", sagte Herr Inan. „Was sollten wir sonst tun? Zusehen, wie alles von alleine den Bach runter geht?"

In ihrem Büro saßen Nadine und Sandra schweigend da, das Whiteboard vor ihnen war übersäht mit neuen Notizen und Fragezeichen. Sie hatten Marcin verloren und die Informationen, die er hatte, waren scheinbar mit ihm gestorben.

„Jetzt haben wir nichts mehr", sagte Nadine und rieb sich die Stirn.

„Doch, wir haben etwas", sagte Sandra. Sie hielt eine Datei hoch, die sie auch aus dem Hotel Aurora mitgenommen hatten.

„Und was soll uns das bringen?", fragte Nadine.

„Es könnte die Beweise der Verbindung zwischen Brian Taylor und der Loge untermauern", sagte Sandra. „Aber wir brauchen mehr."

„Dann holen wir es uns", sagte Nadine entschlossen.

In der Nacht huschten die Katzen durch die Straßen. Arnuld lief wie immer vorne weg. Es war, als ob sie die Dunkelheit durchbrechen wollten, doch der Regen machte ihre Bewegungen schwer.

Arnuld blieb auf einer Mauer stehen und starrte in die Ferne. Sein Miauen war leise, fast melancholisch, und die anderen Katzen blieben ebenfalls andächtig stehen, als ob sie seine Stimmung teilten.

Von seinem Fenster aus sah Ben die Szene und spürte ein Ziehen in seiner Brust.

„Ihr gebt nicht auf, oder?", flüsterte er. Insgeheim war er dankbar dafür. Denn dadurch, dass die Vierbeiner immer so geschäftig waren, war auch Bens Motivation noch nicht gänzlich verebbt.

Die Katzen verschwanden in der Dunkelheit, doch ihr Bild blieb in seinem Kopf zurück.

Am nächsten Morgen trafen sich die Bewohner des Blocks erneut im Hof. Die Stimmung war sehr gedrückt und die Gespräche waren leise und voller Sorge. Herr Inan trat ruhig vor die Gruppe und hob die Hände.

„Ich weiß, dass es schwer ist", begann er. „Aber wir können nicht aufhören. Wir haben jetzt schon mehr erreicht, als wir je gedacht hätten."

„Aber was, wenn das alles umsonst ist?", fragte Karim.

„Dann haben wir es wenigstens versucht", sagte Herr Inan.

Amina nickte. „Er hat recht … Wenn wir jetzt nichts tun … wird es nur schlimmer. Und ich will mir später nicht die Frage stellen, wenn alles zu spät ist, ob ich hätte etwas ändern können."

Doch die Worte reichten nicht, um diese Dunkelheit aus den Mienen der Menschen zu vertreiben.

Am Ende des Tages saß Ben in Herr Inans Wohnung, der Kater auf seinem Schoß. Der Regen hatte endlich aufgehört, doch die feuchte Kälte blieb.

„Es fühlt sich an, als hätten wir nichts erreicht", sagte Ben leise.

Herr Inan, der am Fenster stand, drehte sich um und seufzte schwer.

„Manchmal …", begann er schleppend, „fühlt es sich eben so an. Manchmal dauert es einfach länger, bis die Dinge sich ändern."

„Und wenn sie sich nie ändern?", fragte Ben. „Was, wenn wir nur unnötige Risiken eingehen? Was, wenn diese ganzen Anstrengungen um sonst sind?"

Herr Inan lächelte schwach. „Dann haben wir wenigstens alles Erdenkliche getan. Ohne Reue."

Arnuld schnurrte leise und für einen Moment fühlte sich die Dunkelheit weniger erdrückend an.

Lisa-Marie saß am Küchentisch, ihre Mutter, die Hände um eine dampfende Tasse Kaffee geschlungen. Der Duft des frisch gebackenen Brotes erfüllte den gemütlichen Raum, doch Lisa-Marie hatte keinen Appetit.

„Du kannst nicht ewig hier bleiben, weißt du?", sagte ihre Mutter sanft, aber bestimmt.

„Ja ja, ich weiß", murmelte Lisa und starrte auf die Tischdecke. Sie war weiß mit blauen Blumen, die sie aus ihrer Kindheit schon kannte. „Aber wohin soll ich denn gehen? Brian lässt mich nicht in Ruhe und die Schulden machen es auch nicht besser."

„Du bist stärker, als du denkst", sagte ihre Mutter und setzte sich zu ihr. „Du hast dich immer durchgesetzt, egal, was war."

Lisa-Marie hob den Kopf und sah ihre Mutter an. Sie dachte einen Moment nach.

„Früher war es einfacher", sagte sie.

Lisa-Marie dachte an ihre Kindheit zurück, an die kleine Wohnung in einem anderen Stadtteil von Bremen. Ihre Mutter hatte hart gearbeitet, um sie und ihren Bruder zu ernähren.

„Du warst immer so ein neugieriges Kind", sagte ihre Mutter plötzlich mit einem verträumten Lächeln auf den Lippen, als habe sie die Gedanken ihrer Tochter gelesen. „Immer wolltest du mehr wissen, mehr sehen und mehr erreichen."

„Vielleicht war das ja mein Fehler", sagte Lisa-Marie leise.

„Nein", widersprach ihre Mutter. „Dein Fehler war, dass du den falschen Menschen vertraut hast."

Lisa-Marie sah sie an und ein Hauch von Traurigkeit huschte über ihr Gesicht.

Vor der Pandemie war sie eine stetig bekannter werdende, erfolgreiche Influencerin gewesen. Ihre Social-Media-Profile waren voller Bilder von exotischen Orten, teuren Outfits und glamourösen Partys. Doch hinter den Kulissen war ihr Leben weniger strahlend.

„Ich habe immer versucht, alles perfekt aussehen zu lassen", gestand sie ihrer Mutter. „Aber es war nie echt. Es war nicht im Ansatz perfekt."

„Warum hast du das denn dann überhaupt gemacht?", fragte ihre Mutter.

„Weil ich dachte, es würde mich glücklich machen", sagte Lisa-Marie. „Ich dachte, wenn ich glücklich aussehen würde, dann würde ich das irgendwann auch werden."

„Weißt du, mein Schatz", sprach ihre Mutter, „wenn du tatsächlich glücklich bist, dann hast du es nicht mehr nötig, das nach außen zu tragen."

Später an diesem Tag saß Lisa-Marie in ihrem alten Kinderzimmer und blätterte durch ein Fotoalbum. Es war voller Bilder von Geburtstagen, Ausflügen und Momenten, die sie fast vergessen hatte.

Plötzlich vibrierte ihr Handy. Es war ein Anruf von Amina aus dem Block. Lisa-Marie zögerte, bevor sie abnahm.

„Frau Schäfer, sind Sie da?", fragte Amina.

„Ja", sagte Lisa-Marie leise.

„Wir machen uns Sorgen um dich! Wir haben seit gefühlten Ewigkeiten nicht mehr von dir gehört", sagte Amina. „Komm zurück. Wir brauchen dich."

„Ich kann nicht", sagte Lisa-Marie. „Nicht jetzt."

„Dann irgendwann", sagte Amina „Aber bitte gib uns ein Zeichen, dass es dir gut geht. Ben sorgt sich auch."

Währenddessen herrschte im Block eine merkwürdige Ruhe. Die Bewohner hatten sich in ihre Wohnungen zurückgezogen, doch die Atmosphäre war angespannt. Ben saß auf seinem Balkon, Arnuld auf seiner Schulter. Er dachte an Lisa-Marie und fragte sich, wo sie war.

„Wir finden sie, oder?", fragte er den Kater, um sich selbst gut zu zureden.

Ben nickte, doch in seinen Augen lagen Zweifel.

Kapitel 24

Nadine und Sandra saßen in ihrem Büro und arbeiteten an einer neuen Spur. Ein anonymer Tipp hatte sie auf eine Verbindung zwischen Brian Taylor und einer Immobilie in der Innenstadt aufmerksam gemacht.

„Das könnte etwas Großes sein", sagte Nadine.

„Oder eine Falle", erwiderte Sandra.

„Wir haben keine Wahl", sagte Nadine unsicher. „Wir müssen mit dem arbeiten, was wir haben."

Im Block versammelten sich die Katzen erneut auf den Dächern. Arnuld, Rippchen und Babo rannten plötzlich in eine Richtung los. Ben beobachtete sie von unten und fragte sich, ob sie etwas wussten, das ihm entging.

„Was ist mit euch?", murmelte er. „Was seht ihr, was wir nicht sehen?"

„Mich würde mehr interessieren, was wir jetzt machen sollen", antwortete Karim stattdessen.

Er und die anderen Nachbarn saßen bei Ben. Sie sprachen leise und angespannt.

„Wir warten", antwortete Ben noch einigen Sekunden. „Manchmal ist das alles, was wir tun können."

Später am Abend saß Lisa-Marie wieder am Küchentisch ihrer Mutter. Sie hatte ihr Handy in der Hand und starrte auf Bens Nummer.

„Wenn du siehst, dass ich nicht zurückkomme …", begann sie, doch ihre Mutter unterbrach sie.

„Du wirst zurückkommen", sagte sie. „Und du wirst stärker sein als je zuvor."

Lisa-Marie nickte zwar, doch in ihren Augen lag ein Hauch von Zweifel.

Bremen-Nord lag wieder unter einem grauen Himmel. Die Straßen waren leer, die Häuser wirkten wie stumme Zeugen einer Vergangenheit, an die sich niemand mehr erinnern wollte. Die Werften, einst das Herz der Stadt, waren nur noch rostige Gerippe. Doch zwischen den verfallenen Mauern lebte eine unbezwingbare Hoffnung.

Auf den Dächern des Blocks versammelten sich die Katzen. Arnuld führte die Gruppe an, seine Bewegungen geschmeidig und zielgerichtet. Rippchen sprang auf einen schmalen Vorsprung, während Babo sich an der Spitze flink an einer engen Mauer entlang bewegte.

Ihre Reise führte sie durch die Straßen, über Dächer und durch die Gassen von Bremen-Nord.

Sie beobachteten die Menschen, die sich hinter Vorhängen versteckten. Hörten die gedämpften Gespräche, die von Angst und Resignation durchzogen waren.

Arnuld blieb stehen und starrte auf einen verlassenen Spielplatz. Das rostige Kettenkarussell bewegte sich im Wind, ein leises Quietschen erfüllte die Luft. Die Katzen setzten ihre Reise fort und in ihren Augen lag ein Hauch von Verständnis für die Tragik dieser Stadt.

Lisa-Marie saß wieder am Küchentisch ihrer Mutter. Diesmal lag ein dicker Stapel Briefe vor ihr – Rechnungen, Mahnungen, Forderungen.

„Ich kann nicht mehr", sagte sie leise.

„Du kannst", sagte ihre Mutter fest. „Du bist stark, Lisa. Du hast es immer geschafft."

„Aber damals war es anders", sagte Lisa-Marie. „Ich hatte Träume. Jetzt habe ich nur noch Schulden … und viel zu viel Angst."

Ihre Mutter griff nach ihrer Hand. „Vielleicht ist es Zeit, dass du zu deinen Wurzeln zurückkehrst."

Lisa-Marie sah sie an und ein schwaches Lächeln huschte über ihr Gesicht.

„Ich weiß nicht, ob ich das kann", zweifelte sie.

„Das weißt du erst, wenn du es versucht hast", bestärkte ihre Mutter sie.

In einem luxuriösen Bürogebäude saßen Brian, Don Carlo und Walter Stein zusammen. Der Staatsanwalt war per Video zugeschaltet, seine Stimme kühl und distanziert.

„Die Polizistinnen kommen uns zu nah", sagte der Staatsanwalt.

„Dann sorgen wir dafür, dass sie aufhören", sagte Don Carlo.

„Und was ist mit Lisa-Marie?", fragte Walter Stein. „Ist sie inzwischen aufgetaucht?"

„Sie ist keine Gefahr", sagte Brian. „Zumindest jetzt noch nicht."

Doch in seinen Augen lag Unsicherheit.

Arnuld führte die Gruppe in eine kleine Gasse, die von verlassenen Gebäuden gesäumt war. Rippchen fand eine kleine Box, die sorgfältig versteckt war. Sie brachten die Box zurück zum Block, wo Herr Inan sie öffnete. Darin fanden sie ein Dokument, das einen weiteren bislang unbekannten Treffpunkt der Loge verriet – ein sehr altes Theater am Stadtrand.

„Das könnte es sein", sagte Herr Inan. „Das könnte unser Durchbruch sein."

„Das könnte es immer sein", nuschelte Karim skeptisch vor sich hin.

Die Nacht brach herein, im Block herrschte eine bedrückende Stille. Plötzlich wurde die Ruhe von lauten Stimmen und hellen Scheinwerfern unterbrochen.

Brian war mit einer Gruppe Männern und der Polizei gekommen.

„Das hier ist der Anfang vom Ende", sagte er kalt.

Die Bewohner wurden gezwungen, ihre Wohnungen zu verlassen, während die Polizisten begannen, den Keller der Wohngebäude und Lisa-Maries Wohnung zu durchsuchen.

Brian hatte Lisa-Marie wegen Unterschlagung und Betruges angezeigt. Sein Freund, der Staatsanwalt, hatte ihn dabei unterstützt.

„Das können Sie nicht tun!", rief Amina.

Doch Brian meinte nur, „Wollen Sie etwas die Ermittlungen behindern und eine vermeintliche Straftat verbergen? Sein Sie froh, dass nur nachgesehen wird, ob die Eigentümerin belastendes Material in den Kellerräumen versteckt."

Nach seinem ursprünglichen Plan, wollte er auch die Mietwohnungen durch suchen lassen, allerdings wäre das ein so hoher Zeitaufwand gewesen, dass es schlicht viel zu lang gedauert hätte.

In diesem Moment kamen die Katzen aus der Dunkelheit, ihre Augen funkelten im Licht der Scheinwerfer. Sie umkreisten Brian und seine Männer, doch niemand beachtete sie.

Viele Stunden später standen die Bewohner vor ihrem Block, ihre Gesichter gezeichnet von Müdigkeit und Angst. Brian hatte nichts gefunden, aber er hatte jede Möglichkeit genutzt, alles hinaus zu zögern und die Botschaft war klar: Sie waren nicht sicher.

„Was machen wir jetzt?", fragte Karim leise.

„Wir kämpfen weiter", sagte Herr Inan, doch selbst er wirkte längst nicht mehr so zuversichtlich, wie er sich geben wollte.

Ben stand still da, Arnuld auf seiner Schulter. Er sah seine Nachbarn an, dass sie nicht nur wegen der späten Stunden, sondern vor allem wegen der mentalen Anstrengung des unerbitterlichen Kampfes erschöpft waren.

„Noch ist es nicht vorbei", sagte er leise, „aber wir können es schaffen. Haltet noch etwas durch!"

Doch tief in seinem Inneren wusste er, dass es erst noch härter werden würde, ehe sie sich dem Ziel auch nur nähern würden.

In einem luxuriösen Konferenzraum saßen die Mitglieder der Loge um einen ovalen Tisch. Brian sprach gerade mit Don Carlo und Walter Stein über die nächsten Schritte.

„Die beiden Polizistinnen werden bald kein Problem mehr sein", sagte Brian sehr selbstsicher.

„Das hoffe ich sehr", sagte Walter Stein. „Denn wenn sie weiter nachforschen, wird das sehr unangenehm."

„Und was ist mit den Bewohnern des Blocks?", ertönte es von einer anderen Seite. „Wir brauchen das Grundstück besser gestern als heute und das ist einfacher zu bewerkstelligen, wenn niemand mehr dort lebt."

„Die knicken bald ein", meinte Brian. „Sie besitzen nicht die nötige Ausdauer."

Don Carlo sah Brian durchdringend an. „Lisa-Marie ist noch immer ein uneingeschränktes Risiko. Wenn sie zurückkehrt und spricht …"

„Sie spricht nicht", unterbrach Brian. „Das garantiere ich."

Doch in seiner Stimme lag ein Hauch von Unsicherheit, welche auch die anderen   auffiel.

Sandra und Nadine saßen in ihrem Büro, ein Laptop vor sich. Sie hatten jetzt die neuesten Informationen durchgesehen, doch die Ergebnisse waren nicht sicher genug.

„Das Theater ist unsere nächste Chance", sagte Nadine. „Ja, es ist ein Risiko, aber wir müssen es versuchen."

„Aber wenn wir dort nichts finden, war's das", erwiderte Sandra.

„Ja, dann war es das vielleicht. Aber so, kommen wir auch nicht weiter", stimmte Nadine langsam nickend zu. „Und dann finden wir wohlmöglich wo anders etwas. Egal wie, wir müssen dran bleiben."

„Lass uns eines nochmal vorher machen", schlug Sandra vor. „Lass uns noch einmal ins Archiv tauchen. Ich habe im Gefühl, dass da noch irgendetwas ist. Wenn das nicht klappt, dann können wir das Risiko immer noch eingehen."

Ein kurzer Moment der Stille breitete sich aus, bevor Nadine etwas leiser hinzufügte: „Ich will, dass sie zur Rechenschaft gezogen werden. Für Marcin. Für K-four. Für alle, die sonst auch noch drauf gehen würden."

Kapitel 25

Lisa-Marie saß im Wohnzimmer, während ihre Mutter ein altes Fotoalbum durchblätterte. Die Bilder zeigten Lisa-Marie als lachendes, glückliches und unbeschwertes Kind.

„Du warst immer eine Kämpferin", sagte ihre Mutter.

„Vielleicht", meinte Lisa-Marie leise. „Aber manchmal frage ich mich, ob ich viel zu viel gekämpft habe."

„Nein", widersprach ihre Mutter bestimmt. „Du hast nie aufgegeben. Und das darfst du jetzt auch nicht."

Lisa-Marie schwieg, doch in ihren Augen war ein Hauch von Entschlossenheit zu sehen.

Im Hof des Blocks hatten sich die Bewohner wieder versammelt. Die Stimmung war angespannt, doch Amina versuchte, die Situation aufzulockern.

„Weißt du, Karim", sagte sie lächelnd. „Vielleicht solltest du mal darüber nachdenken, hier etwas anderes zu verkaufen. Vielleicht Kuchen?"

Die Gruppe lachte laut und Karim hob abwehrend beide Hände.

„Hey, ich habe schon einen Kundenstamm", meinte er. „Die könnten auch für Kuchen zahlen."

„Aber dann musst du lernen, wie man backt", sagte Luigi grinsend.

„Das überlasse ich lieber Frau Hartmann", erwiderte Karim und deutete auf die ältere Dame, die gerade wie gerufen eine große Kuchenplatte in den Hof trug.

„Haltet euch ran", sagte Frau Hartmann mit einem verschmitzten Lächeln. „Der ist schneller weg, als ihr gucken könnt."

Die Nachbarn lachten und für einen kurzen Moment schien die Dunkelheit weniger erdrückend.

Auf den Dächern des Blocks saßen Arnuld, Rippchen und Babo und beobachteten die Stadt. Ihre Augen funkelten im schwachen Licht und es war, als ob sie die Wächter über Bremen-Nord wären.

Arnuld ließ ein tiefes Miauen erklingen und die anderen Katzen stimmten ein. Es war ein leiser, fast schon melancholischer Ton, der die Stille der Nacht durchdrang.

Ben sah sie von seinem Fenster aus und flüsterte: „Ihr hängt euch immer noch rein, was?"

Die Katzen blieben still, doch ihre Präsenz war Antwort genug.

Lisa-Marie saß in ihrem alten Kinderzimmer und blätterte durch ein Tagebuch, das sie als Teenager geführt hatte. Die Seiten waren voller Träume, die längst zerbrochen waren.

„Ich wollte so viel erreichen", flüsterte sie.

Ihre Mutter trat ein und setzte sich zu ihr.

„Du hast mehr erreicht, als du denkst", sagte sie sanft.

Lisa-Marie sah sie an, ihre Augen voller Tränen. „Aber ich habe auch so viel verloren."

„Das Leben gibt und nimmt", sagte ihre Mutter. „Aber es ist nicht vorbei. Du hast immer noch Zeit, es besser zu machen."

Lisa schloss das Tagebuch, atmete tief durch und versuchte die Tränen weg zublinzeln.

„Vielleicht", sagte sie.

Die Straßen von Bremen-Nord schienen an diesem Morgen stiller als je zuvor. Es war eine Ruhe, die nicht aus Frieden, sondern durch Erschöpfung erzwungen wurde. Die Fassaden der Häuser wirkten wie verwitterte Gemälde, die von besseren Zeiten erzählten.

Arnuld führte eine Gruppe Katzen über die Dächer, ihre Bewegungen lautlos und zielgerichtet. Von oben sahen sie die Stadt in ihrer ganzen Tragik: verlassene Spielplätze, zerfallene Gebäude und Menschen, die sich hinter Vorhängen versteckten.

Allerdings sahen die Katzen auch die kleinen Dinge – ein Kind, das mit Kreide auf den Asphalt malte, eine alte Frau, die einen Blumenstrauß ins Fenster stellte, und einen Mann, der einem Obdachlosen eine Decke gab. Es war, als ob die Stadt in ihrem Schmerz dennoch weiter atmete.

Im Hof des Blocks hatten sich die Bewohner wieder versammelt. Es war eine spontane Zusammenkunft, geboren aus der Notwendigkeit heraus, miteinander zu sprechen und die Angst zu teilen.

„Es fühlt sich an, als könnten wir nichts tun", sagte Karim.

„Wir können eigentlich immer etwas tun", erwiderte Herr Inan. „Selbst wenn es nur darum geht, füreinander da zu sein."

Clara nickte. „Manchmal ist das alles, was wir brauchen."

Frau Hartmann trat vor und legte eine Hand auf Bens Schulter, der sich schon die ganze Zeit das Hirn darüber zermarterte, ob er nicht noch irgendetwas übersehen haben oder schon früher hätte tun können.

„Du bist ein guter Mann", sagte sie leise. „Vergiss das nicht."

Da merkte Ben, dass es genau das war, was er hören musste, um weiter machen zu können.

In einem luxuriösen Bürogebäude saßen die Mitglieder der Loge zusammen. Brian war dabei, ebenso wie Don Carlo, Walter Stein und der Staatsanwalt.

„Die Polizistinnen kommen uns zu nah", sagte der Staatsanwalt.

„Dann sorgen wir dafür, dass sie aufhören", sagte Brian kalt.

Don Carlo nickte. „Und Lisa-Marie?"

„Sie ist ein Risiko", sagte Brian. „Aber keines, das ich noch nicht einkalkuliert hätte Ich werde mich bald darum kümmern."

Walter Stein lehnte sich zurück. „Hoffentlich schaffst du es", meinte er mit zweifelndem Unterton.

Lisa-Marie saß nachdenklich am Küchentisch ihrer Mutter, das Tagebuch vor sich, das sie kaum noch aus der Hand legte.

„Vielleicht ist es Zeit, dass ich zurückgehe", sagte sie leise.

„Bist du sicher?", fragte ihre Mutter.

Lisa-Marie nickte langsam mit wachsender Entschlossenheit. „Ich kann nicht ewig hier bleiben."

Noch am selben Tag saß Lisa-Marie auf dem Beifahrersitz des kleinen, alten Autos ihrer Mutter. Sie waren auf dem Weg zurück in die Stadt. Zurück zu einer Realität, die sie lange verdrängt hatte.

„Du musst nicht zurückgehen", sagte ihre Mutter.

„Doch", erwiderte Lisa-Marie leise. „Ich muss."

Ihre Mutter schwieg, doch die Knöchel ihrer Händen stachen weiß hervor, die das Lenkrad fest verkrampft umklammerten.

„Erinnerst du dich an das alte Café?", fragte Lisa-Marie plötzlich.

„Natürlich", sagte ihre Mutter mit einem schwachen Lächeln. „Dort hast du immer deine Geschichten geschrieben."

Lisa-Marie nickte. Ihre Gedanken wanderten zurück zu den Tagen, an denen sie davon geträumt hatte, Autorin zu werden. Doch diese Träume waren nun verblasst, ersetzt durch einen Alltag voller Druck und Erwartungen.

Die ersten Strahlen der Morgensonne fielen auf die Dächer von Bremen-Nord, doch der Lichtschein schien viel schwächer als sonst. Die Stadt lag wie ein stilles Mahnmal unter dem grauen Himmel, als ob sie die Last der vergangenen Jahrzehnte nicht mehr tragen konnte.

Arnuld und die anderen Katzen streiften durch die Straßen, ihre Bewegungen lautlos und zielgerichtet. Sie waren die unauffälligen Beobachter einer Stadt, die sowohl kämpfte als auch aufgab.

Vor einem verfallenen Kiosk blieb Arnuld stehen, sein Blick starr auf die zerbrochenen Fensterscheiben gerichtet. Ein Obdachloser schlief auf einer Bank daneben, eingehüllt in einer Decke, die kaum den kalten Wind abhielt.

Arnuld sprang auf die Bank und legte sich neben den Mann. Sein warmer Körper schien dem der Witterung ausgesetzten Menschen Trost zu spenden.

Es war ein Moment, der die Zerrissenheit der Stadt widerspiegelte – eine leise Geste der Verbindung inmitten des puren Chaos.

Im Block hatten die Bewohner eine weitere unruhige Nacht hinter sich. Karim hatte versucht, die Stimmung mit einem kleinen Grillfest im Hof aufzulockern, doch die Anspannung war greifbar.

„Weißt du, was wir brauchen?", sagte Luigi und deutete auf den Grill. „Ein paar gute italienische Würstchen. Das würde alles besser machen."

„Oder vielleicht gleich einen Pizzaofen", erwiderte Karim mit einem Grinsen.

Das Lachen, das folgte, war zwar kurz, aber ehrlich – ein seltener Moment der Leichtigkeit inmitten der Dunkelheit.

Nadine und Sandra saßen in einem alten Archiv, umgeben von vergilbten Akten und staubigen Regalen. Sie hatten eine neue Spur gefunden – eine Verbindung zwischen der Loge und einem alten Industriegebiet am Rande der Stadt.

„Das hier könnte es sein", sagte Sandra und hielt ein Dokument hoch.

„Aber warum benutzen sie einen Ort wie diesen?", fragte Nadine.

„Weil niemand hinsieht", antwortete Nadine.

Die beiden sahen sich an und in diesem Moment wurde ihnen klar, dass sie tiefer in das Netz der Loge eingedrungen waren, als sie es jemals für möglich gehalten hatten.

Brian saß in seinem Büro, das Licht gedämpft, die Luft schwer von Zigarettenrauch. Vor ihm lag eine große Karte von Bremen-Nord, auf der mehrere Orte markiert waren.

„Das wird unser nächstes Ziel", sagte er entschlossen zu Don Carlo, der am anderen Ende des Raumes saß.

„Bist du sicher, dass es funktioniert?", fragte Don Carlo. „Solltest du nicht zuerst die offenen Baustellen abschließen, bevor du zur nächsten über gehst?

„Das regle ich schon", zischte Brian untypisch ungeduldig durch die Zähne. Er konnte sich selbst nicht erklären, warum es dieses Mal so langwierig war. Sonst hatte doch auch immer alles geklappt.

Kapitel 26

Lisa Marie war zurück in ihrer alten Wohnung. Die Räume fühlten sich alle kleiner an, leerer, als ob sie in der Zeit geschrumpft wären. Sie ging durch das Wohnzimmer und blieb vor einem alten Spiegel stehen.

„Ich erkenne mich kaum wieder", flüsterte sie.

Ihre Mutter hatte sie bis zur Tür begleitet, doch Lisa hatte darauf bestanden, allein zu sein. Sie brauchte Zeit, um sich zu sammeln, um zu entscheiden, was sie als Nächstes tun sollte. Ihr Handy vibrierte und sie sah auf das Display. Es war eine Nachricht von Brian:

„Komm zurück, bevor es zu spät ist."

Lisa zögerte, dann legte sie das Handy zur Seite. Sie wusste, dass sie sich ihm stellen musste, doch nicht sofort.

Schon kurze Zeit später fühlte Lisa-Marie sich einsam und rief ihre Mutter an. Sie schwiegen eine Zeit, bis ihre Mutter wieder in Erinnerungen schwelgte.

Sie sagte: „Weißt du noch, wie du immer vor diesem alten Spielzeugladen standest und am liebsten diese ganzen Puppen in Ballkleidern aus dem Schaufenster gehabt hättest?"

„Ja", bestätigte Lisa-Marie. „Aber sie waren immer viel zu teuer."

„Du hast dir dann Geschichten ausgedacht, in denen du sie alle hattest", sagte ihre Mutter. Sogar ihrer Stimme konnte man anhören, dass sie lächelte.

„Vielleicht sollte ich das wieder tun", murmelte Lisa.

„Geschichten erzählen?", hakte ihre Mutter nach.

„Ja genau", sagte Lisa. „Vielleicht ist das der einzige Weg, das alles zu verstehen."

Der Regen prasselte unaufhörlich auf die Dächer von Bremen-Nord. Die Straßen glänzten wie dunkles Glas und das rhythmische Klopfen der Tropfen füllte die Stille der Stadt.

Arnuld saß auf einem Fenstersims und beobachtete den Regen. Hinter ihm war Ben, der in seiner kleinen Wohnung auf und ab ging.

„Es fühlt sich an, als ob alles still steht", murmelte Ben.

Herr Inan, der gerade hereinkam, schüttelte den Kopf. „Es steht nie still. Es fühlt sich nur so an, weil wir warten."

„Worauf?", fragte Ben.

„Auf den nächsten Sturm", sagte Herr Inan leise.

227

Die Katzen waren wieder unterwegs, ihre Bewegungen lautlos wie Schatten. Arnuld führte die Gruppe durch ein altes Viertel, das von verlassenen Gebäuden und stillen Straßen geprägt war. Rippchen sprang auf einen hohen Zaun und blieb stehen. Ihr Blick fixierte etwas in der Ferne.

Es war ein Mann in einem Anzug, der mit einem Notizbuch in der Hand vor einem verlassenen Haus stand. Arnuld ließ ein tiefes Miauen erklingen und die Katzen zogen sich zurück. Es war, als ob sie wussten, dass dieser Mann eine Gefahr darstellte.

Im Hof des Blocks hatten sich die Bewohner versammelt, trotz des Regens und des Lockdowns. Clara hatte eine Plane über eine Ecke des Hofes gespannt und darunter standen Tische mit Tee und Keksen.

„Es ist nicht viel", sagte sie. „Aber es ist besser als nichts."

Karim brachte einen kleinen Gaskocher mit und begann, Suppe zu kochen.

„Ich habe das Rezept von meiner Mutter", sagte er stolz.

„Dann hoffen wir, dass es besser ist als deine Witze", sagte Luigi mit einem Grinsen.

Das Lachen, das folgte, war kurz, aber echt und vor allem befreiend.

Die Polizistinnen saßen in ihrem Büro, die Köpfe über einem Stapel Dokumente gebeugt, den sie aus dem Archiv mitgebracht hatten.

Sie hatten neue Informationen über das Theater erhalten, in dem die Loge sich mutmaßlich traf, doch es war immer noch nicht genug.

„Sandra, das wird so nichts. Wir brauchen mehr Leute", sagte Nadine und sank gegen die Stuhllehne. „Wie sollen wir alles alleine packen."

„Von unseren Kollegen werden wir keine Unterstützung bekommen. Dafür wird Brian Taylor schon sorgen." Dann überlegte Sandra laut: „Vielleicht sollten wir jemanden aus dem Block einbeziehen"

Nadine sah sie mit kraus gezogener Stirn an, ehe sie meinte: „Das ist schon etwas riskant."

„Aber es könnte unser einziger Weg sein", sagte Sandra entschlossen. „Du sagst doch selbst: Alleine schaffen wir es nicht. Und viel Zeit sollten wir uns auch nicht lassen."

Lisa-Marie saß in ihrem Wohnzimmer. Sie las immer noch die alten Geschichten, die sie als Kind in ihr Tagebuch geschrieben hatte. Sie handelten von tapferen, mutigen und reinherzigen Heldinnen und Helden. Davon, dass das Gute siegen würde.

„Vielleicht kann ich nicht zurückgehen", flüsterte sie. „Aber ich kann einen Neustart versuchen."

Lisa-Marie griff nach ihrem Handy und öffnete einen Kontakt. Sie hatte ihn lange gemieden, nur wusste sie, dass sie sich ihrem Manager stellen musste. Auch wenn sie der Gedanke daran zu lähmen schien.

„Du bist stärker als du denkst", hatte ihre Mutter gesagt, bevor sie gegangen war.

Lisa atmete tief ein und mit den Worten, „Tu es einfach!"
drückte sie auf das Display. Das Freizeichen ertönte.

Nach ein paar Sekunden meldete sich Ben: „Lisa?"

„Ich brauche deine Hilfe", sagte sie leise.

„Womit?", fragte Ben.

„Mit allem", sagte sie.

Der Morgen begann mit einem bleichen Licht, das sich nur
zögerlich durch den tief hängenden grauen Himmel kämpfte.
Bremen-Nord schien in dieser Dämmerung noch stiller, als ob
die Stadt den Atem anhielt.

Arnuld saß auf einem alten Ziegeldach und beobachtete die
umliegenden Straßen. Die anderen Katzen waren in der Nähe,
verstreut über Dächer und Mauern. Ihre Blicke waren konzentriert, ihre Bewegungen zielgerichtet. Es war, als ob sie
wussten, dass sich etwas veränderte. Der Kater sah in eines der
Fenster des Blocks. Dort hatten die Bewohner angefangen,
Pläne zu schmieden. Herr Inan hatte eine Karte von Bremen-
Nord aufgestellt und markierte Orte, die sie noch nicht überprüft hatten, aber vermutlich relevant wären.

„Das hier könnte ein Versteck sein", sagte er und zeigte auf einen alten Lagerraum.

„Und was machen wir, wenn wir etwas finden?", fragte Karim.

„Wir sammeln erst mal alles und vielleicht können wir uns
dann nochmal an die Polizistinnen wenden", sagte Ben „Wir
müssen gut zusammen arbeiten. Das ist unsere beste Chance."

Nadine und Sandra hatten nun die Spur aufgenommen, die sie in ein altes Theater führte. Sie fuhren in einem unmarkierten Wagen durch die leeren Straßen, ihre Augen wachsam.

„Bist du sicher, dass das hier der richtige Ort ist?", fragte Nadine.

„Es passt zu den Informationen, die wir haben", antwortete Sandra.

Sie hielten vor einem uralten Gebäude, dessen Fenster mit Brettern vernagelt waren. Die Tür war jedoch leicht geöffnet, und ein schwaches Licht drang nach außen.

„Wir müssen vorsichtig sein", flüsterte Nadine, als sie ausstieg.

Sandra nickte, ihre Hand auf ihrer Dienstwaffe. Gemeinsam traten sie ein und fanden einen Raum voller Dokumente und technischer Geräte.

„Was ist das hier alles?", fragte Nadine.

„Keine Ahnung", erwiderte Sandra. „Lass es uns heraus finden."

Brian saß in seinem Büro und telefonierte. Vor ihm lagen mehrere Dokumente, die er sorgfältig durchging.

„Sorgt dafür, dass alles sauber wird", sagte er. „Ihr müsst alles einsammeln! Jedes einzelne Blatt."

„Und was ist mit den Polizistinnen?", fragte die Stimme am anderen Ende.

„Die hören schon von alleine auf, wenn sie nichts mehr finden", versuchte Brian beinahe mehr sich selbst als seinen Gesprächspartner zu überzeugen.

Er legte auf und lehnte sich zurück. Sein Blick fiel auf die Notiz, auf der Lisa-Maries Frist aufgezeichnet war. Er sah ihren Namen eine Weile an.

„Du wirst mir niemals das Wasser reichen können", knurrte er.

Im Büro des Polizeipräsidiums knallte Nadine die Fäuste auf den Tisch.

„Das können Sie nicht ernst meinen!", rief sie.

Der leitende Oberstaatsanwalt, ein Mann mit grauem Haar und einem unerschütterlichen Blick, lehnte sich zurück. „Ich meine es ernst. Die Ermittlungen gegen Brian Taylor werden sofort eingestellt."

Sandra sprang auf. „Aber wir haben Beweise! Verbindungen zu einer Loge, zur Entführung von K-four!"

„Beweise, die nicht ausreichend sind, um eine Anklage zu rechtfertigen", presste der Oberstaatsanwalt zwischen den Zähnen hindurch. „Und bedenken Sie, welche politische Konsequenzen das dann hätte."

„Das ist Ihre Ausrede?", unterbrach Nadine. „Politik? Während Menschenleben zerstört werden?"

Der Mann erhob sich, sein Blick kalt. Er betonte jede einzige Silbe, als er sprach, „Das Gespräch ist beendet."

Kapitel 27

Lisa-Marie saß auf einer Bank im Bürgerpark. Dank der niedrigen Temperaturen, konnte sie sich unauffällig so dick anziehen, dass es niemandem möglich war, sie zu erkennen. Ihre Hände waren um eine Tasse Kaffee geschlungen. Sie konnte die Stille ihrer Wohnung nicht mehr aushalten.

Die Kälte kroch in ihre Finger, doch sie spürte sie kaum. Sie hatte gerade mit ihrer Mutter telefoniert, die versucht hatte, sie zu überreden, Bremen-Nord endgültig zu verlassen.

„Es wäre einfacher", hatte ihre Mutter gesagt. „Du könntest wieder zurück kommen. Dann würden wir uns auch öfter sehen."

Lisa-Marie wusste, dass sie recht hatte, doch einfach war nicht immer richtig. Sie dachte an die Menschen im Block, an Ben, an die Katzen. Sie alle zählten auf sie, auch wenn sie es nicht zeigten.

Ihr Handy vibrierte. Eine Nachricht von Brian:

„Wir müssen reden. Jetzt. "

Im Hof des Blocks war die Stimmung überraschend lebhaft. Amina hatte erneut Tee mitgebracht, während Frau Hartmann für den Nachschub der Kekse sorgte, und Luigi erzählte eine Geschichte aus seiner Jugend in Neapel.

„Ich habe mal gegen einen Mafioso Schach gespielt", sagte er mit bedeutungsheischender Stimme. „Er war schrecklich. Aber ich ließ ihn gewinnen. Zu gewinnen war mir einfach nicht so wichtig, wie mein Leben zu retten.."

Die Gruppe lachte, doch hinter den fröhlichen Gesichtern lag eine spürbare Spannung.

„Es fühlt sich an wie die Ruhe vor dem Sturm", sagte Karim leise zu Ben.

„Ja, da hast du recht", murmelte Ben. „Hoffen wir einfach, dass es kein Wirbelsturm wird."

Brian saß in einem dunklen Konferenzraum, umgeben von den Mitgliedern der Loge. Don Carlo sprach mit einer Ruhe, die seine Bedrohlichkeit nur verstärkte.

„Du hast die Kontrolle verloren", sagte er.

„Ich habe nichts verloren", erwiderte Brian trotzig.

„Dann beweis es verdammt nochmal!", dröhnte ein schwerreicher Bauunternehmer und schlug mit der Faust auf den Tisch. „K-four ist weg. Wir haben weder eine Ahnung wo Lisa-Marie oder dein Laufbursche ist. Und jetzt fangen die Polizistinnen an, in fast verheilten Wunden zu stochern. Wenn du das so weiter laufen lässt und alles ans Licht kommt, sind wir auch dran."

„Es wird nichts ans Licht kommen", presste Brian hervor.

Die anderen Mitglieder tauschten viel sagende Blicke aus, die meisten davon blieben an Don Carlo haften.

Der beugte sich nach vorne, hob einen Zeigefinger und raunte: „Du hast eine Woche, Brian. Eine Woche um alles zu regeln. Wenn sich bis dahin nichts geändert hat, danach übernehmen wir."

In der Nacht versammelten sich die Katzen auf den Dächern des Blocks. Arnuld sprang elegant von einer Regenrinne auf das Dach eines nahegelegenen Gebäudes. Rippchen folgte ihm, während Babo sich in den Schatten hielt. Sie bewegten sich wie eine Einheit, als ob sie einem unsichtbaren Plan folgten.

Sie erreichten ein großes, sicher umzäuntes Grundstück. In dessen Mitte stand eine beeindruckende Villa. Vereinzelte Sicherheitsmänner bewachten ihre Bereiche, kümmerten sich aber nicht um die Vierbeiner.

Während Babo sich auffällig in der Nähe einer der Männer begab, der sich dazu anstiften ließ, dieses Tier doch einmal zu streicheln, konnte Rippchen unbemerkt durch eine angelehnte Tür schlüpfen.

Schnell gelang sie in ein Büro und zog geschickt einige Schubladen auf. In einer fand sie dann eine kleine, unauffällige Schachtel. Rippchen zupfte mit ihren Krallen daran, bis diese Box sich öffnete. Darin lag ein alter USB-Stick, den sie gleich zwischen die Zähne nahm.

Der Wachmann war immer noch mit Babo beschäftigt und philosophierte mit einem weiteren über das schöne Fell. So bald Rippchen wieder heraus gehuscht war, sprang auch der riesige Kater auf und verschwand.

Am nächsten Morgen brachte Ben den USB-Stick runter zu Herrn Inan, der ihn sofort an den Laptop anschloss. Karim , der bei Bens Ankunft bereits in der Küche saß, sah seinem älteren Nachbarn über die Schulter.

„Die Dateien sind alle ungeschützt", wunderte sich Herr Inan. „Und das sind alles Videoaufnahmen. Nur wovon?"

„Ich weiß, wir müssen da rein schauen", meinte Ben, „aber ich habe irgendwie im Gefühl, dass wir das nicht wirklich sehen wollen."

Herr Inan zögerte einen Moment, ehe er einen Doppelklick auf die erste Datei mit dem neusten Zeitstempel machte. Schwärze erschien auf dem Bildschirm, bevor sie sich von der Linse entfernte und zu seinem Mann mit Maske wurde. Hinter ihm tauchte eine sitzende Person auf. Sie schien gefesselt und in schlechter Verfassung zu sein.

Schrammen auf der Stirn, eine Schwellung auf dem Wangenknochen und eingerissene Mundwinkel sorgten für eine Verzerrung der Gesichtszüge und doch, kam diese Personen den Menschen im Block bekannt vor.

„Ist das nicht K-four?", fragte Karim.

Niemand antwortete. Zu schockiert waren sie darüber, wie der Maskierte ohne Ankündigung brutal auf den sitzenden Mann einschlug.

Ben klappte den Laptop zu. Keiner von ihnen war auf das vorbereitet gewesen, was sie dort gesehen hatten. Sie schwiegen. Nach einigen Minuten räusperte Ben sich.

„So hart es klingt: Das kann uns ein gutes Stück weiter bringen", meinte Ben mit gedämpfter Stimme und macht eine Geste zum USB-Stick.

Herr Inan nickte. „Ja, du hast recht", stimmte er zu. „Vielleicht versteckt sich da noch mehr. Ich denke", er schluckte, bevor er weiter sprach: „Ich sollte mir das ansehen."

Karim stöpselte das Kabel ab und nahm den Laptop an sich. „Ich mach das. Sie helfen in jedem Bereich weiter, Herr Inan. Lassen Sie mich Ihnen wenigstens das abnehmen."

Ohne eine Antwort abzuwarten, war er bereits verschwunden. Er hatte nicht mal die anerkennenden Blicke seiner Nachbarn wahrnehmen können.

„Der Junge ist viel besser, als er glaubt", seufzte der Rentner irgendwann. „Ich muss zugeben: Ich rechne ihm hoch an, dass er das freiwillig auf sich nimmt."

„Was glauben Sie, wie lang diese ganzen Aufnahmen sind?", überlegte Ben.

„Das weiß ich nicht", antwortete Herr Inan, „aber lang genug, dass unser junger Freund Unterstützung braucht."

Nadine und Sandra hatten sich erneut bei Nadine eingebunkert. Vor ihnen lagen alle Beweise, die sie bisher gesammelt und unbemerkt verschleppen konnten.

„Das hier ist der Schlüssel", sagte Nadine und zeigte auf ein Foto, das Brian zusammen mit einem hohen Beamten zeigte.

„Und das ist der Staatsanwalt", sagte Sandra überrascht und schon ein weiteres Foto über den Tisch, „und hier das? Ist das nicht … Don Carlo?

„Wenn er Teil der Loge ist, dann haben wir es mit etwas viel Größerem zu tun, als wir bisher dachten", sagte Nadine und atmete kurz durch. „Dann haben wir ein echtes Problem."

Sandra schwieg einen Moment, dann sagte sie: „Wir müssen jemanden finden, der bereit ist, gegen sie auszusagen."

Brian war das jüngste Mitglied der Loge und musste sich ständig beweisen. Nun hatte er auch noch die Aufmerksamkeit erregt, die alle Mitglieder vermeiden wollten und er wusste, spätestens jetzt stand er unter Beobachtung.

„Er wird zur Belastung", sagte Don Carlo bei einem der Treffen. „Seine Unberechenbarkeit gefährdet uns alle."

Er saß am Kopf eines großen, ovalen Tisches, wie viele andere der Loge. Doch Brian war dieses Mal nicht eingeladen worden.

„Nun, vier Tage hat noch", erwiderte Walter Stein.

„Sieht es so aus, als würde er es schaffen?", bestätigte Don Carlo. „Ich bin gerne vorbereitet. Wir müssen besprechen, wer seinen Platz übernimmt, sobald er scheitert."

Im Hof hatten sich die Nachbarn versammelt und Luigi hatte eine große Pfanne auf einen improvisierten Gaskocher gestellt.

„Das hier ist meine Spezialität", sagte er stolz.

„Und was genau ist das?", fragte Herr Inan skeptisch.

„Das werden Sie schon sehen", sagte Luigi grinsend.

Die kleine Runde lachte und für einen Moment schien die Dunkelheit der vergangenen Tage zu weichen.

„Weißt du, was wir brauchen?", fragte Amina.

„Eine funktionierende Heizung?", krummelte Frau Hartmann trocken.

„Ja, das auch", kicherte Amina, „aber ein bisschen Hoffnung wäre auch nicht schlecht."

Sie sah das verwahrlose Wohngebäude herauf. Die rot ver-klinkerte Wand war ausgeblichen, verschmutzt und überall fehlten Ecken und Kanten. Ihr Blick haftete auf dem beschla-genen Fenster im zweiten Obergeschoss.

„Hat einer von euch heute schon mit Karim gesprochen?", fragte Amina.

Herr Inan hatte den anderen davon erzählt, was sie vor zwei Tagen gefunden hatten und dass Karim sich das ansehen wür-de, um zu helfen.

„Ich war heute Morgen kurz bei ihm. Er gibt sich Mühe. Fast schon zu viel", meinte Ben und sprach zögerlich weiter. „Ich weiß nicht, ob er zwischen durch wirklich Pause macht... Er sah nicht gut aus, will das aber alleine schaffen."

„Kannst du eben auf die Kinder achten? Ich bin gleich wieder da", fragte sie Luigi, der ohnehin schon nebenbei damit be-schäftigt war, mit den Kleinen herum zu albern.

Kurz darauf klopfte es an Karims Tür. Ohne abzuwarten trat Amina mit einem gefüllten, tiefen Teller hinein und sah den Hinterkopf ihres Nachbars, der sie offenbar ohnehin nicht gehört hatte.

Er trug einen Kopfhörer und saß mit den Beinen wippend auf einem Holzstuhl vor dem Laptop. Amina kam näher und stellte sich immer noch unbemerkt neben ihn. Sie vermied absichtlich auf den Bildschirm zu schauen. Es gab einfach Dinge, die man nicht sehen musste.

Karim war blass und er hatte dunkle, tiefe Ränder unter den Augen. Der Aschenbecher neben ihm war brechend voll und die Luft stank abgestanden und nach Rauch.

Dicht neben ihm sprach sie: „Wann hast du zuletzt gegessen?"

Karim zuckte zur Seite und kippte beinahe mit dem Stuhl um. Als er sich wieder gefangen hatte, schob er den Kopfhörer herunter, griff sich an die Brust und meinte: „Amina! Willst du, dass ich einen Herzinfarkt kriege oder sowas?"

„Ich will, dass du was ist. Ich hab dir schon was hingestellt", schmunzelte sie und öffnete ein Fenster. „Hast du wenigstens genug geschlafen?"

„Danke", murmelte Karim und stocherte im Essen herum. „Im Moment kann ich nicht so gut schlafen."

Amina verstand. Es war nicht einfach zu zusehen, wenn Menschen anderen Menschen weh taten. Zumindest nicht, wenn man auch nur etwas Empathie hatte. So hatte sie ihn noch nie gesehen. Zusammen gesunken hing er kraftlos über dem Teller.

„Ist Brian Taylor denn in jedem Video?", fragte Amina, weil sie nicht wusste, was sie sonst sagen sollte.

Karim runzelte die Stirn. „Was meinst du?"

„Na, der mit der Maske. Das ist doch Brian Taylor?", meinte sie.

Karim sah nochmal auf den Bildschirm. „Bis jetzt hab ich den noch nicht ohne Maske gesehen und der redet auch nie. Wie kommst du darauf, dass er das ist?"

„Seine Gestik. Alles an ihm schreit nach Selbstdarstellung. Er ist teuer und passend gekleidet, hat einen stabilen Gang und die Statur passt auch", überlegte sie. „Auf jeden Fall hab ich eben sofort an Brian Taylor gedacht."

„Ich glaube, du hast recht", sagte Karim erleichtert. „Dann war das nicht um sonst."

Kapitel 28

Der Regen hatte sich in einen feinen Niesel verwandelt, der die Straßen Bremens wie mit einem grauen Schleier bedeckte. Der Block wirkte ruhig, doch in den Gesichtern der Bewohner war die Anspannung spürbar.

Ben saß in seiner Küche, die Gedanken schwirrten um den USB-Stick, den Karim immer noch durchforste. Die Daten waren brisant: Neben den vielen Videos, die Brian zeigten, wie er mehr oder weniger bekannten Menschen Schmerzen zufügte oder erniedrigte, gab es auch diverse Aufnahmen von hohen, angeblich seriösen Persönlichkeiten, die ebenfalls körperliche Gewalt ausübten, die unterschiedlichsten Drogen konsumierten und Seiten ans Tageslicht beförderten, die sie niemals öffentlich zeigen würden.

„Wenn wir das öffentlich machen, könnte es uns retten", sagte Herr Inan entschlossen, der wohl auch an das Gleiche dachte wie Ben. „Aber es könnte uns auch das Genick brechen."

„Warum halten wir uns denn dann noch zurück?", rief Luigi aus dem Wohnzimmer. „Sie reden immer, aber wir brauchen Taten!"

„Das ist einfacher gesagt, als getan", erwiderte Herr Inan ruhig, doch sein Blick war stechend. „Wir brauchen den richtigen Moment. Wenn wir zu früh handeln, verlieren wir alles."

Die Diskussion wurde von einem lauten Hupen aus dem Hof unterbrochen. Ben und Herr Inan stürmten zum Fenster. Im Hof standen drei schwarze SUVs, aus denen mehrere Männer in Anzügen ausstiegen. Einer von ihnen – Brian – lächelte kalt, während er sich umsah.

Im Hof hatten sich die Bewohner versammelt. Clara und Frau Hartmann standen zusammen, die Kinder hinter sich versteckt. Luigi hatte sich vor den Tisch gesetzt, an dem Karim und Herr Inan oft Schach spielten, als wollte er demonstrieren, dass der Block ihnen gehörte. Brian trat vor.

„Liebe Damen und Herren", begann er in einem falschen Ton von Freundlichkeit. „Ich bin hier, um Ihnen eine einmalige Gelegenheit zu bieten. Dieser Block wird bald verkauft. Wenn Sie jetzt kooperieren, können Sie mit einer dicken Entschädigung rechnen. Wenn nicht …" Er lächelte kühl. „Nun, ich würde das nicht empfehlen."

„Sie können uns nicht einfach rausschmeißen!", rief Karim.

Brian hob eine Augenbraue. „Können wir das nicht? Glauben Sie mir, wir haben alle Mittel, die wir dazu brauchen. Und glauben Sie nicht, dass die Polizei Ihnen helfen wird. Die gehört nämlich auch zu uns."

Die Menge murrte, doch niemand wagte es, einen Schritt vorzutreten. Nur Ben, der Arnuld auf der Schulter trug, ging langsam auf Brian zu.

„Hören Sie", sagte Ben mit einer Ruhe, die ihn selbst überraschte. „Wir werden nicht gehen. Wir lassen uns weder ködern, noch von Drohungen verscheuchen."

„Das werden wir ja sehen", zischte er, eher er lauter fortfuhr, „Wer sich dazu bereit erklärt, diese Woche noch auszuziehen, für die zahle ich den Umzug durch ein Umzugsunternehmen und ein Jahr lang die Miete. Überlegen Sie es sich gut. Mein Angebot steht bis morgen Abend."

Mit diesen Worten zog er von dannen und die Bewohner des gesamten Blocks hatten diese gehört.

Lisa-Marie hat nichts von dem mitbekommen, was auf dem Hof geschah. Sie saß alleine in ihrer Wohnung, während ihr Handy ununterbrochen vibrierte. Nachrichten von Brian, von ihrer Mutter, von ehemaligen Freunden – alle wollten etwas von ihr, doch sie wusste, dass sie im Moment niemandem trauen konnte.

Sie erinnerte sich an die Gespräche mit ihrer Mutter, die sie immer wieder ermutigt hatte, Bremen zu verlassen.

„Du kannst diesen Kampf nicht gewinnen", hatte ihre Mutter gesagt. *„Du bist nur eine Person gegen eine ganze Maschinerie."*

Doch Lisa-Marie wusste, dass sie nicht gehen konnte. Nicht jetzt. Der Block und seine Bewohner waren zu einem Symbol geworden – für etwas Größeres, das sie selbst noch nicht ganz begriff.

Arnuld, Rippchen und Babo hatten sich unauffällig aus dem Block geschlichen und waren durch die Straßen Bremens gezogen. Ihre Schritte führten sie zu einer Lagerhalle, die verlassen schien. Doch Arnuld's Nase zitterte. Etwas war hier irgendwie nicht in Ordnung.

Mit geschmeidigen Bewegungen schlich sich Rippchen durch ein zerbrochenes Fenster. Drinnen lag eine Mappe, sorgfältig zwischen alten Kisten versteckt. Rippchen nahm diese mit ihren Zähnen auf und brachte sie nach draußen, wo Arnuld sie begutachtete.

Zurück im Block legten sie die Mappe vor Herrn Inan, der sie sofort öffnete. Seine Augen weiteten sich, als er die Dokumente las.

„Das ist es", murmelte er. „Der handfeste Beweis, den wir noch brauchten."

Ben trat näher. „Was ist das?"

Herr Inan blätterte hin und her, hielt hier und da mal inne und wirkte fast aufgeregt.

„Hier", er ließ die Finger über ein Dokument wandern und erklärte, „das sind Abrechnungen über illegale Aufträge. Und hier: Bankauszüge. Oder hier: Hier ist eine ewig lange Liste mit teils bekannten Namen und Positionen dahinter. Das könnte sie tatsächlich zu Fall bringen. Das könnte eine realistische Chance sein."

„Die Frage ist nur, eine Chance darauf, dass wir gewinnen, oder größeren Gefahren ausgesetzt werden", erwiderte Ben leise.

Nadine und Sandra hatten sich heimlich mit einem Informanten getroffen, der behauptete, er könne ihnen die Beweise liefern, die Brian und die Loge belasten. Doch der Treffpunkt – eine uralte Tiefgarage – war wie ausgestorben.

„Das hier fühlt sich nicht richtig an", sagte Nadine und hielt ihre Taschenlampe hoch.

„Vielleicht, aber wir haben keine Wahl", erwiderte Sandra

Plötzlich war ein Klacken zu hören – Schritte. Die beiden Polizistinnen drehten sich um, doch die Dunkelheit blieb undurchdringlich. Ein Mann trat hervor, die Kapuze tief ins Gesicht gezogen. Er überreichte ihnen einen Umschlag und verschwand, bevor sie ihn befragen konnten.

Nadine öffnete den Umschlag, zog ein kleines, abgenutztes Notizbuch heraus und blätterte es durch. Es waren knappe Einträge, die sie sich später im Licht ansehen würde.

Mit einer knappen Geste verabschiedeten sie sich von ihrem Informant.

Die Anspannung im Block war greifbar. Der Hof, der sonst ein Zufluchtsort für die Bewohner war, wirkte wie ein Schlachtfeld vor der entscheidenden Auseinandersetzung.

„Es ist nur eine Frage der Zeit, bis sie wirklich kommen", sagte Ben und blickte auf die schwarze Limousine, die am Straßenrand parkte.

Karl hatte ihn gewarnt, dass gerade Brian Taylor durchaus auch gewillt ist, mit der Hilfe seiner Handlanger schnell und brutal durchzugreifen. Und nachdem, was Ben in den Aufnahmen gesehen hatte, glaubte er jedes Wort.

„Das ist keine Frage", erwiderte Herr Inan, der neben ihm stand. „Die Frage ist, ob wir vorbereitet sind."

Amina hatte inzwischen einen improvisierten Treffpunkt im Hof eingerichtet. Die Bewohner sammelten sich um einen Tisch, auf dem ein alter Stadtplan von Bremen-Nord lag. Luigi sprach mit gespielter Leichtigkeit und vielen trockenen Scherzen über Verteidigungsstrategien, doch seine Augen waren wachsam. Karim, der sich in den vergangenen Wochen und besonders den letzten Tagen spürbar gewandelt hatte, trat vor.

„Ich sage euch, wir müssen denen zeigen, dass sie hier nichts zu melden haben. Wir sollten die Presse einladen. Wir müssen bekannt machen, was die tun."

„Und dann? Und öffnen die ihren Geldbeutel und du hörst nie wieder was davon. Geld regiert die Welt. So war es ja schon immer", fauchte Frau Hartmann außer sich. „Mein Gott, die haben sogar die Justiz auf ihrer Seite."

„Vielleicht", sagte Herr Inan ruhig. „Aber sie haben nicht die Wahrheit auf ihrer Seite."

Kapitel 29

Lisa-Marie hatte sich in ihrer Wohnung verschanzt. Die letzten Tage waren eine Qual gewesen: Drohungen von Brian, aufdringliche Reporter vor der Tür und die ständige Angst, dass die Loge sie in die Enge treiben würde. Doch heute war anders. Sie hatte beschlossen, nicht mehr zu fliehen. Sie öffnete ihren Laptop und begann, alte Nachrichten und Unterlagen zu durchsuchen.

Zwischen den Dokumenten fand sie eine E-Mail, die sie fast vergessen hatte: ein Kontakt zu einer Journalistin, die früher über die Machenschaften der Loge berichtet hatte. Lisa zögerte. Doch dann schrieb sie eine kurze Nachricht:

„Ich habe Informationen, die Sie interessieren könnten. Treffen wir uns?"

Der Absendebutton war schnell gedrückt, doch die Entscheidung wog schwer. Sie wusste, dass dieser Schritt alles verändern konnte.

Noch ehe sie den Laptop schließen konnte, vibrierte ihr Handy und sie öffnete die Nachricht:

„Treffen morgen. Aber Vorsicht – sie beobachten dich."

Der Gedanke, Brian zu hintergehen, erfüllte Lisa-Marie mit Angst, aber gleichzeitig auch mit einem Hauch Genugtuung. Und sie wusste, dass sie keine Wahl hatte. Sie packte eine Tasche mit Dokumenten und alten Fotos, die Brians Verbindungen zur Loge zeigten.

„Das hier … könnte alles ändern", flüsterte sie sich selbst zu. Doch in ihrem Herzen wusste sie, dass sie damit ihr Leben riskierte.

In einem versteckten Anwesen am Rand von Bremen tagte die Loge. Der Raum war leicht abgedunkelt, die Stimmen leise, aber schneidend.

„Brian ist unkontrollierbar geworden", sagte Reinhardt Kleefeld, der Bauunternehmer. „Er hat die Polizei und die Medien auf uns aufmerksam gemacht."

„Das war unvermeidlich", entgegnete Don Carlo mit einem tückischen Lächeln. „Die Frage ist, wie wir damit umgehen."

„Wir brauchen eine klare Botschaft", sagte Walter Stein, der Medienmogul. „Wenn wir das zulassen, dass dieser Block ein Symbol für Widerstand wird, verlieren wir die Kontrolle."

„Haben Sie schon gehört, was Taylor diesen Leuten", spuckte Heinrich Vogt, ein führender Bankier, förmlich aus, „angeboten hatte? Umzug und ein Jahr wohnen umsonst. Un wissen Sie wie viele das angenommen haben?"

„Ja, ein einziges verdammtes Paar", fluchte Reinhardt Kleefeld. „Dabei ist das für dieses Gesindel ein Vermögen."

„Und was schlagen Sie vor?", fragte Dr. Bernhard von Asch, der Bundestagsabgeordnete, der bisher still geblieben war.

Stein lehnte sich vor. „Wir müssen den Widerstand brechen – von innen. Sorgen wir dafür, dass sie sich gegenseitig zerfleischen."

„Das wäre elegant", murmelte Kleefeld. „Aber es braucht einen Anstoß."

Don Carlo zog an seiner Zigarre und nickte. „Lassen Sie das meine Sorge sein."

In der Dämmerung versammelten sich Arnuld, Rippchen, Mimi und die anderen Katzen auf dem Dach des Blocks. Ihre Präsenz wirkte fast surreal, als sie schweigend die Stadt überblickten. Arnuld saß würdevoll in der Mitte und hielt seinen Blick auf den Hof gerichtet.

Rippchen bewegte sich unruhig, seine Schnurrhaare zitterten und seine Schwanzspitze zuckte unablässig, als ob er die wachsende Nervosität der Bewohner spürte. Mimi lag zusammengerollt auf einem grauen Schornstein, doch ihre aufmerksamen Augen verrieten, dass sie jede Bewegung beobachtete.

Als ein entferntes Geräusch aus der Stadt erklang, hob Arnuld langsam seinen Kopf. Rippchen sprang auf und lief einige Schritte hin und her. Sein Verhalten deutete auf eine Mischung aus Vorsicht und Erwartung hin. Mimi richtete sich auf, ihre Ohren zuckten in die Richtung des Geräuschs, als wolle sie Arnulds Gedanken bestätigen.

Die Katzen verharrten in gespannter Ruhe, als ob sie auf den perfekten Moment warteten. Arnuld schien zu wissen, dass es nicht ewig so bleiben konnte. Er streckte sich, sein Blick wirkte eindringlich und bestimmend – ein Signal an die anderen. Sie würden bereit sein, wenn die Zeit gekommen war.

In dieser Nacht glitt ein flacher Lichtstrahl durch den Spalt unter Herr Inans Küchentür. Zwei Schatten bewegten sich lautlos durch den engen Raum. Der Bewohner selbst lag regungslos unter seiner Decke im Schlafzimmer. Er war wach. Er hatte schon immer einen leichten Schlaf gehabt. Daher war ihm sowohl das Knarren der Dielen, als auch das leise Rascheln von

Papier nicht entgangen. Nun horchte er mit spitzen Ohren. Und er wusste, dass es weder nach Ben noch nach Karim klang, die inzwischen ständig bei ihm aus und ein gingen. Das hier hörte sich anders. an

Langsam stand er auf und schlich zur Tür. Noch vor einigen Wochen wäre er einfach liegen geblieben. Aber jetzt musste er die Informationen, die in seiner Wohnung waren, für seine Mitstreiter und sich selbst beschützen. Sachte drückte Herr Inan die Türklinke herunter. Oder versuchte es zumindest. Irgendetwas war im Weg. Wer auch immer bei ihm eingedrungen war, hatte ihn in seinem eigenen Schlafzimmer eingesperrt.

Ein hagerer Mann öffnete mit fließenden, präzisen Bewegungen Schubladen und Türen, während der eher kräftig gebaute und höher gewachsene auf den Möbelstücken entlang fuhr.

Plötzlich hörten die Eindringlinge ein Fauchen durch die geschlossene Wohnungstür. Dann erklang ein leises, anklagendes Knurren, gefolgt von einem dumpfen Geräusch. Als sei etwas Schweres gefallen und ungewöhnlich weich gelandet. Die Männer hielten inne.

„Was war das?", flüsterte der Größere.

Der andere zog behutsam die Tür auf und spähte nach außen, ehe er murrend Entwarnung gab. „Nur eine verdammte Katze."

Arnuld saß im Flur und bevor der Dieb sich weiterbewegen konnte, waren die Katzen schon hinein gehuscht und gingen zum Angriff über.

Rippchen sprang auf den Küchentisch und direkt auf die Schulter des kleineren Eindringlings. Die Krallen bohrten sich durch den Stoff der Kleidung. Ein unterdrückter Fluch entwich dem Mann mit schmerzverzerrtem Gesicht. Babo biss sich am Arm des Zweiten fest.

Indessen hatte Arnuld es sich scheinbar zur Aufgabe gemacht, möglichst viel Lärm zu machen. Er rannte über die Küchenschränke und warf alles herunter, was nicht niet- und nagelfest war. Töpfe und Kochbesteck schepperten auf den Boden.

Die Männer waren sich im Klaren, dass sie nicht mehr länger unbemerkt bleiben würden. Mit aller Kraft rissen sie die Katzen von sich und hechteten zur immer noch offenen Eingangstür. Durch die sie schon eilige Schritte herein schallen hörten.

„Raus hier!", rief der Große seinem Kollegen noch zu, bevor sie die Beine in die Hand nahmen und verschwanden.

Ben sah noch, wie die Haustür zufiel, als er das Erdgeschoss erreichte. Der Krach hatte ihn aus dem Schlaf gerissen, wie auch Karim, der gleich hinter ihm war.

So bald sie Herr Inans offene Wohnungstür sahen, stürmten sie ohne zu zögern hinein. Der Anblick, der sich ihnen trotz des mageren Lichts bot, war erschreckend. Die Schränke waren offen. Der Boden war übersäht mit Dingen.

Karim fiel als erstes der Stuhl vor Herrn Inans Schlafzimmer auf, der den Türgriff blockiert hatte. Sofort rannte er hin, stieß den Stuhl zur Seite und riss die Tür auf.

„Herr Inan", rief Karim. „Geht es Ihnen gut?"

Herr Inan saß mit einer Hand gegen die Brust gedrückt auf seinem Bett. Bleich, aber scheinbar unversehrt.

„Du meine Güte, Junge", stöhnte er erleichtert. „Erschreck mich doch nicht so! Ich dachte schon, jemand Fremdes würde jetzt rein kommen."

Karim stapfte auf den jetzt noch älter wirkenden Mann zu und nahm ihn fest in die Arme. „Schön, dass es ihnen gut geht."

Kurz war Herr Inan verblüfft, bevor er Karim grob auf den Rücken klopfte und gerührt sagte, „Schon gut, Junge. So leicht geh ich schon nicht unter."

Ben schaltete das Licht in der Küche ein und das Ausmaß des Chaos wurde erst richtig ersichtlich. Schubladen standen offen, Schranktüren waren teils ausgehängt. Und auf dem Boden lag ein Durcheinander aus Besteck, Töpfen und Papieren. Die Katzen, die ihren Teil dazu beigetragen haben, saßen unschuldig auf der Fensterbank und beobachteten interessiert das Geschehen.

„Dann mal los", seufzte Ben und schob sich die Ärmel hoch. „Bevor sich noch. jemand den Hals bricht."

Karim begleitete Herrn Inan aus dem Schlafzimmer, setzte ihn vorsichtig auf einen Stuhl und holte ihm ein Glas Wasser, bevor er sagte, „Setzen Sie sich bitte hin. Wir machen das schon."

„Ich weiß das sehr zu schätzen, Karim", sprach der alte Mann voller Dankbarkeit. „Tatenlos zusehen kann ich allerdings nicht."

Alle drei machten sich daran, die Küche wieder in einen halbwegs bewohnbaren Zustand zu bringen. Ben stellte die Stühle zurück an den Tisch, Herr Inan sortierte herumliegende Papiere und Karim sammelte die Töpfe und Schüsseln auf.

Doch nach und nach wich das konzentrierte Arbeiten einer angespannten Stille. Ben war der Erste, der es ansprach.

„Herr Inan, wo lagen nochmal die Dokumente?", fragte er.

Dieser sah auf einen schwer zugänglichen, leeren Stuhl und streifte mit der Hand über die Sitzfläche.

Dann antwortete er: „Die waren hier. Genau wie der Laptop und der USB-Stick."

„Diese verdammten Bastarde", fluchte Karim. „Die haben sie mitgenommen. Das kann doch kein Zufall sein, dass die sich ausgerechnet das schnappen."

Ben stieß die Luft aus und hakte nach, „Was war da alles drin?"

„Alles…", ächzte der Rentner müde, ehe ihm etwas einzufallen schien. „Moment mal… Nicht alles."

Er eilte ins Schlafzimmer. Karim und Ben hörten die Bettwäsche rascheln. Herr Inan kam zurück. Er hielt triumphierend eine dunkelblaue Mappe in die Luft.

„Das Wichtigste haben sie nicht", stieß er erleichtert aus. „Die hatte ich mir vor dem Schlafengehen noch einmal angesehen und hatte auch ein paar andere Beweise hier und da mit eingeordnet."

„Glück im Unglück", bemerkte Karim.

„Aber der USB-Stick und der Laptop sind weg", fasste Ben nachdenklich zusammen. „Das könnte ein echtes Problem sein."

Karim stutzte einen Moment. „Nicht unbedingt."

Die beiden Älteren sahen ihn verwundert an.

„Ich hatte so ein komisches Gefühl", erklärte Karim sich Schulter zuckend, „also habe ich eine Sicherheitskopie der Daten gemacht. Ich dachte, es wäre besser, dass nochmal wo anders zu speichern. Also habe ich das gemacht."

Ben starrte ihn ungläubig an, dann brach er in ein erleichtertes Lachen aus. „Karim, du bist ein verdammtes Genie, weißt du das? Du hast uns damit vermutlich den Hals gerettet."

„Es wäre besser, wenn wir das mit der Kopie und der Mappe hier erstmal für uns drei behalten", überlegte Herr Inan ernst und verwies auf die Unterlagen, die er eben aus seinem Schlafzimmer geholt hatte. „Aus irgendeinem Grund wussten die, dass sie bei mir fündig werden."

Es gefiel Ben nicht, was sein Nachbar damit sagen wollte, aber er hatte mit hoher Wahrscheinlichkeit recht. Es gab eine undichte Stelle im Block.

Kapitel 30

In ihrer Wohnung saß Lisa-Marie vor ihrem Laptop, als es leise an der Tür klopfte. Sie erstarrte, doch dann öffnete sie sie vorsichtig. Vor ihr stand eine Frau mittleren Alters, mit einem strengen Gesicht und einem Block in der Hand.

„Sind Sie Lisa-Marie?", fragte die Frau.

„Ja. Und wer sind Sie?", wollte diese wiederum wissen.

„Mein Name ist Julia Franke", antwortete sie. „Ich bin Journalistin. Sie haben mir geschrieben."

Lisa-Marie ließ sie herein und setzte sich zögerlich an den Tisch. Julia legte ihren Block ab und holte ein Aufnahmegerät hervor. „Sie haben Informationen über die Loge?"

Lisa-Marie nickte. „Aber es ist gefährlich. Diese Leute – sie machen keinen Spaß."

Julia sah sie ernst an. „Glauben Sie mir, ich weiß, wie gefährlich sie sind. Aber wenn wir zusammenarbeiten, können wir vielleicht etwas verändern."

Die Bewohner erholten sich gerade von den neusten Nachrichten, als allen klar wurde, dass jemand im Block Informationen weitergegeben hatte. Jemand hatte Brian Taylor und der Loge von den Beweisen erzählt.

„Es muss jemand von uns sein", sagte Herr Inan leise. „Jemand, der mehr Angst vor ihnen hat als vor uns."

Die Stimmung war angespannt. Sie blickten einander misstrauischer denn je an. Jeder verdächtigte jeden. Frau Hartmann schwieg, doch ihr Blick fiel immer wieder auf den jungen Karim, der sich in den letzten Tagen ungewöhnlich stark verändert hatte.

Er bemerkte, wie er beäugt wurde und hob abwehrend die Hände. „Frau Hartmann, glauben Sie wirklich, ich habe was gesagt?"

„Das habe ich nie behauptet", meinte diese. „Es ist nur auffällig, dass du dich in letzter Zeit auffällig zurück hältst."

Karim wurde blass und stammelte: „Nein, ich … ich habe niemanden etwas gesagt!"

„Genug!", Amina stellte sich schützend vor Karim und sah die restlichen Nachbarn herausfordernd an. „Habt ihr eigentlich eine Ahnung, was Karim auf sich genommen hat? Wir wissen alle, dass er sich mit unfassbaren Gräueltaten auseinander setzten musste und das ist der Dank dafür? Schämen Sie sich, Frau Hartmann! Das hätte ich nicht von Ihnen gedacht."

„Amina hat recht. Ich glaube nicht, dass Karim etwas preis gegeben hat", sagte Ben schließlich. „Die Loge will uns spalten. Das dürfen wir nicht zulassen. Ich weigere mich, irgendjemanden zu verdächtigen. Eine Person von uns hat gequatscht, aber alle anderen haben dicht gehalten. Ich möchte niemandem Misstrauen entgegen bringen, der es nicht verdient hat."

Die Gruppe beruhigte sich langsam, aber etwas Misstrauen blieb immer noch zurück.

Während sich die Bewohner an diesem Abend schlafen gelegt hatten, versammelten sich die Katzen erneut auf dem hohen Dach. Arnuld sprang auf die Mauer und fixierte die schwarze Limousine, die wieder in der Nähe des Blocks parkte. Auch Rippchen schlich durch die Schatten und spähte in die Fenster des Wagens.

Als ein Mann ausstieg, fauchten die Katzen laut. Es war eine Warnung. Der Mann, offensichtlich ein Späher der Loge, zögerte erschrocken und zog sich zurück.

Die Katzen hatten ihre Rolle verstanden: Sie würden ununterbrochen den Block bewachen – Tag und Nacht.

Am nächsten Morgen vor Sonnenaufgang machten sich Ben, Karim und Luigi auf den Weg zum Anwesen der Loge. Sie hatten keine Waffen, nur eine alte Kamera und ein Ziel: Beweise sammeln.

„Wir müssen leise sein", flüsterte Ben, als sie sich durch den Wald in der Nähe des Anwesens schlichen. Doch als sie das Tor erreichten, hörten sie Stimmen. Brian Taylor und weiterer Mann standen nur wenige Meter entfernt.

„Die Presse ist unser größtes Problem", sagte Brian. „Wenn sie etwas herausfinden, sind wir erledigt."

„Ich habe mich um die Ermittlungen gekümmert. Jetzt sorge du dafür, dass sie nichts herausfinden", entgegnete sein Gegenüber kalt. Er drehte sich leicht. Die Bewohner des Blocks konnten jetzt sein Gesicht sehen. Es war ein bekannter Oberstaatsanwalt.

Ben hob die Kamera und drückte ab. Ein leises Klicken ertönte. Bens Magen zog sich zusammen. Wie konnte er ausgerechnet jetzt vergessen, die Einstellung zu korrigieren.

Die Männer drehten sich um und die Gruppe hielt den Atem an.

„Wer ist da?", rief Brian. Seine Stimme war scharf und voller Misstrauen.

Ben und die anderen drückten sich tiefer ins Gebüsch. Ein Wachmann erschien und begann das Gelände zu durchsuchen. Die Nachbarn konnten nur zusehen, wie der Mann immer näher kam. Doch plötzlich erklang ein sehr lautes Miauen.

Rippchen sprang wie aus dem Nichts auf die Einfahrt und rannte direkt auf den Wachmann zu, der vor Schreck zurückwich.

„Nur eine Katze", murmelte der Mann peinlich berührt, weil er so erschrocken war, bevor er sich abwandte. Die Gruppe atmete auf.

Zurück im Block zeigte Ben den anderen sofort die Fotos.

„Das hier ist der Beweis", sagte er. „Sie haben keine Skrupel. Wir müssen das veröffentlichen."

Doch Herr Inan schüttelte den Kopf. „Das wird nicht reichen. Sie haben Macht und damit jede Menge Einfluss. Wir brauchen mehr."

Sie wussten, dass sie tiefer graben mussten und dass die Zeit knapp wurde. Als Ben und die anderen diskutierten, klopfte es an die Tür. Lisa-Marie stand davor, blass, aber entschlossen.

„Ich habe Informationen", sagte sie. „Beweise, die zeigen, wie tief diese Leute in illegalen Geschäften stecken. Aber dafür ich brauche eure Hilfe. Wenn wir etwas erreichen wollen, müssen wir zusammen arbeiten."

Die Bewohner waren überrascht, doch sie hörten ihr zu. Lisa-Maries Wissen über Brians Geschäfte und die Loge eröffnete ihnen neue Strategien, die es ihnen ermöglichte ihre Beweise so aus zulegen, dass sie einen noch größeren Effekt erzielen könnten, als sie bisher dachten.

„Sie hat recht", bemerkte Herr Inan nachdem Lisa-Marie alles offen gelegt hatte. „Das. hier ist unsere Chance."

Die Regentropfen schlugen sachte gegen die Fensterscheiben, während das wachsende Tageslicht die Stadt langsam erwachen ließ. Ben saß mit einer Tasse Tee am Küchentisch. Die Dunkelheit der Nacht hing noch in seinem Kopf, doch die Stille des Morgens bot einen Hauch von Frieden.

Babo saß auf dem Stuhl gegenüber und sah ihn unverwandt an, als würde er wissen, dass Ben keine Antworten hatte.

„Was jetzt, Babo?", murmelte Ben. Der Kater schnurrte leise und legte den Kopf auf die Pfoten.

Frau Hartmann stand an ihrem Fenster und beobachtete den Regen, der die Straße hinunterlief. In ihren Händen hielt sie ein Fotoalbum. Sie blätterte langsam durch die Seiten, ihre Finger verweilten auf Bildern ihrer Kinder und Enkel.

„Es war nicht immer so", flüsterte sie zu sich selbst. „Früher war es einfacher."

Sie blätterte weiter und betrachtete einen mit sympathischen Lachfalten gesegneten Mann. „Was würdest du nur sagen, wenn du mich jetzt sehen könntest, Dieter?", fragte sie in die Ruhe hinein.

Doch ihre Gedanken kehrten immer wieder zur Gegenwart zurück, zum Block, der ihre letzte Zuflucht war, und zu den Nachbarn, die sie mehr brauchte, als sie zugeben wollte.

Karim saß auf einer Kiste im Hof und blickte auf seine Hände. Seine Finger zitterten leicht, ein Überbleibsel der der Nächte, in denen er konzentriert Aufnahmen gesehen hatte, in denen Menschen gequält wurden. Er konnte die Schreie und das Jammern immer noch hören. Er konnte immer noch hören, wie diese Menschen brachen. Es hatte ihn mehr verändert, als er zugeben wollte.

Herr Inan trat neben ihn und reichte ihm ein Stück warmes Brot.

„Du hast dich gut durchgebissen, Karim", sagte er leise. „Aber es ist okay, wenn das nicht spurlos an dir vorbei geht. Das zeigt nur, dass du menschlich bist."

Karim nickte langsam, doch blieben die Bilder und die Zweifel in seinem Kopf zurück.

Lisa-Marie hatte ihren Schreibtisch mit Dokumenten und Notizen übersät. Das Licht ihres Laptops flackerte im grauen Raum. Sie hatte nach dem Gespräch mit den Mietern nochmal alles durchsucht und versucht, neue Schlüsse zu ziehen, doch die Antworten blieben aus. Die Bilder ihrer glamourösen Vergangenheit lagen auf dem Boden verstreut. Sie betrachtete eines davon – eine Aufnahme von ihr bei einer Preisverleihung.

„Was habe ich mir eigentlich bei all dem gedacht?", flüsterte sie voller Scham.

Doch keine Antwort kam, nur das leise Tropfen des Regens.

Luigi saß in der Küche und betrachtete eine alte Karte von Sizilien. Seine Gedanken wanderten zurück zu den Tagen, als er mit seiner Familie am Strand saß und die Sonne unterging.

„Ich wollte, dass sie hier ein besseres Leben haben", murmelte er.

Doch die Realität hatte ihn eingeholt. Der Block war alles, was er noch hatte, und er wusste, dass er es verteidigen musste – für sie.

Arnuld sprang auf die Mauer und blickte in die Ferne. Der Regen tropfte von seinem Fell, doch er rührte sich nicht. Rippchen und Mimi folgten ihm, suchten Schutz unter einem Vordach. Ihre Bewegungen waren ruhig, fast andächtig. Sie schienen zu wissen, dass diese Ruhe nicht von Dauer war, und beobachteten die Straßen, als warteten sie auf das Unvermeidliche.

In seiner Wohnung stellte Herr Inan ein Backgammon-Brett auf den Tisch.

„Eine Partie?", fragte er Frau Hartmann, die zögerlich Platz nahm.

„Es ist lange her, dass ich gespielt habe", sagte sie, ihre Finger unsicher auf den Steinen.

Doch Herr Inan lächelte nur. „Man vergisst es nicht. So wie Fahrradfahren."

Die beiden spielten schweigend, während die Figuren über das Brett klackerten. Es war eine kleine Flucht aus der Realität. Ein Moment des Friedens.

Später klingelte es an Bens Tür. Ein Brief lag auf der Matte, ohne Absender. Er öffnete ihn vorsichtig.

„Ben, die Zeit drängt. Vertraue auf die Katzen. Sie sehen mehr, als du ahnst."

Er las die Worte mehrmals, doch sie machten keinen Sinn. Babo sprang auf den Tisch und schnurrte tief.

„Weißt du mehr, als ich ahne", fragte Ben mit einem schwachen Lächeln und kraulte den massigen Kater hinter den Ohren.

Kapitel 31

Am Nachmittag zog der Duft von frisch gebackenem Kuchen
durch den Block. Frau Hartmann hatte ein Blech Apfelkuchen
gebacken und stellte es im Hof auf einen kleinen Tisch.

„Kommt, esst. Wir brauchen etwas Süßes in dieser trüben
Zeit", sagte sie. Die Nachbarn sammelten sich und für einen
Moment war das Lachen zurückgekehrt.

Amina, die alleinerziehende Mutter, brachte ihren Kindern
warme Jacken. Sie setzte sich auf die Treppe und erzählte
ihnen Geschichten aus ihrer Heimat, die sie lange nicht mehr
besucht hatte.

„Eines Tages", sagte sie, „werden wir wieder dorthin zurück-
kehren." Doch ihre Stimme verriet, dass sie selbst daran zweifelte.

Lisa-Marie traf Ben im Treppenhaus. Beide blieben stehen,
ohne ein Wort zu sagen.

Schließlich sprach Ben. „Es wird besser, oder?"

Lisa-Marie sah ihn an und für einen Moment schien die Fassade zu bröckeln. „Vielleicht. Aber es dauert."

Sie sprachen wenig, doch die Gemeinschaft war spürbar. Der Regen hatte nachgelassen und ein schwacher Lichtstrahl brach durch die Wolken. Die Katzen saßen still auf der Mauer und blickten in die Ferne, als wüssten sie, dass dies erst der Anfang war.

Kurz darauf klopfte es an Bens Tür. Als er öffnete, stand Karl vor ihm, nass und erschöpft, aber mit einem sehr entschlossenen Blick in den Augen.

„Ich habe etwas, das euch helfen wird", sagte er und hielt eine kleine Festplatte hoch. „Darauf sind Aufnahmen von Brians Partys … glaubt mir, das wird Wellen schlagen. Aber sie wissen Bescheid. Sie wissen, dass wir etwas planen."

Ben ließ ihn eintreten und bot ihm eine Decke an. „Woher hast du das?"

„Das spielt keine Rolle", antwortete Karl. „Aber … wenn das rauskommt, wird Brian Taylor alles verlieren. Alles."

Ben wusste, dass Karl ein Risiko eingegangen war, um das Material zu besorgen. Und er wusste genau, dass es ihr größter Trumpf sein könnte.

Schnell hatten sich die restlichen Nachbarn eingefunden. Karl zeigte der Gruppe die Videos. Es waren Aufnahmen von Partys, bei denen hochrangige Politiker, Prominente und Geschäftsleute in kompromittierenden Situationen zu sehen waren.

„Das hier könnte alles verändern", sagte Luigi. „Aber … es ist auch gefährlich. Wenn das rauskommt, werden sie uns bald jagen."

Ben sah die Videos an und wusste, dass dies ihr Wendepunkt war. Er wusste hingegen auch, dass sie damit alles riskierten.

Während die Gruppe ihre nächsten Schritte plante, wurden sie plötzlich durch einen Telefonanruf unterbrochen. Es war Karim, der in Panik geriet.

„Er hat es getan!", rief Luigi. „Karim hat ihnen alles erzählt!"

Doch in diesem Moment trat Frau Hartmann hervor. „Es war nicht Karim", sagte sie leise. „Ich war es."

Die Gruppe starrte sie ungläubig an, doch Frau Hartmanns Blick war ruhig. „Ich hatte keine Wahl. Sie drohten, meine Enkelkinder zu verletzen."

Frau Hartmann hatte fest ihre Hände um die Teetasse geschlossen. Die Stille war erdrückend.

„Ich wusste nicht, was ich tun sollte", begann Frau Hartmann mit bebender Stimme. „Sie kamen zu mir, diese Männer. Sie wussten alles über meine Enkelkinder. Ihre Namen, ihre Schule …"

Jetzt wandte sie sich an Karim: „Es tut mir Leid. Du hattest das nicht verdient. Ich hatte mehr Angst, als ich mir eingestehen will."

Karim sah sie an, in seinen Augen lag kein Zorn, nur ein mühsames Verständnis. Müde nickte er nur.

Es war ein Schock, der alles veränderte. Trotz des Verrats beschloss die Gruppe, weiterzumachen. Sie schmiedeten einen

Plan, um die Videos an die Presse zu geben und gleichzeitig den Block zu schützen.

„Wir haben keine Wahl mehr", sagte Ben. „Das ist unsere letzte Chance."

Die Katzen versammelten sich erneut und Arnuld sprang auf Bens Schulter, sein Blick klar und entschlossen. Es war, als wollten sie sagen: Wir stehen hinter euch.

Anschließend huschte Arnuld lautlos durch die vielen Schatten. Er schlich über Zäune und durch Gärten, seine Augen funkelten in der Dunkelheit. Er spürte, dass etwas in der Luft lag – eine Bedrohung, die näher kam.

Lisa-Marie saß nach diesem Treffen in ihrer Wohnung, die Dokumente vor sich ausgebreitet. Sie hatte Julia bereits eine Nachricht geschickt, dass sie doch noch etwas mehr Zeit brauchte, doch in Wahrheit zögerte sie.

Die Bilder auf ihrem Laptop zeigten einen alten Freund bei einer ihrer ersten Partys. Der Mann war Brian Taylor. Ihr Blick fiel auf den Zeitstempel. Es war ein Datum, das sie nicht vergessen konnte – der Beginn ihrer Karriere.

„Wie konnte ich so blind sein?", flüsterte sie.

Im Nachhinein erkannte sie, dass diese Fotos genug preisgaben, um ihn zu stürzen. Das wusste sie jetzt. Es war genug, um ihn in die Enge zu treiben – aber genau davor hatte sie Angst, denn das machte ihn gefährlich.

Sie hörte ein Ping. Eine Nachricht traf auf ihrem Handy ein:

„Wir wissen, was du tust. Hör auf oder wir kommen zu dir!"

Als Absender stand nur ‚Unbekannt', dennoch wusste sie, dass es nur einen gab, der ihr das hätte schreiben können. Vielleicht Brian bereits das Gefühl, mit dem Rücken zur Wand zu stehen.

Ihre Hände zitterten, doch sie wusste, dass sie jetzt nicht mehr zurück konnte. Julia hatte ihr beim letzten Treffen versprochen, sie zu schützen. Doch Lisa-Marie fühlte sich verletzlicher denn je.

Ein Klopfen riss sie aus ihren tiefen Gedanken. Es war nur Ben.

„Ich dachte, du könntest auch mal Gesellschaft gebrauchen", sagte er und stellte zwei Tassen Kaffee auf den Tisch.

Lisa-Marie lächelte schwach. „Du solltest doch wissen, dass ich nicht gut im Teilen bin."

Ben setzte sich. „Da haben wir etwas gemeinsam. Vielleicht bekommen wir es dieses Mal ja trotzdem hin."

Ein weiteres Klopfen ließ sie zusammen-zucken. Julia stand vor der Tür, nass vom Regen, aber mit einem entschlossenen Blick.

„Wir sind so weit", sagte sie. „Es ist alles vorbereitet. Wir können jetzt richtig los legen."

Arnuld schlich durch die nassen Gassen, sein Fell klitschnass, aber sein Blick wachsam. Der Regen störte ihn nicht – er war auf der Jagd. Plötzlich blieb er stehen. Ein leises Geräusch in der Ferne ließ ihn die Ohren spitzen.

Ein Schatten bewegte sich zwischen den Mülltonnen, ein Mann in einem langen Mantel.

Arnuld duckte sich, sein Schwanz zuckte nervös. Der Mann blieb stehen und zog etwas aus seiner Tasche – ein Funkgerät. Arnuld beobachtete ihn genau, bevor er sich zurückzog. Er wusste, dass dieser Mann nichts Gutes bedeuten konnte.

Der Regen war zurückgekehrt, schwer und unerbittlich. Ben stand am Fenster seiner Wohnung und starrte hinaus. Die Regentropfen liefen wie Tränen über die Scheiben, während in seinem Kopf ein Sturm tobte.

„Ben, du kannst nicht mehr einfach abwarten", sagte Herr Inan, der sich neben ihn gestellt hatte. Seine Stimme war ruhig, aber bestimmt. „Die Beweise von Lisa-Marie zusammen mit unseren, können alles verändern. Aber wir brauchen einen Plan."

„Und was, wenn wir scheitern?", Ben schüttelte den Kopf. „Was, wenn das hier alles umsonst war und es doch nicht reicht? Was, wenn wir nur ein bisschen mehr gebraucht hätten, um das Ruder herum zu reißen, aber zu ungeduldig waren?"

Herr Inan legte ihm eine Hand auf die Schulter. „Manchmal geht es nicht darum, zu gewinnen. Manchmal geht es nur darum, nicht aufzugeben."

In diesem Moment spürte Ben, dass er keine Wahl mehr hatte. Die Zeit des Zögerns war vorbei.

Lisa-Marie und die Nachbarn des vierstöckigen Wohnhauses hatten sich mit Julia bei Amina getroffen. Die Luft war schwer von der unausgesprochenen Angst, aber auch von der Entschlossenheit, die in den Gesichtern der Anwesenden lag.

„Also, was haben wir?" fragte Julia, während sie ihre Notizen durchsah.

Lisa-Marie zog einen Ordner hervor und öffnete ihn. „Das hier sind Beweise für Brians Verbindungen zur Loge. Kontobewegungen, vertrauliche E-Mails. Es ist genug, um sie zumindest in Bedrängnis zu bringen."

Julia blätterte durch die Dokumente. Ihr Blick war hoch konzentriert und prüfend. „Das ist gut. Aber wir brauchen mehr. Etwas, das die Öffentlichkeit wirklich aufrüttelt. Etwas wirklich Schockierendes."

„Ist das nicht alles schon schockierend genug?", fragte Luigi skeptisch.

„Wir werden sehen." Julia lächelte dünn. „Wir müssen das Material veröffentlichen. Aber wir brauchen einen sicheren Weg, um es zu verbreiten."

„Und was, wenn sie uns vorher erwischen?", fiepte Frau Ziegler.

„Dann müssen wir sicherstellen, dass wir schnell genug sind", antwortete Julia.

„Aber ist das nicht ein Risiko?", warf Ben ein. „Haben wir genug, um zu gewinnen?"

Julia sah von den Dokumenten auf. „Risiken müssen wir eingehen. Brian Taylor kann nicht der Einzige sein, der fällt. Wenn wir die Loge zu Fall bringen wollen, brauchen wir mehr als das hier." Sie breitete die Papiere auf dem Tisch aus. „Das hier reicht, u Brian Taylor ernsthafte Probleme zu bereiten. Aber es wird nicht reichen, die Loge zu stürzen."

„Was genau suchen Sie?", fragte Herr Inan.

„Beweise, die zeigen, dass sie politische Macht missbrauchen. Verbindungen bis zur Regierung, zu Polizeibehörden, zu Geldgebern." Julia seufzte, „Ohne das ist es ein Skandal. Mit dem Rest ist es ein Erdbeben."

Stille legte sich über den Raum. Dann meldete sich Ben leise zu Wort. „Wir haben mehr…"

Julias fragender Blick wanderte zu ihm und sie hakte nach: „Was soll das heißen?"

Ben sah zu Herr Inan, der nickte, und dann zu Karim. Der verharrte noch einen Moment unbewegt, bevor er das Schweigen brach.

„Wir haben Videodaten", erzählte Karim wie betäubt. Er räusperte sich. „Wir haben Aufnahmen von Brian, wie er gewalttätig wird. Und nicht nur er. Auch andere große Persönlichkeiten. Mitunter Mitglieder der Loge."

„Aber die sind doch weg", warf Amina ein. „Wurden die nicht gestohlen?"

„Die Originalen schon", bestätigte Herr Inan, „aber Karim hat mitgedacht und die Daten nochmal gesichert."

Julia starrte sie mit offenem Mund an. „Sie haben was?"

„Nicht nur das", erklärte Ben. „Außerdem haben wir Kontoauszüge und andere Belege von illegalen Zahlungen und Aufträgen. Und auch Aufnahmen von Partys, auf denen Dinge zu sehen sind, die wohl nicht im Mittagsfernsehen laufen dürften."

Julia legte ihre Hände auf den Tisch. Ihre Stimme war ruhig, aber ihre Augen blitzten vor Entschlossenheit. „Dann müssen wir sicherstellen, dass die Welt es zu sehen bekommt. Und dass sie es nicht aufhalten können."

In der folgenden Stunden sortierten sie gemeinsam alle Dokumente, Fotos und Belege. Die Journalistin nahm das Ruder in der Hand. Sie verteilte Aufgaben und erklärte, wie es ihrer Erfahrung nach weiter geht. Sie selbst würde Kontakt zu Zeugen und weiteren Unterstützern aufnehmen.

Arnuld schlich durch den Hof, sein Fell noch feucht vom Regen. Die Luft roch nach Gefahr, nach etwas, das nicht richtig war. Rippchen folgte ihm dicht auf den Fersen, ihr Körper gespannt wie eine Sprungfeder. Die Katzen inspizierten die Spuren der nächtlichen Angreifer. Ein zurückgelassener Handschuh, eine Zigarette, die noch im Regen dampfte.

Es war, als würden sie ein Muster erkennen, das den Menschen verborgen blieb. Arnuld kratzte mit seinen Krallen über den Boden, als wolle er etwas sichtbar machen, das nur er verstand.

In seiner Wohnung nahm Ayhan Inan ein altes Foto aus einer Schublade, das ihm nach dem Einbruch beim Aufräumen wieder in die Hände gefallen war. Es zeigte ihn in jungen Jahren, umgeben von seinen Schülern in der Türkei. Seine Augen glitzerten, als er an die Tage zurückdachte, an denen er glaubte, die Welt verändern zu können.

„Die Welt ist ja etwas kleiner geworden", murmelte er. „Aber die Kämpfe sind dieselben."

Er legte das Foto zurück und griff nach einem Notizbuch. Darin begann er, die Ereignisse der letzten Tage festzuhalten, als wolle er sicherstellen, dass nichts davon verloren ging.

Der nächste Morgen brachte eine seltene Pause vom Regen. Die Bewohner versammelten sich im Hof, jeder mit einem anderen Ausdruck auf dem Gesicht.

Luigi brachte eine alte Espressokanne mit und verteilte kleine Tassen starken Kaffees.

„Wir brauchen das jetzt mehr denn je", sagte er mit einem schwachen Lächeln.

Karim stand abseits und rieb sich den Nacken. Er war sich offensichtlich unsicher, ob er willkommen war. Das Misstrauen, was ihm entgegen gebracht wurde, hatte er nicht so leicht weg stecken können. Amina ging zu ihm und drückte ihm eine ihrer Decken in die Hand.

„Hier", sagte sie. „Es wird kalt. Komm, setz dich zu uns."

Karim zögerte, nahm die Decke dann aber doch mit einem knappen Nicken an. Er breitete sie über seinen Knien aus, während er sich auf eine der hinteren Holzbänke setzte, die in einem unförmigen Kreis auf dem Hof standen. Amina ließ sich neben ihm nieder. Ihre Hände schlossen sich um eine Tasse, von welcher Dampf aufstieg.

„Danke", gab Karim kaum hörbar von sich.

Sie musterte ihn kurz, dann lauschte sie wieder den Gesprächen der anderen. Die Stimmung war gedrückt, es wurde leise und abgehackt gesprochen. Seit dem Einbruch war die Anspannung noch höher gestiegen, als die junge Mutter es für möglich gehalten hätte. Es war als würden sie darauf warten, dass das nächste Unglück über sie hereinbricht.

Karim räusperte sich. Mit gedämpfter Stimme sagte er, „Amina ... ich wollte mit dir reden."

Sie drehte den Kopf zu ihm. Es war untypisch für ihren jungen Nachbarn, sich so zaghaft zu geben. Er war für gewöhnlich eher der Typ, der mit der Tür ins Haus viel.

„Worüber?", fragte sie sanft.

Er strich mit einer Hand über seine Haare und zog unsicher die Schultern hoch, dann stammelte er, „Ich … also, du weißt ja, was passiert ist. Der Einbruch. Natürlich weißt du das. Also … du und die Kinder, ihr wohnt im Erdgeschoss."

„Ja, richtig", sprach sie langsam, um ihm mehr Zeit zu verschaffen.

„Und du weißt auch", zögerte er, „dass oben, die Wohnung gegenüber von meiner, dass die leer steht. Und hab überlegt, ob es nicht vielleicht besser wäre, wenn du mit David und Naomi lieber da wohnst?"

Amina runzelte die Stirn und blinzelte schnell. Sie blickte ihn einfach nur fragend an.

„Ich meine, wenigstens vorübergehend. Unten ist es einfach nicht sicher. Falls die nochmal kommen oder, keine Ahnung, irgendwas passiert, dann wäre ich in der Nähe. Dann könnte ich euch helfen. Ich will nur nicht, dass dir oder den Kindern was passiert."

Verblüfft sah Amina ihn an. „Du sorgst dich um uns?"

„Ja", antwortete Karim knapp und argumentierte dann noch, „und wenn du dir Sorgen wegen meiner Geschäfte machst: Das brauchst du nicht. ich habe alle Verbindungen gekappt. Ich habe in den Kreisen einen guten Ruf. Da kommt niemand mehr."

Amina presste die Lippen aufeinander und wägte das Für und Wider ab. Bisher hatte sie das noch nicht in Erwägung gezogen. Dann ließ sie ihren Blick über den Hof schweifen, zu ihren spielenden Kindern, zu den anderen Bewohnern, die sich leise unterhielten, und wieder zu ihrem besorgten Nachbar.

„Karim, das lässt sich nicht so leicht übers Knie brechen", begann sie. „Es ist nicht so einfach mit Kindern in eine andere Wohnung zu ziehen."

„Ich helfe dir, wo ich kann", versicherte Karim.

Amina sah ihm in die bittenden Augen. „Du hast recht, hier unten ist es nicht sicher. Ich denke darüber nach."

Karim atmete hörbar aus, als hätte er die Luft angehalten. „Okay, Das ist alles, was ich wollte."

Während dessen sprang Arnuld über die Dächer des Blocks. Seine Bewegungen waren elegant, fast lautlos. Er hielt inne, als er die schwarze Limousine von der vorherigen Nacht sah. Sie war zurückgekehrt und parkte unweit des Blocks. Arnuld duckte sich, sein Blick fixierte die dunklen Scheiben. Er spürte, dass die Gefahr nun näher rückte.

Er kehrte in den Block zurück, seine Bewegungen waren ruhiger, aber zielgerichtet. Er sprang auf Bens Fensterbrett und miaute laut. Ben öffnete das Fenster und ließ ihn hinein.

„Was hast du diesmal gesehen, alter Freund?", fragte er, als Arnuld sich auf das Sofa legte.

Der Kater schien sehr zufrieden, als wüsste er, dass er seine Aufgabe erfüllt hatte.

273

Kapitel 32

Karim hatte den ganzen Tag damit verbracht, die leere Wohnung gegenüber seiner herzurichten. Amina wusste noch nichts davon. Es war ja nicht mal klar, ob sie überhaupt umziehen würde. Aber Karim konnte nicht untätig bleiben. Wenn sie sich dazu entscheiden würde, einzuziehen, dann dann sollte die Wohnung bereit sein.

Geld hatte er kaum und der Lockdown machte es nicht leichter. Baumärkte hatten geschlossen und Secondhand-Möbel gab es nur über Onlineanzeigen, wenn überhaupt. Doch dann hatte er Herrn Inan sein Vorhaben anvertraut Dem eingefallen war, dass er von der letzten Renovierung noch Wandfarbe übrig gehabt hatte. Gemeinsam waren sie in Herrn Inans Kellerabteil gegangen und fanden auch noch Pinsel und Farbrollen, die er Karim gerne überlassen hatte.

„Ich kann vielleicht nicht mit anpacken. Aber es freut mich, wenigstens so helfen zu können", hatte Herr Inan zufrieden gemeint.

Jetzt stand Karim in der Küche der leeren Wohnung und rührte mit einem alten Holzstück in einem der Farbeimer. Die Farbe war noch brauchbar und ein schlichtes Weiß ging immer. Es würde vielleicht nicht reichen, um die ganze Wohnung wie neu aussehen zu lassen, aber wenigstens konnte er so die grauen, fleckigen Wände aufhellen. Karim tauchte die Rolle ein und begann, die ersten Bahnen zu ziehen.

Es war harte Arbeit. Der Putz war uneben, die Farbe deckte nicht sofort und der chemische Geruch stach ihm in die Nase. Aber mit jeder gestrichenen Fläche wirkte der Raum weniger trostlos. Im Wohnzimmer stapelten sich alte Möbelstücke vom

Vormieter: Ein wackliger Tisch, ein Schrank mit einer fehlenden Tür und eine kleines, leicht durchgesessenes Sofa.

Er arbeitete stundenlang, bis seine Arme schwer wurden. Als er sich schließlich ausstreckte und ans Fenster trat, um frische Luft zu schnappen, fiel ihm eine Bewegung am Rande des Blocks auf. Ein Mann stand dort und rauchte. Karim blinzelte gegen das schwindende Licht an - dann zog sich sein Magen zusammen.

Es war einer der auffällig, unauffälligen Männer aus einer schwarzen Limousine.

Sein erster Impuls war, instinktiv nach seinem Handy zu greifen und ein Foto zu machen. Der Mann bemerkte es und verschwand sofort, aber Karim wusste, dass er gerade etwas Wichtiges entdeckt hatte.

In einem Café, weit weg vom Block, traf sich Julia mit einem ihrer Informanten. Der Mann war sehr nervös, seine Hände zitterten, als er ihr einen Umschlag überreichte.

„Das sind alle Kontakte, die sie haben wollten. Abgesehen von Kano Chan. Der ist nicht auffindbar", sagte er.

„Das ist kein Problem. Ich habe jemanden, der weiß, wo er steckt", verriet Julia.

„Aber seien Sie vorsichtig. Diese Leute ... sie spielen nicht fair", warnte der Fremde.

Julia nickte und steckte den Umschlag ein. Sie wusste, dass sie sich auf dünnem Eis bewegte, doch sie war bereit, das Risiko einzugehen.

Am Abend saß Ben mit Herrn Inan und Luigi im Hof. Die drei Männer sprachen leise, ihre Stimmen wurden vom leichten Wind getragen.

„Hast du jemals daran gedacht, einfach zu gehen?", fragte Luigi plötzlich.

Ben schüttelte den Kopf. „Es wäre einfacher. Aber manchmal musst du bleiben und kämpfen, auch wenn es schwer ist."

Herr Inan nickte zustimmend. „Ein Zuhause ist nicht der Ort, an dem du lebst. Es ist der Ort, für den du bereit bist, alles zu riskieren."

Kurz vor Mitternacht begann es wieder zu regnen. Die Tropfen fielen schwer und unaufhaltsam, als würden sie die Dunkelheit verstärken. Arnuld saß auf der Fensterbank, seine Augen waren wachsam. In der Ferne blinkte das Licht der Limousine, die immer noch auf der Straße stand. Es war, als würde die Nacht selbst ein Geheimnis bewahren, das bald enthüllt werden würde.

In einer luxuriösen Villa am Stadtrand von Bremen saß Brian in einem kaum beleuchteten Büro. Die Regale waren mit teuren Büchern gefüllt. Er hatte sich nie die Mühe gemacht, auch nur eines davon zu lesen. Es sollte nur Eindruck schinden. Genau wie das Gemälde, dass an der Wand hing. Es gefiel ihm nicht mal, aber kostete mehr, als die meisten Menschen im Jahr verdienten.

„Wir konnten immer noch mit niemanden in Kontakt treten", sagte einer seiner Männer.

Sie hatten ihm eine Woche gegeben. Diese Frist war abgelaufen und Brian wusste es, aber er konnte nicht fassen, dass sie so schnell die Verbindungen kappen würden. Wie konnten sie ihn - Brian Taylor - einfach so abgrenzen.

„Scheiße!" Er schlug mit einer Faust so plötzlich auf den Tisch, dass der Mann vor seinem Schreibtisch kurz zusammen zuckte.

So leicht würde er sich nicht absägen lassen. Er konnte noch immer das Ruder herum reißen und sein Netz an Macht ausbreiten. Sie werden ihn brauchen. Sollten die feinen Herren dann ruhig angekrochen kommen. Brian Taylor würde sich nicht unterkriegen lassen.

Der Regen hatte sich in ein sanftes Nieseln verwandelt und prasselte auf das Dach, ein monotones Rauschen, das den Block in eine trügerische Ruhe hüllte. Auf den Fensterscheiben von Bens Wohnung tanzten die Tropfen, als wollten sie ihre eigene Geschichte erzählen. Arnuld saß am Fenster, sein Blick in die Ferne gerichtet, während Rippchen auf dem Küchentisch lag und sich genüsslich das Fell leckte.

Ben stützte seinen Kopf auf die Hände und starrte in seine halb volle Tasse Kaffee. Babo lag zusammengerollt auf einem Stuhl und beobachtete den Regen.

„Ich frage mich manchmal, wer hier wirklich das Sagen hat", murmelte er und warf einen Seitenblick zu den Katzen.

Rippchen sah ihm trotzig entgegen, bevor sie sich umdrehte. Es war, als würde sie denken: ‚Natürlich wir. *Was soll diese Frage?*'

Ben strich sich über das Gesicht. Die letzten Nächte hatten kaum Schlaf gebracht und der Gedanke an das, was noch vor ihnen lag, fühlte sich wie ein Stein in seinem Magen an. Ein

Klopfen an der Tür riss ihn aus seinen Gedanken. Es war Karim, der ihn Bat runter zu kommen.

Im Hof hatten sich die Bewohner versammelt, geschützt unter improvisierten Planen. Herr Inan saß auf einer umgedrehten Kiste. Frau Hartmann hatte erneut Kuchen gebacken und Luigi brachte frischen Espresso. Amina sprach leise mit Karim, während ihre Kinder in der Nähe spielten.

„Ich habe über deinen Vorschlag nachgedacht und mit den Kindern gesprochen", sagte sie zu ihm. „Wir werden deine Hilfe annehmen."

Karim schloss erleichtert die Augen und ein schwaches Lächeln huschte über sein Gesicht. „Zum Glück", stieß er aus.

Luigi versuchte, einen neuen Espresso zu kochen. Der alte Kocher pfiff widerspenstig und Luigi fluchte auf Italienisch.

„Du machst das falsch", sagte Herr Inan trocken.

„Was weißt du denn davon?", fuhr Luigi ihn an, bevor er vor sich selbst erschrak. „Entschuldigung, ich wollte nicht so mit Ihnen reden. Nur nervt mich dieses Ding so sehr."

Herr Inan grinste und griff nach der Kanne. Mit ruhigen Bewegungen schraubte er sie auf, füllte das Wasser nach und setzte den Kocher wieder zusammen. Ein paar Minuten später erfüllte der Duft von starkem Kaffee den Hof.

„Siehst du?", sagte Herr Inan, mit einem triumphierenden Ausdruck im Gesicht. „Geduld und Feingefühl. Mehr braucht es nicht."

Luigi verdrehte die Augen. „Vielleicht sollte ich Sie als Barista anstellen oder sind Sie insgeheim Mac Gyver."

Herr Inan lachte, „Glaub mir, wenn ich Mac Gyver wäre, dann würden wir nicht in diesem Dilemma feststecken.‟"

Diese Bemerkung holte alle wieder zurück in die Realität.

„Wir müssen einfach zusammenhalten", sagte Luigi plötzlich und blickte in die Runde. „Wenn wir jetzt auseinander brechen, haben sie schon gewonnen."

„Es wird nicht einfacher werden", sagte Ben schließlich. „Aber wir können nicht zurück."

„Stimmt", sagte Herr Inan. „Wir können nicht zurück. Aber vielleicht ist das gut so."

Die Bewohner nickten, doch die Anspannung war spürbar. Im Hof jagte Rippchen Blättern, die vom Wind getragen wurden, hinterher, während Mimi versuchte, auf einer rutschigen Mauer das Gleichgewicht zu halten. Arnuld saß majestätisch auf einem Garagendach und beobachtete das Treiben.

Die Bewohner lachten leise über die akrobatischen Künste der Katzen und für einen Moment schien der Regen die Sorgen fortzuwischen.

„Vielleicht sollten wir ihnen einfach Medaillen geben", sagte Luigi trocken.

„Oder ein eigenes Denkmal", fügte Herr Inan hinzu.

Die Gruppe lachte und die Stimmung wurde leichter. Ben und Lisa-Marie gerieten etwas aneinander, als sie beide versuchten, gleichzeitig durch die schmale Tür zum Hof zu gehen.

„Willst du mich über den Haufen rennen?", fragte Lisa-Marie sarkastisch.

„Nur, wenn du zuerst die Hälfte des Platzes räumst", entgegnete Ben.

Die beiden blieben stehen, ihre Gesichter nur Zentimeter voneinander entfernt, bevor sie beide in Lachen ausbrachen.

„Vielleicht brauchen wir eine größere Tür", sagte Lisa-Marie schließlich.

Inzwischen saßen Aminas Kinder vor ihr und sie erzählte ichnen Geschichten aus ihrer alten Heimat unten in Kenia.

„Und dann verwandelte sich die kleine Gazelle in einen leuchtenden Stern", sagte sie mit sanfter Stimme.

Die Kinder lauschten gebannt, ihre Augen groß und voller Staunen.

„Mama, glaubst du, dass wir auch einmal Sterne werden können?", fragte eines der Kinder. Amina lächelte, auch wenn ihre Augen müde wirkten.

„Ihr seid schon jetzt die leuchtendsten Sterne, die ich sehen durfte", flüsterte sie.

Später Lisa-Marie öffnete ihren Kleiderschrank, der zur Hälfte leer war. Die andere Hälfte bestand aus Designerstücken, die wie Relikte einer vergangenen Ära wirkten. Sie zog ein silbernes Abendkleid hervor, das sie seit Jahren nicht mehr getragen hatte. Es war das Kleid, das sie bei ihrer ersten Gala trug.

Damals hatte sie noch an Märchen geglaubt. Als sie es vor den Spiegel hielt, musste sie lachen.

„Ich könnte jetzt in diesem Ding nicht mal atmen", sagte sie laut. Doch in ihren Augen lag ein Hauch von Wehmut.

Herr Inan setzte sich an sein Fenster und blickte in die Ferne. Er hielt ein Buch in der Hand, doch seine Gedanken waren woanders.

„Manchmal frage ich mich, ob wir überhaupt etwas verändern können", sagte er leise.

Arnuld, der neben ihm saß, miaute leise, als wolle er widersprechen. Herr Inan lächelte schwach.

„Vielleicht hast du recht, mein Freund. Vielleicht reicht es schon, es zu versuchen."

Am Abend versuchte Karim, eine kaputte Lampe im Flur zu reparieren, doch jedes Mal, wenn er den Schalter umlegte, flackerte das Licht nur.

„Vielleicht sollten wir das als Deko lassen", scherzte Luigi, der hinter ihm stand.

„Oder als Abschreckung", fügte Ben hinzu, was die beiden in schallendes Gelächter ausbrechen ließ.

Anschließend setzten sich die Bewohner wieder zusammen. Diesmal war es Lisa-Marie, die eine Thermoskanne mit heißer Schokolade brachte.

„Ich dachte, wir könnten mal etwas anderes trinken als Espresso", sagte sie mit einem schwachen Lächeln.

Die Gruppe saß eng beieinander und die Wärme der Gemeinschaft schien stärker als die Kälte des Regens. Es war ein Moment der Stille, doch auch der Stärke.

Zum Abschluss des Tages erzählte Herr Inan eine Geschichte aus seiner Jugend, die die Bewohner zum Lachen brachte. Es war eine einfache Geschichte über einen verlorenen Hut, doch die Art, wie er sie erzählte, machte sie magisch.

„Und am Ende fand ich den Hut – auf dem Kopf meines Bruders", schloss der Rentner und die Gruppe brach in Gelächter aus.

Die Katzen saßen still auf der Mauer, ihre Augen wie leuchtende Sterne in der Dunkelheit. Es war, als wüssten sie, dass dieser Moment kostbar war.

Die beiden Polizistinnen saßen in Nadines Wohnung, dessen fahlen Wände mit Papieren und Fotos tapeziert waren. Die Verbindungen zwischen der Loge und hochrangigen Persönlichkeiten wurden immer klarer.

„Das hier ..." Sandra deutete auf eine der Akten, die sie aus dem Archiv mitgenommen hatten. „Das beweist, dass der Oberstaatsanwalt aktiv dafür sorgt, dass die Ermittlungen gegen Brian ins Leere laufen."

„Und Dank diesem kleinen Büchlein", Nadine hielt das Notizbuch hoch, dass sie von ihrem Informanten erhalten hatte, „können wir auch alles schön einordnen."

„Ja, das erhöht gewaltig unsere Chancen, dass alles glatt läuft", stimmte Sandra zu.

Nadine blätterte gedankenverloren durch die handschriftlich gefüllten Seiten. „Glaubst du, Marcin Stoffel musste deswegen sterben?", fragte sie.

„Mehr oder weniger", antwortete Sandra. „Ich glaube, er einfach zu viele Einblicke. Ich glaube aber nicht, dass irgendjemand aus der Loge wusste, dass er alles präzise dokumentiert hat."

„Du hast wahrscheinlich recht", meinte Nadine. „Es ist schon beeindruckend, wie penibel er Zeiten, Anweisung, Ausführung und sogar vollständige Adressen stichpunktartig aufgeschrieben. Ganz ehrlich? Bei der Dokumentation hätte mich auch ein Inhaltsverzeichnis nicht mehr gewundert."

Sie blickte auf das aufgeschlagene Papier in ihren Händen und las eine der Zeilen:

27.12. 15:42Uhr -Anruf: Brian- Auftrag: K-four beschatten

Das war vermutlich ihr wertvollstes Beweismittel. Und der ihnen das ermöglich hatte, hat mit seinem Leben dafür bezahlt.

In der Zwischenzeit hatte Brian seine Handlanger zu sich gerufen. Ihm fiel gleich auf, dass ein paar fehlten.

Die lallende Stimme seine Mutter erklang in seinem Kopf. „Die Ratten verlassen immer zuerst das sinkende Schiff", hatte sie gesagt, als die Haushaltshilfe kurz vor der Pleite seiner Eltern nicht mehr aufgetaucht war.

Er hasste es, dass er jetzt gerade an diesen Satz dachte. Er würde das Schiff ganz sicher nicht sinken lassen.

Wütend über seine eigenen Gedanken brüllte er voller Zorn: „Ihr werdet jetzt sofort los ziehen und alle Dokumente, Papiere, Aktenordner, Computer, Festplatten und was sonst noch irgendetwas unansehnliches beinhalten könnte vernichten! Wir müssen sauber sein! Ich bin unantastbar!"

Die Männer zogen ab, doch Brian sah, wie sie sich Blicke zu warfen. Blicke die aussagten: „Ist er verrückt geworden?", „Was ist denn mit ihm los?" oder „Hat er das gerade gesagt?". Sie verachteten ihn. Wie konnten sie es nur wagen. Er war Brian Taylor. Er stand für Macht.

Ohne hinzusehen zog er eine Schublade seines Schreibtischs auf und öffnete ein kleines Kästchen. Er griff hinein, konnte aber nichts ertasten. Brian riss die Schublade mit einem kräftigen Ruck auf und sah. hinein. Die Box war leer. Daneben lag auch nichts. Panisch durchsuchte er jedes Fach. - Erfolglos.

Nun stand er da. Die Arme auf den Tischplatte gestützt, das Haar wirr und die Krawatte zu locker. Sein Atem ging schnell und ihm lief der Schweiß, als ihm bewusst wurde: Das, was sein Selbstwertgefühl immer wieder stabilisiert hatte, war weg. Der USB-Stick mit seinen Gewalttaten, die er als Machtdemonstrationen betitelte.

Kapitel 33

Die Nacht war kalt und der Regen hatte aufgehört, doch die Luft blieb schwer. Lisa-Marie saß auf ihrer Couch, eine Decke um ihre Schultern gewickelt, während sie durch die Fotos auf ihrem Handy scrollte.

Die Bilder von glamourösen Veranstaltungen, Selfies mit Prominenten und exotischen Orten fühlten sich an wie aus einem anderen Leben. Ihr Blick wanderte zu einem Bild, das sie vor wenigen Wochen gemacht hatte – zusammen mit Ben, vor dem Block, mit einigen der Nachbarn und den Katzen, Arnuld und Babo im Hintergrund.

Es war kein inszeniertes Foto, sondern ein Moment, der ehrlich gewesen war. Ihre Augen wurden feucht, und sie legte das Handy beiseite.

„Ich kann nicht immer davonlaufen", flüsterte sie zu sich selbst. „Wenn ich diesen Block beschützen will, dann muss ich etwas dafür tun."

Sie griff nach ihrem Laptop und begann, die Dokumente und Beweise durchzugehen, die sie gesammelt hatte. Wenn sie wirklich etwas verändern wollte, musste sie handeln – und das bedeutete, Risiken einzugehen.

Am Tag der Beerdigung von K-four strömten Tausende in die Straßen. Jugendliche mit Tränen in den Augen hielten Schilder hoch:

„Rest in Power, K-four"

Die Nachricht von K-fours Tod hatte die Stadt in Schock versetzt. Kefir Moubarak, bekannt als K-four, war nicht nur ein Rapper gewesen. Er war ein Symbol. Ein Mann, der aus dem tristen Viertel Grohner Düne in Bremen-Nord stammte und sich aus dem Schatten in die Charts gekämpft hatte. Seine Texte hatten Hoffnung gemacht, sie hatten Schmerz beschrieben und von einem besseren Leben geträumt. Für viele war er ein Held.

Einige Frauen sangen leise eines seiner Lieder, während andere Kerzen aufstellten. Der Trauerzug war unendlich lang und die Luft war erfüllt von Schluchzen und leisen Gebeten.

Am Grab sprach ein enger Freund von K-four, ein Rapper namens Blaze, der ebenfalls aus Bremen-Nord stammte.

„K-four war nicht nur ein Rapper", sagte Blaze, seine Stimme bebend. „Er war unser Bruder. Unser Anführer. Er hat uns gezeigt, dass wir unsere Träume leben können, auch wenn die Welt uns etwas anderes sagt. Wir alle kennen seine Songs. Wir alle kennen seinen Weg und seinen Kampf. Den Kampf den er führte, den führte er für jeden von uns. Er hat uns gezeigt, dass es für alle von uns einen Weg gibt, der uns vom Beton ins Grüne führt."

Als der Sarg langsam gesenkt wurde, fiel der erste schwere Regentropfen, und es schien, als würde die ganze Stadt mit ihm weinen.

Arnuld und die anderen Katzen saßen in der Ferne, ihre gelben Augen still und wachsam, als ob sie den Moment bewachen wollten. Die Trauer in den Augen der Vierbeiner war sichtbar.

K-fours größter Hit *Meine Blume im Beton* erklang. Die ganze Nacht hörte man dieses Lied in Bremen: aus Autos, aus Wohnungen und aus Cafés.

Die Polizei griff nicht ein und ließ die Trauergemeinde in Ruhe, die sich langsam auflöste. Viele Menschen, sie stützen sich gegenseitig.

Später in der Nacht waren Babo, Rippchen, Findi, Arnuld und Mimi auf dem Friedhof. Irgendwo, weit aus der Ferne erklang K-fours Musik. Eine Gruppe junger Frauen saß lethargisch auf einer Bank. Die Katzen streiften ihre Beine und stupsten sie mit ihre Nasen an, bevor sie zum Grab des Rappers gingen. Die Frauen folgten ihnen. Jede von ihnen kuschelte mit einer Katze, was sie beruhigte.

„Wir sollten uns an dem erfreuen, was er uns hinterlassen hat", sagte eine Frau und streichelte den schurrenden Babo.

Die beiden Polizistinnen saßen vor einem großen Computerbildschirm, auf dem eine Reihe von Überwachungsvideos liefen. Es war spät in der Nacht, doch sie hatten keine Zeit, müde zu sein.

„Schau dir das an", sagte Nadine und zeigte auf das Bild eines Mannes, der Dokumente aus einem Gebäude trug. „Der arbeitet doch für Brian Taylor."

Sandra nickte, ihre Augen verengten sich. „Er lässt Beweise vernichten. Sie versuchen, alles zu säubern."

„Dann müssen wir schneller sein", sagte Nadine. Sie griff nach ihrem Handy und wählte eine Nummer. „Wir brauchen einen Durchsuchungsbeschluss. Und zwar genau jetzt."

Im Block klopfte es spät in der Nacht an Herrn Inans Tür. Er öffnete vorsichtig und sah einen Mann, der einen Hut tief in die Stirn gezogen hatte und einen Schal vor dem Mund trug.

„Kann ich mit Ihnen reden?", fragte der Fremde dumpf.

Herr Inan zögerte, doch dann traten Arnuld und Rippchen wie selbstverständlich herein.

„Die beiden haben mich das letzte Stück begleitet.", erklärte der Vermummte. „Wenn ich es nicht besser wüsste, würde ich sagen, sie haben mir geholfen ungesehen zu Ihnen zu gelangen. Allerdings hatte dieser Karl so etwas in der Richtung auch schon angedeutet."

Nun hatte Herr Inan genug gehört und bat, „Kommen Sie rein."

Der Mann stellte sich als ehemaliger Buchhalter der Loge vor. Er hatte eine ganze Festplatte voller Beweise, welche die Machenschaften von Brian und seinen Komplizen offenlegen konnten, doch er fürchtete um sein Leben. Herr Inan hörte ihm aufmerksam zu und wusste, dass diese Informationen entscheidend sein könnten.

Erst nachdem sie eine ganze Weile gesprochen hatte, viel dem Neuankömmling etwas auf.

„Verzeihen Sie bitte", entschuldigte er sich. „Ich habe mich noch gar nicht namentlich vorgestellt. Ich heiße Martin Acker."

Arnuld schlich durch die Straßen des Viertels, sein Körper bewegte sich lautlos wie ein Schatten. Er hatte einen Geruch aufgenommen – etwas, das nach Gefahr roch. Der Kater bewegte sich näher an ein geparktes Auto heran, in dem zwei Männer saßen und sich leise unterhielten.

Einer der Männer zündete sich eine Zigarette an und das Licht ließ kurz seine Gesichtszüge erkennen. Arnuld fauchte leise und sprang auf das Dach des Autos. Seine Krallen scharrten auf dem Metall. Die Männer schauten auf, doch dieser Kater war bereits verschwunden.

Der Wind rüttelte an den Fenstern. Ben stand in der Küche, die Hände um eine Tasse Kaffee gelegt. Das Summen des Kühlschranks war das einzige Geräusch, das im Raum entstand, doch konnte es nicht über das unheilvolle Gefühl hinwegtäuschen, das in der Luft lag. Draußen zog der Himmel über Bremen-Nord in schwerem Grau zusammen und die ersten Sturmböen jagten durch die engen Straßen.

Er hatte lange nachgedacht - über Lisa-Marie, den Block, die Bedrohung, die immer näher rückte. Angst war lange ein ständiger Begleiter gewesen. Angst vor Veränderung, vor Konflikten, vor Verantwortung, die auf ihm lastete. Doch jetzt wusste er, dass sie ihm nicht mehr im Weg stehen durfte. Er war bereit zu kämpfen.

Arnuld sprang lautlos auf die Arbeitsplatte und starrte ihn an. Seine Augen funkelten im Halbdunkel, als hätte er längst verstanden, was Ben noch in Worte fassen musste.

„Du macht das oft, weißt du?", fragte Ben leise. „Mich so anzusehen, als würdest du alles verstehen. Sogar besser als ich selbst."

Arnuld blinzelt langsam, dann legte er sich hin und schloss die Augen. Vielleicht tat dieser Kater es ja tatsächlich.

Ein Klopfen an der Tür riss Ben aus seinen Gedanken. Er stellte die Tasse ab, ging zur Tür und öffnete sie. Lisa-Marie stand davor. Sie hielt ihr Handy in der Hand und ihre Finger umklammerten es so fest, dass die Knöchel weiß hervortraten.

„Schau dir das an", forderte sie Ben auf und hielt ihm das Display hin.

Ein Foto war zu sehen. Ein aus der Ferne aufgenommenes Bild von Lisa-Marie in mitten einiger Bewohner des Blocks. Darunter eine kurze Nachricht:

Wir beobachten dich.

Ben presste die Lippen zusammen, sein Blick wurde hart. Er hatte gewusst, dass das Spiel bald anfangen würde.

„Das ist ihre Art, Druck auszuüben", kommentierte er schließlich. „Aber wir dürfen nicht nachgeben."

Lisa-Marie trat erst jetzt in die Wohnung und Ben schloss die Tür hinter ihr. Draußen zerrte der Wind an den Ästen der kahlen Bäume. Die angespannte Stille im Glock war fast greifbar - jene Art von Ruhe, die einem großen Unheil vorausgeht.

Lisa-Marie lehnte sich an die Küchenzeile. In ihrer Hand knisterte Papier. Ben erkannte die Dokumente, die sie gemeinsam mit Julia und den anderen zusammengetragen hatte. - Beweise für Brians Machenschaften. Sie biss sich auf die Lippe.

„Es ist alles oder nichts, oder?" Sie stellte diese Frage in den Raum, ohne eine Antwort zu erwarten.

Ben öffnete einen der Schränke, zog einen Teller heraus und wollte wissen: „Hast du heute überhaupt etwas gegessen?"

Ohne abzuwarten, stellte er Brot und Marmelade auf den Tisch und gestikulierte ihr klar, sich zu setzten. Sie ließ sich auf einen der Stühle sinken. Als Ben Tee einschenkte, war für einen Moment nur das leise Klirren der Gläser zu hören.

„Ich wollte dir danken", sagte er schließlich. „Für deinen Mut. Für alles, was du für den Block getan hast."

Lisa-Marie sah ihn überrascht an. „Ich? Ben, du bist derjenige, der diese Gemeinschaft zusammenhält. Ohne dich ..." Sie hielt inne und suchte nach den richtigen Worten. „Ich glaube, ohne dich, hätte ich diesen Mut niemals aufbringen können."

Ben lächelte schwach. „Ich glaube, das hast du auch bei mir geschafft."

Sein Blick blieb an ihren Augen hängen und für einen Moment schien die Welt stillzustehen. Doch dann zog ein heftiges Klopfen an der Tür die beiden wieder zurück in die Realität. Sie zuckten zusammen.

Ben sprang auf, öffnete und sah Herrn Inan außer Atem im Türrahmen stehen.

„Wir haben ein Problem", schnaufte er.

Kapitel 34

Die beiden Polizistinnen saßen in ihrem Wagen und beobachteten ein Lagerhaus, das sie als einen der letzten Standorte von Brians Operationen identifiziert Sie. beobachteten, wie Männer Kisten voller Akten und Technik in einen Lieferwagen luden.

„Wenn wir jetzt nichts tun, war alles umsonst", sagte Nadine. Ihre Hände zitterten vor Anspannung.

„Ich weiß", gab Sandra zu. „Aber wir haben nun mal keinen Durchsuchungsbeschluss . Wenn wir da jetzt reingehen, ist es vorbei."

„Genau", antwortete Nadine. „Also gehen wir rein."

Einige Sekunden blieben sie noch gedankenversunken sitzen, bis Bewegung in Nadine kam.

„Dann machen wir es eben ohne. Wir haben genug Beweise. Wir müssen etwas tun", beschloss Nadine. Sie griff dabei bedächtig nach ihrer Dienstwaffe und öffnete die Tür, bevor sie überspitzt artikulierte, „Oh, hast du etwa auch diese Schreie gehört? Ich glaube, die kommen aus der Hallo. Das nenne ich mal: Gefahr im Verzug."

„Du weißt, dass das so nicht funktioniert", protestierte Sandra ohne großen Widerstand.

Die beiden stiegen aus und näherten sich dem Eingang. Ihre Schritte hallten auf dem nassen Asphalt und als sie die Tür erreichten, zögerten sie kurz, ehe sie dann doch hinein stürmten.

Im Gebäude herrschte geschäftiges Treiben. Drei Männer waren damit beschäftigt weitere Kisten zum Lieferwagen zu schleppen, während ein vierter rauchend an der Fahrerkabine lehnte und etwas las.

„Polizei! Hände hoch!", rief Nadine, ihre Dienstwaffe im Anschlag.

Für einen Moment erstarrte die Szene. Dann brach Chaos aus.

Einer der Männer, ein bulliger Typ, ließ seine Kiste fallen und griff nach einem Schraubenschlüssel. Nadine reagierte sofort, trat ihm gezielt gegen das Knie, sodass er wankte, und rammte ihm dann ihren Ellbogen gegen den Kiefer. Er sackte röchelnd zu Boden.

Sandra musste sich gleich mit zwei Männern auseinandersetzten. Der Erste warf eine Kiste nach ihr, der sie nur knapp ausweichen konnte. Der Zweite nutzte den Moment, um sie anzugreifen. Sie ließ sich fallen, drehte sich blitzschnell zur Seite und trat mit voller Wucht gegen sein Schienbein. Es knackte. Er schrie und taumelte zurück. Nadine kam ihr zur Hilfe, riss ihn an der Schulter herum und brachte ihn mit einem weiteren Tritt auf die Matte.

Der dritte Mann war wendiger. Er packte eine Stange von einem Regal und schwang sie bedrohlich. Sandra wich aus. Aber er war schneller. Er schlug erneut zu und zwang sie in die Abwehr. Nadine griff ein. Sie feuerte einen Warnschuss in die Luft. Das Echo dröhnte durch die Lagerhalle. Der Mann zuckte zusammen und nahm langsam die Hände hoch. Sandra presste ihn sofort gegen die Wand und legte ihm Handschellen an.

Plötzlich ertönte ein Quietschen von Reifen. Der Fahrer hatte die Ablenkung genutzt und raste im Lieferwagen davon. Zwei Kisten fielen noch von der Lagerfläche, die noch offen stand.

„Mist!", fluchte Nadine, hielt dennoch weiterhin den Mann ohne Handschellen fest.

„Schon gut", sagte Sandra atemlos, während sie sich über die mit Schweiß verschmierte Stirn wischte. „Wir haben drei und den Rest der Kisten. Das ist ein guter Schnitt."

Sie zog ihr Funkgerät aus der Tasche und sprach, „Zentrale, hier Streife 47. Drei Verdächtige in Gewahrsam. Wir brauchen Unterstützung zur Beweissicherung und zum Transport. Der vierte ist in einem weißen Lieferwagen entkommen. Ohne Kennzeichen."

Nadine atmete tief durch und sah sich in der Halle um – Festplatten, Papiere und Wertsachen. Sie schmunzelte. „Ich glaube, hier liegt unser. Durchsuchungsbefehl. Das hier reicht, um einen Richter zu überzeugen."

Im Hof hatten sich die Bewohner versammelt. Herr Inan berichtete von einer neuen Beobachtung: Männer in großen schwarzen SUVs waren einigen Nachbarn erneut in der Nähe aufgefallen.

„Sie wollen uns unter Druck setzen", sagte er. „Sie wollen uns einzuschüchtern."

„Vielleicht ist es Zeit, dass wir uns wehren", sagte Luigi mit funkelnden Augen. „Ich habe genug davon, mich wie ein Opfer zu fühlen."

Karim, der am Rand stand, nickte. „Wir könnten auch die Presse einschalten. Ihnen zeigen, dass wir nicht alleine sind."

Lisa-Marie trat vor, die ausgedruckten Beweise in der Hand. „Wir haben das hier. Aber es wird gefährlich. Brian und seine Leute werden nicht zögern, härtere Maßnahmen zu ergreifen."

Ben trat neben sie, seine Stimme ruhig, aber fest. „Dann müssen wir bereit sein. Zusammen."

Die ganze Gruppe nickte und ein Funken Hoffnung durchbrach die dunklen Wolken.

„Sie sind nicht mehr als Ungeziefer", zischte er, nachdrücklicher denn je.

Brian saß in seinem Büro, seine Finger trommelten auf die Tischplatte und ein Fuß wippte nervös auf und ab. Seine Zähne knirschten vor Wut.

Der Mann der steif vor Brians Schreibtisch stand, hatte ihm gerade mitgeteilt, dass eine der Räumungsaktionen fehlgeschlagen war. Die Polizistinnen, die er als nervig, aber harmlos eingestuft hatte, waren dazwischen gefunkt. Er hatte die Situation falsch eingeschätzt. Er, der unfehlbare Brian Taylor.

„Was sollen wir tun?", fragte der Handlange und zog Brian aus seinen Gedanken wieder zurück in die Gegenwart.

Fast erschrocken starrte er seinen Untergebenen mit aufgerissenen Augen an. Er hatte einen Fehler gemacht. Es war in letzter Zeit so vieles schief gelaufen. Wie sollte er sich sicher sein, dass es nicht noch einmal passierte.

„Wir setzen ein Zeichen", seine Worte überschlugen sich hastig. „Wir greifen an. Bereitet alles vor!"

Die Straßen von Bremen-Nord waren still. Der Regen hatte nachgelassen, doch der Himmel blieb in tiefes Grau getaucht, als wolle er die Stadt in Melancholie ertränken. Die Bewohner des Blocks hatten sich in ihren Wohnungen verkrochen, während draußen die Gefahr lauerte.

Lisa-Marie stand an ihrem Fenster, ihre Stirn gegen die kalte Scheibe gelehnt. Die Beweise, die sie und alle anderen gesammelt hatten, lagen auf dem Tisch. Es waren Worte, Zahlen und Namen, doch sie fühlten sich wie Waffen an.

„So viel hängt an so wenig Papier", murmelte sie.

Babo sprang auf das Fensterbrett und stupste sie sanft an. Lisa-Marie lächelte schwach und kraulte sein langes weiches Fell.

„Du scheinst immer zu wissen, wann ich jemanden brauche", hauchte sie dankbar.

Das Büro von Kriminaldirektor Hagen Busch war spartanisch eingerichtet. Ein großer Schreibtisch, zwei Stühle davor, ein Aktenschrank und an der Wand eine Korktafel mit Fotos, Notizen und einer Großen Karte der Stadt. Die Luft war schwer von abgestandenem Kaffeeduft. Die Jalousien waren nur halb geöffnet, sodass das Licht der Neonröhren das Büro in ein unangenehm kühles Weiß tauchte.

Sandra Sander und Nadine Neumann standen vor dem Schreibtisch, die Hände hinter dem Rücken verschränkt. Ihre Dienstwaffen hatten sie bereits in den vorgesehenen Holstern im Eingangsbereich abgelegt. Hinter dem Tisch saß Busch, ein schmaler Mann Mitte fünfzig mit zurückgehendem Haaransatz und einer Vorliebe für dunkle Anzüge. Er trommelte mit den Fingern auf eine Akte, die zweifellos ihren Bericht enthielt. Neben ihm lehnte Kriminalrätin Beatriz Santos mit verschränkten Armen an einem Schrank, ihre Schmale Brille auf der Nasenspitze.

Bush seufzte theatralisch, klappte die Akte auf und las vor: „Oh, hast du etwa auch diese Schreie gehört? Ich glaube, die kommen aus der Halle. Das nenne ich mal: Gefahr im Verzug."

Er hob langsam den Blick, sein Gesicht ausdruckslos. „Ernsthaft, Frau Neumann? Das ist Ihr. offizieler Rechtfertigungsversuch?"

Nadine verzog den Mund zu einem schiefen Lächeln. „Tja, Chef. Ich hatte keine Zeit, mir eine Oscar-reife Performance zu überlegen."

Busch atmete schwer durch die Nase. „Ich nehme an, Sie sind sich bewusst, dass Sie damit jede Menge Munition für eine Verteidigung geliefert haben? Falls die Herren, die Sie gestern auf den Boden geprügelt haben, einen halbwegs brauchbaren Anwalt finden, wird der aus dieser Aktion eine rechtswidrige Durchsuchung machen. Und wenn es richtig dumm läuft, platzt Ihnen der ganze Fall. Herzlichen Glückwunsch."

„Mit Verlaub, Herr Direktor", mischte sich Sandra ein. Ihre Stimme war ruhig, aber bestimmt. „Wir hatten handfeste Beweise, dass dort illegale Aktivitäten stattfanden. Die Daten, die wir sichergestellt haben, dürften ausreichen, um den Durchsuchungsbefehl im Nachhinein zu rechtfertigen. Ganz abgesehen davon, dass die Verdächtigen bewaffneten Widerstand geleistet haben. Wäre es Ihnen lieber gewesen, wir hätten gewartet, bis die Beweise weg sind?"

Herr Busch musterte sie lange, dann wandte er sich an Frau Santos, „Na, was sagen Sie als Juristin? Ist das haltbar?"

Frau Santos schnaubte leise, bevor sie antwortete, „Gerade so. Aber das ist eine Gratwanderung. Es wird auf die Bewertung des Richters ankommen. Wenn wir Glück haben, wird er es als vertretbar einstufen, weil die Verdächtigen offensichtlich Spuren vernichten wollten. Wenn nicht, dann ..." Sie zuckte mit einer Schulter.

Herr Busch rieb sich mit den Fingerspitzen die Schläfen. „Ich hoffe für Sie, dass wir diesen Richter auf unserer Seite haben." Dann ließ er die Hände auf die Tischplatte sinken. „Also gut. Wie geht's jetzt weiter?"

Sandra war vorbereitet und ratterte herunter, „Die Asservatenkammer katalogisiert gerade die sichergestellten Unterlagen und Datenträger. Erste Sichtungen deuten darauf hin, dass Brian Taylor umfangreiche illegale Finanztransaktionen verwaltet hat. Geldwäsche, Offshore-Konten, möglicherweise sogar Verbindungen zu organisierter Kriminalität."

„Außerdem gibt's Hinweise darauf, dass er kompromittierendes Material über verschiedene Geschäftspartner gesammelt hat", ergänzt Nadine. „Schmutzige Deals, Steuerbetrug, vielleicht sogar Erpressung. Das könnte ihm noch gefährlicher werden als das ganze Steuergeflecht."

Herr Busch nickte langsam. „Und der Fahrer?"

Sandra verzog das Gesicht. „Spurlos verschwunden. Wir haben eine landesweite Fahndung herausgegeben, aber ohne Kennzeichen wird das schwer. Wir hoffen, dass wir über die Lagerlisten herausfinden, wohin er unterwegs war."

Frau Santos seufzte, „Brian Taylor wird nicht glücklich sein. Falls er nicht sowieso schon in Deckung gegangen ist, wird er spätestens jetzt versuchen, Beweise verschwinden zu lassen oder seine Kontakte spielen zu lassen."

Herr Busch lehnte sich zurück. „Na wunderbar", schnaubte er. „Sie haben also einen wütenden Kriminellen mit Verbindungen zu einflussreichen Leuten aufgeschreckt. Und jetzt dürfen wir zusehen, ob wir ihm die Schlinge eng genug um den Hals ziehen, bevor er sich herauswindet." Er massierte sich die

Nasenwurzel und schüttelte den Kopf. „Ich hasse es, wenn Sie auf eigene Faust losziehen. Aber wenigstens haben Sie diesmal was Brauchbares mitgebracht."

Er musterte die beiden. „Also gut. Frau Sander, Sie koordinieren mit der Staatsanwaltschaft, was wir davon direkt verwerten können. Frau Neumann, Sie gehen mit der IT die Datenträger durch. Und wenn ich noch einmal höre, dass Sie ohne Durchsuchungsbeschluss eine Halle stürmen, sorge ich persönlich dafür, dass Sie den Rest Ihrer Karriere nur noch Verkehrsunfälle aufnehmen. Haben wir uns verstanden?"

„Klar, Chef", akzeptierte Nadine mit unschuldigen Augenaufschlag.

„Ja, Herr Direktor", bestätigte Sandra sachlich.

„Gut. Raus mit Ihnen!", wies Herr Busch sie resigniert an.

Als sie das Büro verließen, grinste Nadine schief. „Das lief doch eigentlich ganz okay, oder?"

Sandra seufzte, „Für deine Verhältnisse? Vielleicht. Für meine Nerven? Auf keinen Fall."

„Ach, komm schon", wollte Nadine überzeugen, „wir haben doch die Bösen erwischt."

Sandra widersprach, „Und wenn wir Pech haben, war es umsonst."

Nadine zuckte mit den Schultern. „Dann müssen wir eben dafür sorgen, dass wir Glück haben."

Sandra schüttelte den Kopf, konnte sich aber ein leichtes Lächeln nicht verkneifen.

Brian saß in einem abgedunkelten Raum, seine Hände um ein Glas Whisky gelegt. Vor ihm lag eine Liste mit Namen – Unterstützer, Feinde und jene, die zu eliminieren waren.

„Der Block wird zum Symbol. Die Leute da sind ziemlich widerstandsfähig", hatte einer seiner Männer gesagt, als er glaubte, Brian würde nicht hinhören. „Andere haben schon davon gehört, dass die sich trotz kaputter Heizung, ständigen Stromausfällen und Drohungen trotzdem durchbeißen. Die Menschen beginnen, sie zu unterstützen."

Brian Gesicht verzerrte sich zu einem überspitzen Lächeln. „Lasst uns aus diesem Symbol", spukte er das letzte Wort förmlich aus, „doch einfach ein Mahnmal machen.

Einer seiner Sympathisanten aus der Loge hatte ihn angerufen und warnte ihn, vorsichtiger zu sein.

„Du riskierst alles, was wir aufgebaut haben", warf er Brian vor und seufzte. „Ich habe deine Methoden immer gemocht. Sie waren oft riskant und radikal, aber du konntest immer Gewinne verbuchen. Jetzt bin ich mir nicht sicher, ob du nicht ein bisschen zu viel mit dem Feuer gespielt hast. Du bist im Begriff, dich zu verbrennen und uns gleich mit."

„Ich verbrenne nichts!", blaffte Brian in den Hörer und stach sich selbst mit ausgestrecktem Finger gegen die Brust, „Ich sichere unsere Macht! Das tue ich! Und wenn du das nicht siehst, dann bist du blind!"

Nach einer kurzen Pause erklang die Stimme von der anderen Seite der Leitung. „Ja, es sieht so aus, als wäre ich wirklich blind gewesen. Wie enttäuschend."

Und ein Freizeichen ertönte.

Allein beim Gedanken an dieses Gespräch erhöhte sich Brians Puls und sein Atem ging schneller. Er würde sich sicher nicht verbrennen, davon war er überzeugt. Er würde als Gewinner aus dem Flammenmeer heraus treten und mehr Bewunderung und Anerkennung als je ernten.

„Sie glauben, sie hätten gewonnen", fauchte er. „Aber das hier ist noch lange nicht vorbei. Ich werde es ihnen zeigen."

Einer seiner Männer trat ein. „Die Polizei hat mehrere unserer Leute verhaftet. Bisher gab es aber noch keine undichte Stelle."

„Was soll dieses ‚noch' in deinem Satz?", brüllte er. Es schien, als würden alle an ihm zweifeln. „Glaubst du etwa, irgendjemand würde es wagen, mich", er betonte es nochmals, „mich zu hintergehen?"

Brian sah den Mann an, wie dessen Augen unsicher hin und her huschten. Auf der Suche, nach einer Antwort, die Brian munden würde.

Das beruhigte ihn und er sprach übertrieben sanft, „Schon gut. Sie waren nur etwas schlampig in Ihrer Wortwahl. Das kann auch Besseren passieren."

Brian nahm ein Blatt Papier mit einer Liste darauf von einem Stapel und legte es vor sich auf dem Schreibtisch ab, ehe er sich setzte, die Hände ineinander faltete und sprach, „Es ist alles in bester Ordnung. Ich habe alles in die Wege geleitet. Heute Nacht wird es enden."

Kapitel 35

Ben saß auf Lisa-Maries großzügigem, aber unpersönlich wirkendem Sofa. Sein Blick ruhte auf ihr, während sie angespannt aus Tee tranken. Es gab nicht mehr, was sie im Moment noch tun konnte. Alle Beweise waren bereit und sie warteten nur noch darauf, sie offen zu legen.

Plötzlich klopfte es energisch an der Tür. Lisa-Marie erschrak, tauschte einen schnellen Blick mit Ben und stand dann auf, um zu öffnen.

Davor standen Julia und Kano. Erstere wirkte ungeduldig, fast atemlos. Sie schob sich ohne große Begrüßung an Lisa-Marie vorbei in die Wohnung.

„Wir haben keine Zeit", begann sie sofort. „Die wichtigsten Logenmitglieder der Gegend treffen sich heute. Genau genommen in weniger als einer Stunde. Ich habe einen Plan, aber dafür brauche ich Kano und dich."

Lisa-Marie warf Ben einen fragenden Blick zu, aber bevor sie etwas erwidern konnte, stand er schon auf. „Dann komme ich mit."

Julia schüttelte sofort den Kopf. „Nein. Das wird zu viel Aufsehen erregen", widersprach sie. „Wir dürfen nicht auffliegen."

„Ich komme mit", wiederholte Ben sich nachdrücklich.

Julia seufzte frustriert, doch sie wusste, dass keine Zeit blieb, um zu diskutieren. Sie stöhne, „Dann komm halt mit. Aber schnell und unauffällig!"

Sie liefen gemeinsam aus der Wohnung und rannten die Stufen hinunter. Trotz so vieler ungeklärter Fragen, eilten sie stumm über den Hof. Lisa-Marie und Ben warfen sich einen Blick zu, der sowohl Sorgen als auch Entschlossenheit vermittelte. Was auch immer jetzt kommen würde, sie würden alles geben, um diese Machtbesessenen zu stoppen.

Auf einmal kam zügig eine gedrungene Gestalt auf sie zu. Es war Karl. Seine Stirn war in tiefe Falten gelegt und die bübische Verspieltheit, die man ihm sonst schon ansehen konnte, war wie weggeblasen.

„Ben", rief er keuchend, „ich bin sofort losgerannt, als ich es gehört habe."

Die Gruppe hielt abrupt inne. Karl stemmte sich auf seine Knie und rang nach Atem. Alle sahen ihn teils gespannt, teils ungeduldig an.

„Brian Taylor ist durchgedreht", sagte Karl abgehakt. „Er kommt mit seinen Leuten, um den Block zu räumen. Er will die Bewohner loswerden. Heute Nacht."

Einen Moment lang war es still. Dann drehte sich Ben langsam zu Lisa-Marie um.

Diese spürte, wie sich ein Knoten in ihrer Brust bildete und zusammenzog. Ihr erster Impuls war, ihn dennoch zu bitten, mit ihr zukommen. Sie gab ihr so viel Sicherheit. Allerdings war er nicht nur ihr Fels in der Brandung, sondern auch der Bewohner in diesem Block. Sie brauchten ihn jetzt mehr als Lisa-Marie. Sie konnte Ben ansehen, dass er sich zwar sträubte, aber wusste, was er tun musste.

„Ist schon ok", versicherte sie ihm. „Du kannst jetzt nicht mehr mit gehen, aber danke, dass du es wolltest."

Ben lächelte ihr dankbar zu und meinte, „Geh mit Julia und Kano mit. Tut, was ihr tun müsst. Wir halten hier die Stellung."

Julia nickte kurz. Sie sparte sich die Zeit für Abschiedsfloskeln. Kano klopfte Ben einmal kurz auf die Schulter, ehe er hinterher jagte.

Lisa-Marie blieb einen Moment stehen, als wollte sie noch etwas sagen. Ben sah sie erwartungsvoll an.

„Pass auf dich auf", presste sie hervor.

„Und du auf dich", hauchte er.

Dann trat Lisa-Marie zurück, drehte sich um und hetzte Julia und Kano nach. Erst als sie außer Sicht war, ließ Ben langsam den Atem entweichen. Dann richtete er sich auf, straffte die Schultern und rannte zurück ins Gebäude.

Nadine lehnte sich gerade in ihrem Bürostuhl zurück und legte ihre Füße entspannt auf der Kante ihres Schreibtischs ab, als ihr Handy laut „Because I'm happy" trällerte. Sie blickte flüchtig auf den Touchscreen und nahm ab.

Mit einem schiefen Grinsen, dass bis in ihre Stimme reichte, säuselte sie, „Liebling, wie schön, von dir zu hören."

Sandra rollte mit den Augen. Sie kannte diesen Ton, der für ungeübte Ohren entspannt, fast kokett klang. Diese Stimme nutze Nadine nur für einen: Für ihren liebsten Informanten.

Nadine lauschte und ihr Grinsen verblasste allmählich. Sie beugte sich leicht nach vorne, ihre Finger trommelte eine unruhige La-Ola-Welle auf der Tischplatte.

„Das sagst du nicht einfach so", schien Nadine zu erkennen.

Ein kurzes Schweigen. Nadine kramte in den Schubladen und warf einen Stift heraus.

Sandra legte unauffällig ihre Unterlagen beiseite. Sie kannte das Spiel: Nadine bekam einen ihrer seltenen, aber verlässlichen Tipps. Und wenn ihre Kollegin so konzentriert lauschte, war es ernst.

„Verdammt", murrte Nadine schließlich leise. Zog ein Blatt heran und begann zu schreiben, während sie zuhörte. „Warum ausgerechnet jetzt?" Ein kurzes schweigen, bevor sie monoton, aber zügig sagte, „Ja, ja. Ich bin dir sehr dankbar. Ich weiß das zu schätzen. Bla bla und so weiter."

Sandra verschränkte die Arme und beobachtete weiter. Nadine sah aus, als würde sie innerlich gegen etwas ankämpfen. Das passierte nicht oft. Normalerweise sprang sie mit Anlauf in jeden Schlamassel, den ihre Kontakte ihr servierten.

„Also schön", seufzte Nadine schließlich. „Aber wenn ich draufgehe, kriegst du meine verdammte Kaffeemaschine nicht. Das sag ich dir."

Sandra hob die andere Augenbraue. Das klang nach Ärger und zwar nach ziemlich großem Ärger.

Nadine legte auf. ließ das Handy achtlos auf den Tisch knallen und stieß genervt aus, „Das wird dem Chef gar nicht gefallen. Nicht nach der Lagerhalle."

„So wie das klingt, wird es mir auch vermutlich nicht gefallen", bemerkte Sandra trocken.

„Tja, meine Liebe, da müssen wir dann wohl alle durch", erwiderte Nadine mit geneigtem Kopf und stand auf.

„So. Dann komm. Los geht's."

Sandra warf ihr einen skeptischen Blick zu. Normalerweise bestand ihr Job darin, Nadine daran zu hindern, genau das zu tun - einfach loszuziehen, ohne ihren Chef zu informieren.

Aber irgendetwas an Nadine ließ sie stattdessen fragen, „Wie schlimm ist es?"

„Schlimm genug, dass wir keine Zeit für Diskussionen haben", antwortete sie knapp, griff nach ihrer Jacke, nachdem sie ihr Handy eingesteckt. hatte, und marschierte zur Tür. „Ich erklär dir alles im Auto."

Sandra atmete einmal tief durch, griff nach ihrem eigenen Mantel und folgte ihrer Kollegin. Das konnte ja noch heiter werden.

Ben stand auf einer umgedrehten Kiste im Hof, von wo aus er alle sehen konnte. Arnuld saß neben ihm und hier und da sah er Augenpaare aus Ecken und unter den Bänken hervor blitzen. Die Bewohner des Wohnblocks hatten sich versammelt. Ihre Gesichter spiegelten eine Mischung aus Anspannung, Entschlossenheit und Angst wider. Ein kalter Windstoß wehte durch den Hof, aber niemand rührte sich. Sie hatten alle bereits bemerkt, dass dies kein gewöhnliches Treffen war.

Tief atmete Ben durch und ließ den Blick über die Menge schweifen. Er sah Herrn Inan an, der mit ruhiger Miene neben Karim stand. Der Rentner hatte ihm in den letzten Woche so viel Zuversicht gegeben, doch selbst in seinen Augen lag eine dunkle Sorge. Clara hielt sich an Amina und Frau Hartmann.

Letztere stand mit verschränkten Armen und typischer miesepetriger Ausstrahlung da. Luigi warf Ben einen aufmunternden Blick zu und nickte, als wolle er sagen, dass er sie unterstützen würde, was auch immer komme.

„Ich werde es kurz machen", begann Ben mit fester Stimme. „Ihr alle wisst, dass Brian Taylor diesen Block haben wollte. Dass er Lisa-Marie manipuliert hat, ihn zu kaufen, damit er ihn schnell übernehmen und unter seine Kontrolle bringen kann. Und dass wir alle gemeinsam es waren, die ihn gestoppt haben."

Einige nickten stolz, aber alle waren gespannt darauf, warum sie dann jetzt hier waren.

„Damit scheint er nicht gerechnet zu haben. Er ist mehr als nur sauer. Er außer sich vor Wut. Er kommt heute Nacht - nicht mit Anwälten oder Drohungen, sondern mit Gewalt. Er will uns rauswerfen, den Block räumen und jeden von uns verschwinden lassen, wenn es sein muss."

Ein Raunen ging durch die Menge. Die ersten begannen, sich gegenseitig schockiert anzusehen. Herr Kühne runzelte die Stirn und murmelte etwas.

Luigi brach die Unruhe als Erster und sprach laut, „Dann lassen wir das nicht zu."

„Genau", pflichtete Karim ihm bei. „Wir müssen uns organisieren und alles vorbereiten."

Ben nickte. Wir haben nur ein paar Stunden. Das bedeutet: Jeder übernimmt eine Aufgabe. Wir müssen Barrikaden errichten, Fluchtwege sichern und improvisierte Waffen bereitstellen, für den Fall, dass wir uns verteidigen müssen. Die Kinder und diejenigen, die nicht kämpfen können, müssen in Sicherheit gebracht werden."

Herr Inan hob eine Hand und schlug vor, „Ich kann gerne auf die Kinder achten. Frau Hartmann wird mich sicher unterstützen."

Frau Hartmann nickte und sprach gezielt ihren griesgrämigen Nachbarn an, „Und sie kommen mit, Herr Kühne. Wir brauchen einen, der noch mehr meckern kann als ich."

Der Angesprochene antwortete nicht, schien sich aber seinem Schicksal zu ergeben. Ein alleinerziehender Vater aus dem Nachbarhaus stritt mit seinen jugendlichen Kindern, die am Ende der Diskussion einwilligten, sich ebenfalls um die Kleineren zu kümmern und mit zugehen.

Amina bot an, „Ihr könnt gerne in unsere Wohnung. Für ein paar Stunden sollte da genug Platz für euch sein."

„Also", Karim warf Amina einen schüchternen Seitenblick zu, als er mit den anderen weitersprach, „die Wohnung im zweiten Obergeschoss, gegenüber von meiner, ist bezugsbereit. Da sind zwar noch nicht so viele Möbel drin, aber wenn wir da noch eins zwei Sachen rein stellen und ihr heute einfach meine Küche mit benutzt, dann wärt ihr wenigstens etwas sicherer."

Ben nickte. „Gut. Nehmt genug Wasser, Essen und Erste-Hilfe-Sachen mit. Falls etwas passiert, müsst ihr euch verschanzen können.

„Und was ist mit denen, die kämpfen?", fragte Karim.

„Wir nutzen, was wir haben", piepste Clara ungewöhnlich fest. „Wir haben Werkzeuge, vielleicht Baseballschläger, Pfefferspray. Alles, was abschrecken kann."

„Ich kann in meinem Café nachsehen", bot Luigi an. „Vielleicht ein paar große Messer aus der Küche. Nichts, womit wir jemanden ernsthaft verletzen würden, aber es reicht, um Eindruck zu machen."

„Gute Idee", bestätigte Ben. „Wir können Möbel aus den Fluren nutzen, um die Eingänge zu blockieren. Wir haben einige große Kommoden im Keller, die können wir vors Fenster und die Hintertüren schieben."

„Und die Haustüren?", fragte einer der Männer aus einem der anderen Gebäude.

„Wir sichern sie mit allem, was wir haben. Schränke davor, Stühle verkeilen, notfalls Bretter nageln. Und wir brauchen Leute, die Schmiere stehen", koordinierte Ben.

„Ich kann einen der Balkone nutzen", brachte Herr Kühne unerwarteter Weise hervor. „Von dort sehe ich fast alles, was vor den Gebäuden passiert und dann bin ich nicht nur bei den Blagen."

„Gut", bekräftigte Ben und ließ seinen Blick erneut über die Gruppe gleiten. „Hört zu: Wir haben keine Garantie, dass wir es durch die Nacht schaffen, ohne dass es eskaliert. Aber so gut, wie ihr hier zusammen arbeitet, glaube ich fest daran, dass wir es schaffen können, uns und unser Zuhause zu verteidigen."

Die Menge murmelte zustimmend. Frau Hartmann klatschte einmal in die Hände und trieb die Menschen an. „Dann man los. Keine Zeit zu verlieren. Wir haben Arbeit vor uns."

Ohne weitere Worte begannen die Bewohner sich zu bewegen. Herr Inan führte die Kinder ins zweite Obergeschoss, während

Luigi und Karim Richtung Café rannten. Clara und einige andere begannen, Möbel aus den Fluren zusammenzutragen.

Ben stand einen Moment still und beobachtete. Dies war mehr als nur ein Verteidigungsplan. Es war ein Zeichen. Sie hatten lange genug zugesehen, wie Menschen wie Brian Taylor über andere bestimmten. Heute Nacht würden sie zeigen, dass sie sich nicht mehr beugen würden.

Er drehte sich um und machte sich daran, die erste Barrikade aufzubauen.

Kapitel 36

Lisa-Maries Herz schlug hart gegen ihre Rippen, als sie sich in den Schatten des langen Korridors duckte. Der marmorne Boden reflektierte das gedämpfte Licht der Kronleuchter und jede Bewegung fühlte sich lauter an, als sie sein durfte. Neben ihr bewegte sich Kano lautlos, seine Haltung angespannt, aber routiniert. Er kannte diesen Ort.

Julia hatte ihn dazu gebracht, Lisa-Marie ungesehen hineinzubringen, und bis jetzt funktionierte der Plan.

Hinter ihnen schloss sich eine Tür leise. Die Wachmänner patrouillierten weiter. Sie schienen es nicht wahrgenommen zu haben. In der Ferne hörte Lisa-Marie Stimmen. Tiefe, ruhige Stimmen voller Selbstsicherheit.

Die Versammlung hatte begonnen.

Kano legte eine Hand auf ihre Schulter, beugte sich dicht zu ihr herunter und flüsterte,

„Gleich da vorne. Ich bring dich bis zur Galerie. Von da aus hast du den besten Blick auf den Raum."

Lisa-Marie nickte. Sie hielt ihr Handy fest umklammert. Der Live-Stream lief bereits. Julia wartete am anderen Ende der Leitung, bereit, den Stream zu verbreiten, sobald er genug Material hatte.

Ein leises Schnurren ließ sie zusammenzucken.

Babo schlüpfte durch die Schatten. Zwei weitere Katzen, die geräuschlos über den Boden huschten. Kano grinste kurz.

„Ich glaube", vermutete Kano kaum hörbar, „unsere Ablenkung steht bereit."

311

Lisa-Marie folgte ihm, geduckt an der Wand entlang. Der Korridor öffnete sich in eine große Halle, in deren Mitte ein langer Tisch stand. Sechs Männer in maßgeschneiderten Anzügen mit distanzierten, kalkulierenden Blicken saßen um ihn herum. Deren Gesichter waren Lisa-Marie durch ihre Recherchen bereits vertraut. Doch jetzt, wo sie diese live sah, spürte sie eine neue Dimension der Bedrohung. Kristallgläser funkelten im Licht, Zigarrenrauch hing in der Luft.

Don Carlo saß an der Stirnseite des Tisches. Er hielt eine dicke Zigarre zwischen den Fingern, während er Reinhardt Kleefeld zuhörte, der sich gerade über eine äußerst vorteilhafte Übernahme eines alten Viertels ausließ.

„Sie haben sich lange gewehrt, aber das war zu erwarten", sagte dieser amüsiert. Sein schwerer Goldring blitzte im Licht der Kronleuchter. „Es ist fast unterhaltsam zu sehen, wie diese Leute kämpfen, als hätten sie eine Wahl. Doch am Ende gewinnen wir."

„Und wie sieht es mit den rechtlichen Aspekten aus?", fragte Walter Stein, während er beiläufig einige Dokumente durchblätterte. Der Medienmogul klang desinteressiert.

Der Anwalt, Peter Kranz, verschränkte die Arme und antwortete, „Rechtlich gesehen? Keine Probleme. Wir haben genug Kanäle, um eventuelle Proteste zu neutralisieren. Sollte jemand zu viel Lärm machen, haben wir Richter, die … flexibel sind."

Don Carlo lachte dunkel und hakte nach, „Und die Polizei?"

Dr. Bernhard von Asch lehnte sich in seinem Stuhl zurück und zog langsam seine Krawatte zurecht. „Sofern es keine öffentlichen Unruhen gibt, wird sich niemand ernsthaft einmischen.

Die Innenbehörde hat keine Kapazitäten für diesen kleinen Konflikt.

„Und wenn sie es doch tun?", wollte Kleefeld wissen.

Von Asch zuckte mit den Schultern und entgegnete gelangweilt, „Dann nutzen wir die üblichen Kanäle. Berichte über Kriminalität im Viertel, Verbindungen zur organisierten Szene und so weiter. Wir haben genug Material, um eine Räumung als notwendig zu präsentieren."

„Soll Taylor sich dann damit befassen?", beschäftigte Heinrich Vogt.

Lisa-Maries hielt unwillkürlich den Atem an. Sie musste sich zwingen, ruhig zu bleiben.

„Oh nein, Taylor ist raus", korrigierte Don Carlo bestimmt.

„Wir finanzieren ihn nicht mehr", fügte Kleefeld hinzu. „Er ist instabil geworden. Zu viel Eigeninitiative. Zu viel Aufmerksamkeit."

„Wir lassen ihn aber trotzdem machen", warf Vogt ein.

„Natürlich lassen wir ihn machen", bestätigte Don Carlo mit einem belustigten Unterton. „Ein tobender Hund lenkt von seinen Herren ab. Wenn er die falschen Methoden benutzt und zu weit geht, umso besser. Dann haben wir einen perfekten Sündenbock, sollten die Medien nach einem Schuldigen suchen."

„Und was, wenn er scheitert?", erkundigte sich Kranz.

„Dann wird er verschwinden", antwortete Don Carlo schlicht.

Ein eiskaltes Schweigen legte sich über den Raum.

Lisa-Marie fühlte sich, als hätte sich eine unsichtbare Schlinge um ihren Hals gelegt. Sie wusste, dass Brian ein Monster war, aber allein in diesem Raum vor ihr, lauerten noch größere Bestien im Hintergrund.

Ihr Puls war hoch. Sie riskierte einen Blick auf den Stream. Die Zuschauerzahlen waren im vierstelligen Bereich. Es musste reichen.

Dann passierte es.

Ein kräftig gebauter Wachmann hielt inne. Sein Blick wanderte durch den Raum und seine Augen verengten sich. Langsam drehte er sich zur Galerie. Lisa-Marie erstarrte.

Er hatte bereits die Waffe auf sie gerichtet, als seine Stimme brummend verkündete, „Wir haben Zuschauer."

Die Nacht war still. Fast zu still.

Ben stand hinter der Barrikade und ließ den Blick über den Hof schweifen. In der Dunkelheit sah er die Silhouetten der anderen Bewohner, die sich in kleinen Gruppen versammelt hatten. Jeder von ihnen hielt eine improvisierte Waffe. Besenstiele, Schaufeln oder Metallrohre. Mehr hatten sie nicht. Aber sie würden kämpfen.

Das Brummen der Motoren kam näher. Ein unheilvolles Geräusch, das durch die nächtliche Stille schnitt.

Ben spürte, wie sein Herz schneller schlug. Er h atte den Menschen hier versprochen, dass sie sich verteidigen würden. Dass sie nicht einfach aufgeben würden. Und jetzt war der Moment gekommen, es wahr zu machen.

Karim stand neben ihm, die Knöchel um seinen Baseballschläger weiß vor Anspannung. Luigi war einige Meter entfernt, hielt die Metallstange fest umklammert. Sein Blick traf Bens. Er nickte nur knapp. Sie hatten keine Zeit für Angst oder für Zweifel.

Arnuld saß auf der Barrikade, sein Fell aufgestellt. Die Ohren waren nach hinten gelegt. Er spürte, dass die Bedrohung näher kam.

Dann hielt der erste Wagen an. Die Scheinwerfer blieben aus und die Türen öffneten sich.

Männer in dunkler Kleidung stiegen aus. Ihre Bewegungen waren schnell, effizient und geübt. Offensichtlich wussten sie, wie sie vorgehen mussten.

Ben schluckte. Das hier würde nicht nur ein bloßer Einschüchterungsversuch werden.

Er sah Brian Taylor in den hinteren Reihen. Der Mann wirkte anders, als bei ihrer letzten Begegnung. In Bens Erinnerungen hatte dieser eher kleine Mensch allein durch seine Ausstrahlung groß gewirkt. Er hatte sicher auf seinen Beinen gestanden, war perfekt herausgeputzt und hatte ein auf den ersten Blick charmantes, einnehmendes Lächeln, das erst bei genauerer Betrachtung kalt und abgeklärt wirkte.

Der Mann, der dort jetzt stand, wirkte ganz anders. Es war ein ähnlicher Anzug, der jetzt schlaff und zerknittert auf seinem schmaler gewordenem Körper herab hing. Die aufgerissenen Augen, von tiefen Schatten umrandet, starrten aus einem blassen, eingefallenen Gesicht. Und die einstige Ruhe war einer Zerstreuung gewichen, die ihn hin und her hetzen und seine Finger aneinander nesteln ließ.

Nun erkannt Ben selbst, dass Karl recht hatte. Brian Taylor war verrückt geworden. Und genau das, würde ihre Situation noch gefährlicher machen, als sie es hätten erahnen können, denn dieser wahnwitzige Mensch hatte immer noch das Sagen.

„Sie kommen", flüsterte Karim.

„Dann halten wir sie auf", sagte Ben gefasst.

Ein kurzes Miauen von Arnuld. Der erste Angreifer trat nach vorne, hob die Hand und in genau diesem Moment sprang Arnuld ihm ins Gesicht. Der Mann schrie auf und taumelte zurück.

Das hatte Ben für kurze Zeit vergessen. Sie hatten mehr als nur die menschlichen Verbündeten. Auch die Katzen würden sie unterstützen.

Jetzt fing es an. Ohne sich beirren zu lassen, rannten Brians Männer auf die Bürger des Blocks zu.

Die Bewohner zögerten. Sie waren größtenteils Menschen, die nicht viel von Gewalt hielten und sich bisher erfolgreich körperlichen Auseinandersetzungen entziehen konnten. Doch sie hatten keine Wahl. Sie nahmen ihre Waffen hoch. Jeder in seiner eigenen Geschwindigkeit. Trotz allem, würden sie sich diesem Irrsinn stellen.

Ben stürmte als Erster von ihnen nach vorne. Sein Körper bewegte sich von allein. Er rammte einen der Angreifer mit voller Wucht und warf ihn zu Boden. Mimi war diesem zwischen die Füße gerannt und hatte ihn straucheln lassen. Ein Tritt in den Magen und der Angreifer blieb keuchend, außer Gefecht liegen.

Neben ihnen schwang Karim seinen Baseballschläger. Er traf einen anderen mit voller Wucht an der Schulter, so dass dieser taumelte. Doch bevor er sich fangen konnte, hatte Karim ihn bereits mit einem zweiten Schlag am Bein erwischt, sodass er schreiend zu Boden ging.

Ein dumpfer Knall ließ Ben aufblicken. Auf einem der Balkone stand Herr Kühne. In der einen Hand hielt er eine Glas-flasche und in der anderen eine alte, schwere Suppenkelle. Er hatte gerade die Flasche zielgenau auf einen der Angreifer geworfen, der jetzt mit einem Schmerzenslaut auf die Knie sank.

„Sophia! Nachladen!", wies er grölte an.

Frau Hartmann, auf dem Nachbarbalkon, ließ eine Konserven-dose über das Geländer sausen. Sie landete mit einem satten Plank auf dem Kopf eines Eindringlings.

„Ziel erfasst, Frank!", rief sie zurück und griff nach der nächsten Dose. „Wenn wir das überleben, beschwere ich mich morgen trotzdem über dich!"

„Du wärst nicht du, wenn du das nicht machen würdest!", brüllte er als Antwort, während er eine kaputte Blumenvase zu Boden schickte.

Ben wich einem Fausthieb aus und riss seinen Gegner an der Jacke um. Bevor der wieder hochkam, trat Ben ihm mit voller Wucht in die Rippen. Zwei Schläge mit dem Ellenbogen gegen Kinn und Nase und der Mann blieb reglos liegen.

Ein paar Meter weiter versuchte Amina, eine Gruppe Be-wohner zu koordinieren, die mit allem, was sie fanden, auf die Eindringlinge einschlugen. Eine Frau mittleren Alters drosch mit einem zusammengeklappten Regenschirm auf einen Angreifer ein. Gleich daneben schwang ein junger Vater aus dem Nachbarhaus einen zerbrochenen Krücke.

Clara hatte sich an den Rand des Hofes zurückgezogen, doch ihre Augen verfolgten jede Bewegung. Als ein Angreifer sich an einer der Barrikaden zu schaffen machte, griff sie in ihre Tasche und zeigte mit etwas auf diesen.

Ein lautes Pffff von einem Schrei gefolgt ertönte.

„Pfefferspray, du Narr!", kreischte sie ihm entgegen und trat dem blinzelnden Mann in die Kniekehle. Er ging zu Boden.

An vorderster Front kämpfte Luigi. Seine Metallstange prallte gegen einen Arm. Dann gegen Rippen. Der Mann ging zu Boden. Zwei Eindringlinge sahen das und bedrängten ihn. Luigi wich einem Schlag aus, riss die Stange herum und fegte die Beine des Ersten weg. Ben sah etwas aufblitzen. Eine Klinge.

„Luigi!", wollte er ihn noch warnen. Dieser sah, was auf ihn zu kam. Allerdings zu spät. Der Angreifer stieß ihm, ohne jegliches Zögern, ein Messer in seinen Bauch.

Luigi taumelte. Sein Blick war überrascht, fast ungläubig. Er sah Ben in die Augen. Ein leuchtend roter Fleck auf seinem Bauch wuchs schnell. Dann fiel er in sich zusammen.

Kapitel 37

Lisa-Marie sah erstarrt in den Lauf der Pistole.

Innerhalb eines Wimpernschlags sprangen alle auf. Stühle kippten. Zigarren glühten in Aschenbechern weiter. Mehr Hände griffen an die Waffen.

„Verdammt!", zischte Kano und packte Lisa-Marie am Arm.

Ein Schuss krachte durch die Halle. Die Wand neben ihnen splitterte.

Lisa-Maries leise Worte überschlugen sich. „Julia! Hast du- ?"

„Alles!", kam Julias Stimme durch den Kopfhörer. „Aber ihr müsst da raus!"

„Schnappt sie!", brüllte Don Carlo.

Lisa-Marie stolperte fast, als Kano sie in eine dunkle Abstellkammer zog. Die schweren Schritte der Wachmänner hallten durch den Korridor.

Dann herrschte Stille. Lisa-Marie presste sich gegen die Wand. Ihr Herz raste. Kano lauschte an der Tür.

„Sie werden die Ausgänge absperren", setzte er Lisa-Marie in Kenntnis, die stumm nickte.

Sie versuchte, ihren Atem flach zu halten, während Kano wieter an der Tür lehnte. Draußen hallten Schritte. Die Wachmänner suchten systematisch nach ihnen. Es war nur eine Frage der Zeit, bis sie gefunden werden würden.

Ein lauter Knall ließ sie zusammenzucken. Eine Tür wurde aufgestoßen. Glas klirrte.

Kano flüsterte, „Wir müssen hier raus, bevor -"

Die Tür flog auf.

Ein hoch gewachsener Wachmann stand im Türrahmen und zielte mit erhobener Pistole auf sie. Sein Blick glitt von Kano zu Lisa-Marie. Kano erkannte das Gesicht, welches sich vor ihnen zu einem hässlichen Grinsen verzog.

„Irgendwann kommt man immer zurück, was Kano?", fragte Tobias, einer der ehemaligen Handlanger Brians, der K-fours Mord durchgeführt. hatte.

Zwei weitere Männer traten hinter ihm auf, einer zog Kano grob auf die Beine und stieß ihn gegen die Wand. Lisa-Marie keuchte, als eine starke Hand sie am Arm packte und aus dem Raum zerrte.

Der Flur war nun gespenstisch leer. Nur die gedämpften Stimmen aus dem Saal deuteten darauf hin, dass das Treffen weitergehen würde oder man hektisch versuchte, Spuren zu verwischen.

Sie wurden den Korridor entlanggeführt. Lisa-Marie spürte, wie ihre Fingernägel sich in ihre Handfläche gruben. Das Handy war ihr entrissen worden. Der Stream war unterbrochen. Aber es war zu spät für sie, all das komplett zu vertuschen. Tausende andere hatten es bereits gesehen.

Sie betraten einen großen, karg eingerichteten Nebenraum. Eine schwere Ledercouch und ein massiver Schreibtisch. Das war das Büro eines Mannes, der keine Spuren hinterlassen wollte.

Don Carlo marschierte beherrscht an ihnen vorbei und setzte sich hinter den Schreibtisch. Er ließ seine Zigarre in einem

Kristallaschenbecher kreisen, als sei nichts weiter passiert. Reinhardt Kleefeld trat mit verschränkten Armen neben ihn.

„Ich bin enttäuscht", faselte Don Carlo langsam und sah zu Lisa-Marie. „So viel Ärger für so wenig Wirkung."

Lisa-Marie schnaubte. Sie warf ihm einen trotzigen Blick zu und keifte, „Oh, das war nicht wenig. Sie alle wurden gesehen. Jeder Satz, jedes Wort wurde live übertragen. Sie haben verloren."

„Ach?", fragte Don Carlo aufgesetzt überrascht, „haben wir das?"

Er machte eine vage Geste in Richtung des Wachmanns. Die Pistole wurde fester gegen Kano gedrückt.

Lisa-Maries Herz schlug bis zum Hals.

„Nein!", schrie Ben vor Entsetzen. Sofort war er bei Luigi und drückte auf die Wunde. Blut quoll zwischen seinen Fingern hervor. Viel zu schnell. Viel zu viel.

Ben bemerkte nicht, wie Karim weiter kämpfte und seine Angreifer abwehrte. Für Ben schien die Welt stillzustehen.

Ein Schuss. Jemand schrie.

Der Knall hatte Ben wieder aus der Betäubung zurück geholt. Jemand hatte eine Schusswaffe abgefeuert. Es war nicht die Zeit, seinen Kopf zu verlieren. Die Trauer musste warten.

Dann noch ein Schuss. Blaues Licht. Sirenen.

Polizeiwagen rasten mit quietschenden Reifen in den Hof. Türen wurden aufgestoßen. Rufe. Stimmen. Waffen, die erhoben wurden. Menschen die rannten.

Es geschah zu viel, als dass Ben alles hätte gleich verarbeiten können.

Einige der Loge zögerten und drehten sich um. Manche rannten. Andere hoben langsam die Hände oder standen bereits ergeben da.

Ein dritter Schuss. Diesmal von der Polizei. Eine Warnung.

Ben spürte seinen eigenen Atem kaum noch. Sein Blick fiel auf Brian. Der stand regungslos mit schlaff herunterhängenden Armen da. Die Augen auf den Boden geheftet, vor sich her brabbelnd und den Kopf widerspenstig schüttelnd, unwillig sich das Geschehen einzugestehen.

„Wir brauchen einen Krankenwagen!", drängte Karim für alle hörbar und sprach die Beamten direkt an, während er auf Luigi zeigte. „Er wurde niedergestochen! Schnell!"

Bens Hände waren voller Blut. Luigi lag reglos in seinem Arm. Er wollte sich bewegen. Er wollte helfen. Er wollte etwas tun. Aber er konnte nur auf den Fleck aus dunkel rotem Blut starren, der sich unaufhaltsam unter ihnen ausbreitete.

Polizisten rissen Angreifer zu Boden und legten ihnen Handschellen an. Karim kniete sich neben, als er sicher war, dass die Rettungskräfte kämen.

„Nicht so, Mann…", murmelte er. Seine Stimme brach.

Luigi blinzelte. Seine Lippen bewegten sich, als wollte er jeden Moment wieder irgendetwas Albernes sagen. Dann atmete er aus. Sein Brustkorb hob sich nicht mehr.

„Hey", flüsterte Karim neben ihm, seine Stimme brach. „Hey, verdammt, wach auf!

Kapitel 38

„Was genau glauben Sie, was jetzt passieren wird?", wollte Don Carlo angeblich wissen. „Die Polizei? Papiere verschwinden. Ein paar böse, böse Beamte ziehen ein paar Strippen und - siehe da - alles ist, wie es immer war."

Lisa-Marie schüttelte widerwillig den Kopf. „Nein! Nicht dieses Mal!"

Don Carlo lachte leise, „Sie haben Mut. Aber Mut bringt in dieser Welt nichts, wenn sie nicht mit ein paar Scheinen gestützt wird."

Kleefeld trat einen Schritt vor und kommentierte, „Es ist schade. Sie hätten fantastisch in unser System gepasst. Leider haben Sie sich entschieden, uns zu bekämpfen. Und ich fürchte, das bedeutet -"

Ein Knall unterbrach ihn. Die Tür wurde mit voller Wucht aufgestoßen.

„Polizei! Waffen fallen lassen!", rief eine Frauenstimme

Lisa-Marie wusste nicht, was sie zuerst wahrnahm: Die gebrüllte Anweisung oder die Gestalten, die durch den Raum stürmten.

Sandra war als Erste da, die Waffe gezogen. Neben ihr stürmte Nadine herein. Ihr Blick war auf den Wachmann gerichtet, der gerade noch Kano bedroht hatte.

„Runter mit der Waffe!", schnitt Nadines Stimme durch den Raum.

Sie hatten Julia im Schlepptau und einen Moment lang regierte das Chaos. Der Wachmann, der Kano festhielt, zögerte und das reichte. Kano riss sich los und verpasste ihm einen brutalen Ellbogenstoß ins Gesicht. Der Mann taumelte. Seine Waffe fiel zu Boden. Lisa-Marie sprang instinktiv zurück, während Don Carlo abrupt von seinem Schreibtisch aufsprang.

„Das ist ein schwerer Fehler, meine Damen", zischte Kleefeld.

„Nein", korrigierte Nadine und trat einen Schritt näher. Ihre Waffe noch immer auf ihn gerichtet. „Der Fehler war, sich für unantastbar zu halten."

Die Wachmänner zögerten. Draußen waren bereits aufgeregte Stimmen zu hören, die von mehr Polizisten und mehr Verstärkung kamen.

Sandra schob sich weiter mit ihrer Waffe fest im Griff ins Zimmer und knurrte, „Ich wiederhole: Hände hoch und keine plötzlichen Bewegungen!"

Nadine trat dicht neben Lisa-Marie und Kano. Sie hielt den Wachmann im Blick, der sich benommen an die Nase fasste, aus der Blut tropfte.

Don Carlo blieb erstaunlich ruhig. Seine dunklen Augen musterten die Szenerie mit einer Mischung aus Ärger und Belustigung. Langsam hob er die Hände, als wäre es nichts weiter als eine Formalität.

„Ich hoffe, Sie haben einen guten Grund, uns hier zu stören", warnte er in fast beiläufigem Tonfall.

Nadine lachte scharf auf und meinte, „Oh, wir haben einen ganzen Katalog an Gründen, mein Lieber. Illegale Machenschaften, Korruption, kriminelle Verschwörung - Soll ich wietermachen?"

Einer der Wachmänner, der näher zur Tür stand, spannte die Schultern an. Sandra bemerkte es sofort.

„An Ihrer Stelle würde ich das lassen", riet Sandra. „Sie haben vermutlich schon genug Ärger."

Der Mann rührte sich nicht mehr. In diesem Moment stürmten weitere Polizeikräfte in den Raum. Uniformierte Beamte verteilten sich sofort mit Waffen im Anschlag. Ein ranghöherer Polizist, ein älterer Mann mit entschlossenem Blick, trat nach vorne.

Reinhardt Kleefeld, Heinrich Vogt, Dr. Bernahrd von Asch, Peter Kranz, Walter Stein und Don Carlo Lucetti", zählte er sachlich auf. „Sie stehen unter Verdacht der Bildung einer kriminellen Vereinigung, Korruption, Steuerhinterziehung, Geldwäsche und vieler verschiedener anderer schwerwiegender Straftaten. Sie sind vorläufig festgenommen."

Für den Bruchteil einer Sekunde blitzte Panik in den Gesichtern der sonst so selbstsicheren Männer auf.

„Das ist ein Irrtum", blaffte Kleefeld, doch ein Beamter drehte ihn bereits mit deinem geübten Griff um und legte ihm Handschellen an.

„Sie haben das Recht zu schweigen", begann ein Polizist sie trocken über ihre Rechte zu belehren.

Walter Stein ließ sich ohne Widerstand festnehmen, während von Asch nervös schnaubte.

„Das wird nicht gut für Sie enden", zischte er, bevor er wie all die anderen Mächtigen abgeführt wurde.

Die Wachmänner ließen die Waffen fallen. Keiner von ihnen war mehr bereit, sich zu opfern.

Lisa-Marie atmete langsam aus. Ihr Blick traf Julias, die mit straffen Schultern in der Tür stand.

„Die Übertragung war live", flüsterte Lisa-Marie schließlich.

Julia nickte. „Und wurde zusammen mit den Beweisen gesichert. Das können sie nicht mehr verschwinden lassen."

Benommen ließ Lias-Marie den Blick durch den Raum gleiten. Das war es. Die Loge war getroffen. Sie war vielleicht nicht völlig zerstört, aber schwer angeschlagen.

Die Männer wurden einer nach dem anderen aus dem Raum geführt. Die Polizisten blieben zurück, sicherten den Tatort.

Kano fuhr sich mit einer zitternden Hand durchs Haar. „Ich kann nicht glauben, dass das wirklich geklappt hat."

Lisa-Marie schloss für einen Moment die Augen. Sie konnten endlich atmen.

Jemand riss Ben von Luigi weg. Er bemerkte es kaum. Ein Rettungssanitäter kniete sich hin,. Er prüfte Puls und Atmung. Sein Gesicht wurde ausdruckslos.

„Wann hat er aufgehört zu atmen?", fragte er schnell.

Ben öffnete den Mund, aber kein Ton kam heraus.

„Vor ein paar Sekunden", antwortete Karim stattdessen.

Schon begannen sie mit der Reanimation. Hände drückten auf Luigis Brust, eine Beatmungsmaske wurde auf sein Gesicht gesetzt, ein Defibrillator piepte.

„Kein Schock empfohlen", sagte eine fremde Stimme.

Wieder Druck auf den Brustkorb. Wieder. Und wieder.

Ben kannte die Regeln. Zwei Minuten, dann eine Kontrolle. Adrenalin. Noch einmal.

Irgendwann hielt die Notärztin inne. Ihr Blick flog zu den blutigen Pflastersteinen, zu der roten Lache, die unter Luigi dunkler und dunkler wurde.

Dann sagte sie das, was Ben am meisten befürchtet.

„Es tut mir leid. Wir können nichts mehr tun."

Karim fuhr sich mit den Händen über das Gesicht. Ben starrte auf Luigis reglose Gestalt. Seine Finger zuckten, als wollte er ihn noch einmal rütteln.

Ein Sanitäter deckte ihn mit einer weißen Decke zu.

„Nein!", protestierte Karim. „Nein, Mann! So geht das nicht!"

Aber genau so ging es.

Ben sah vom weißen Lacken auf. Um ihn herum wurde die Situation unter Kontrolle gebracht. Männer wurden abgeführt. Die Barrikaden lagen in Trümmer. Sie hatten sich verteidigt und sie hatten ein großes Opfer gebracht.

Amina tauchte auf. Ihre Hände zitterten, als sie Karim in die Arme nahm. In seinem Gesicht hatten Tränen Spuren gezogen. Ihr Blick fiel auf das Tuch und ihre Augen wurden wässrig.

Niemand sprach.

Ein Polizeibeamter trat an Ben heran und fragte, „Sind Sie in Ordnung?"

Ben nickte langsam und die Stimme, die aus seiner Kehle bejahte, konnte er selbst kaum erkennen.

Er blickte sich um. Die Polizisten hatten alles unter Kontrolle. Brian Taylor wurde immer noch vor sich her stammelnd abgeführt.

Ben schloss die Augen, dann drehte er sich zu Karim um. Der starrte über Aminas Schulter hinweg immer noch auf Luigi.

„Wir haben ihn verloren", murmelte er tonlos.

„Ohne Luigi wären wir nie so weit gekommen. Er hat alles gegeben", erkannte Ben an. „Du hast auch alles gegeben. Wir haben den Block gehalten."

Karim atmete tief durch, ließ die Worte aber unkommentiert in der Luft hängen.

Würde das jetzt das Ende sein?

Ben spürte die Erschöpfung in jeder Faser seines Körpers. Es war inzwischen tief in der Nacht, doch an Schlaf war nicht zu denken. Die Sirenen waren längst verstummt und die Polizisten verließen den Hof, aber das Echo der Kämpfe hing noch in der Luft.

Er stand mit dem Rücken an der Hauswand gelehnt. Sein Shirt war immer noch mit Luigis getrocknetem Blut durchtränkt. Die Hände zitterten immer noch, auch wenn er sich einreden wollte, dass es nur von der Kälte kam. Arnuld streifte um seine Beine. Er bemerkte es nicht mal.

Die Tür eines Wagens öffnete sich. Ben hob den Kopf.

Lisa-Marie trat auf den Hof und blieb für einen Moment einfach stehen. Schockier ließ sie den Blick über die Trümmer der Barrikaden leiten, über die zerschlagenen Möbel und über die Scherben auf dem Asphalt.

Und dann sah sie ihn. Ihre Augen fanden seine. Ben konnte nicht sagen, wer sich zuerst bewegte, aber plötzlich stand sie vor ihm.

„Du bist hier", stellte sie fest.

„Wo sonst?", entgegnete Ben und zuckte mit einer Schulter.

Ihre Miene war ernst. Ben sah auf ihre Hände. Sie zitterten leicht. Vielleicht vor Müdigkeit. Vielleicht vor etwas anderem.

„Wir haben es geschafft", verkündigte sie freudlos.

„Haben wir das?", hinterfragte er monoton.

Lisa-Marie sagte nichts. Stattdessen trat sie einen Schritt näher, fast zögerlich.

„Die Polizisten haben es mir erzählt", merkte sie an. „Ich weiß, was passiert ist."

Ben wusste, dass sie von Luigi sprach. Sein Magen krampfte stark.

„Es war nicht fair", sagte er beinahe flehend.

„Natürlich nicht", stimmte sie zu. „Nichts daran war fair."

Für einen Moment standen sie einfach da, inmitten der Ruinen der letzten Stunden.

„Ich dachte zuerst …", sie schluckte, bevor sie gestand, „ich dachte, sie reden von dir."

Ben sah in ihre Augen. Das Licht einer fernen Straßenlaterne spiegelte sich in ihnen und ließ die Erschöpfung und die Unsicherheiten der vergangenen Wochen aufleuchten. Aber auch etwas anderes.

Etwas Unausgesprochenes.

Er wollte ihr sagen, dass er sich auch um sie gesorgt hatte. Dass es ihn fast um den Verstand gebracht hatte, sie in einer gefährlichen Situation zu wissen. Allein ohne ihn.

Er wollte ihr sagen, dass er in dem Moment, in dem er Luigi in den Armen gehalten hatte, daran gedacht hatte, wie es wäre, wenn sie dort gelegen hätte.

Stattdessen sagte er nur schwach, „Es ist vorbei.“

Lisa-Marie schwieg einen Moment. Dann schüttelte sie den Kopf.

„Nein, Ben“, widersprach sie. „Es ist noch lange nicht vorbei. Wir fangen erst an.“

Und bevor er reagieren konnte, bevor er sich entscheiden konnte, ob er einen weiteren Satz sagen sollte, trat sie einen letzten Schritt näher und küsste ihn.

Es war kein vorsichtiger herantastender Kuss. Er war fordernd und gierig. Es war das, was unausgesprochen zwischen ihnen gelegen hatte, seit sie sich zum ersten Mal begegnet waren. Die Spannung, die Angst, die Wut, die Erleichterung. Es war all das, was sie gemeinsam überstanden hatten, und noch mehr.

Ben erwiderte den Kuss ohne nachzudenken. Für diesen einen Moment gab es keine Kämpfe, keine Pläne, keine Bedrohungen, keine Trauer. Es gab nur sie beide.

Als sie sich lösten, standen sie für einen Augenblick da und sahen verblüfft an.

Dann sprach Lisa-Marie leicht beschämt, aber lächelnd, „Wir sollten vielleicht besser schlafen gehen."

„Ja, gleich", meinte Ben.

Er legte seine Stirn gegen die ihre und küsste noch einmal viel sanfter als zuvor einen bedächtigen ihr Lippen.

„Du hast wahrscheinlich recht", hauchte er ihr immer noch so nah zu. „Das hier ist ein Neustart."

Kapitel 39

Nach weiteren Wochen der Anspannung brach im Hof -ein Jubel aus, als endlich die Nachricht über die Verurteilungen bekannt wurde. Die Bewohner klatschten, umarmten sich und einige weinten vor Erleichterung.

Am Ende waren doch alle möglichen Zeugen vorgetreten. Neben Lisa-Marie und Kano sind weitere Künstlerinnen und Künstler aufgetaucht, sogar Elisabeth Kranz hat ausgesagt. Nach dem Gespräch mit Herrn Inan, hatte sich Martin Acker ebenfalls dazu bereit erklärt. Er war ein ehemaliger Buchhalter der Loge. Seine Erzählungen stimmten mit vielen Belegen überein.

Genauso belastend waren die vorliegenden Dokumente, Fotoaufnahmen und Videodateien, sowie das Logbuch, in dem Marcin alles detailliert notiert hatte.

Erst durch die Zusammenarbeit der Bewohner, der Polizistinnen, der Journalistin, der Künstlerinnen und Künstler und der Aussteiger konnte mit Unterstützung der Katzen dieses Ergebnis bewirkt werden. Und das war allen bewusst.

„Das ist unser Sieg", sagte Herr Inan, der sich ein Taschentuch an die Augen hielt.

„Nein", antwortete Karim. „Das ist unser Neuanfang."

Amina saß auf der alten Bank im Hof, die Hände um eine dampfende Tasse Tee gelegt. Der Hof war ungewöhnlich still, die Kinder spielten drinnen und die Erwachsenen wirkten wie in Gedanken verloren.

„Ein Ort voller Geschichten", sagte Clara, die junge Witwe, die sich mit einem Lächeln neben Amina setzte.

Amina nickte, ihr Blick wanderte zu den Fenstern des Blocks. „Jeder hier trägt etwas Schweres mit sich."

„Und doch gibt es Lichtblicke", fuhr die Witwe fort und schob Amina spielerisch an. „Wie unser Freund aus dem zweiten Obergeschoss. Hast du gesehen, wie er sich verändert hat?"

Amina lachte leise. „Vielleicht. Aber er hat noch einen langen Weg vor sich."

„Oh, komm schon", sagte Carla. „Ich habe gesehen, wie Karim dich ansieht. Da ist etwas."

Das Gespräch driftete zu den Herausforderungen im Block ab. Die Witwe sprach von der Gemeinschaft, die sich trotz der äußeren Bedrohungen zusammengefunden hatte.

„Es ist, als ob wir uns in diesem Chaos gegenseitig retten", sagte sie.

„Aber manchmal fühlt es sich an, als wären wir noch immer gefangen", murmelte Amina.

Rippchen, die neugierige Katze, tauchte plötzlich auf und sprang auf die Bank. Sie drückte sich an Aminas Seite und ließ ein äußerst zufriedenes Schnurren hören.

„Selbst die Katzen scheinen hier eine Rolle zu spielen", sagte die Witwe lachend.

„Vielleicht wissen sie mehr als wir", antwortete Amina und kraulte Rippchen sanft hinter den Ohren.

„Weißt du", sagte die Witwe plötzlich, ihre Stimme wurde weicher. „Du solltest dein Herz nicht verschließen. Nicht, wenn es etwas gibt, das dich glücklich machen könnte."

Amina sah sie an, ihre Stirn leicht gerunzelt. „Es ist nicht so einfach."

„Es ist nie einfach", antwortete die Witwe. „Aber es lohnt sich immer."

Bevor Amina antworten konnte, öffnete sich die Tür zum Hof, und Karim trat hinaus. Er hielt einen kleinen Beutel in der Hand, aus dem ein vertrauter, appetitlicher Duft strömte.

„Amina", sagte er, seine Stimme zögernd. „Ich habe etwas für dich und die Kinder gekocht."

Die Witwe grinste breit und lehnte sich zurück. „Na, das nenne ich Timing."

Amina warf ihr einen warnenden Blick zu, doch ihr Lächeln verriet, dass sie insgeheim amüsiert war.

„Danke", sagte sie schließlich. „Das ist sehr aufmerksam."

Karim setzte sich zu ihnen, sein Ton war ungewohnt ernst. „Ich wollte mich bei dir bedanken", sagte er. „Für alles, was du für mich und für den Block getan hast."

Amina schüttelte den Kopf. „Ich habe da genau so viel zu beigetragen, wie jeder andere hier."

„Vielleicht", sagte er. „Aber ohne dich hätte ich es nicht geschafft."

Die drei unterhielten sich weiter, doch bald verabschiedete sich Carla mit einem vielsagenden Lächeln.

„Ich lasse euch zwei Mal allein", sagte sie und ging ins Haus.

Amina seufzte leise, während der Nachbar sie schüchtern ansah.

„Warum bist du plötzlich so ernst?", fragte sie.

„Weil ich dir etwas sagen muss", antwortete er. „Ich habe mich verändert. Also … wegen dir."

Amina sah ihn an, ihre Augen wurden weich. „Das ist schön zu hören. Freut mich für dich."

„Ich weiß, das ist nur ein Anfang", sagte er. „Und ich will auch noch viel besser werden. Für dich. Für den ganzen Block. Für mich selbst."

Die beiden sprachen über Veränderung, über Verantwortung und darüber, was es bedeutet, Teil einer Gemeinschaft zu sein.

„Es ist nicht leicht, aus einem Muster auszubrechen", sagte er.

„Aber es ist notwendig", antwortete Amina. „Für dich und für die, die dich lieben."

Rippchen, die die ganze Zeit bei ihnen gesessen hatte, sprang plötzlich zwischen sie und stupste beide mit ihrem Kopf an.

„Siehst du, sogar die Katze gibt mir recht", lachte die Kenianerin.

„Oder sie sagt mir, ich soll mich beeilen", erwiderte er mit einem schelmischen Grinsen. Karim stand auf und hielt Amina seine Hand hin. „Ich will, dass du weißt, dass ich es wirklich ernst meine. Egal, wie schwer es wird."

Amina nahm seine Hand, ihre Augen voller Zuversicht und Vertrauen.

„Dann musst du es beweisen. Ich bin Mutter und ich muss meiner Mutter und meinen Geschwistern in der Heimat helfen. Für

Spiele und Probleme habe ich keinen Raum. Beweise es mir Karim."

„Das werde ich", sagte er fest. „Und ich habe schon angefangen."

Amina lächelte. Ihre Stimme war leise. „Dann ist das ein Anfang, den ich unterstützen kann."

Im Schutz der Schatten des Hofs, wo ihre Kinder sie nicht sehen konnten, beugte sich Amina vor und küsste Karim sanft.

Es war ein Moment voller Hoffnung und leiser Freude, ein Symbol für einen Neuanfang.

Am nächsten Morgen war Karim früh auf den Beinen, der Block erwachte langsam. Er stand mit Amina im Hof, ihre Kinder spielten in der Nähe. Für einen Moment fühlte es sich an, als könnte alles gut werden. Die Kinder rannten zu Karim, sie spielten fangen miteinander. Einer seiner ehemaligen Kunden tauchte auf. Er sah Karim mit glänzenden Augen, wie einen glücklichen Vater. Rippchen sah den Kunden an, schüttelte ihren kleinen Kopf und der Kunde ging.

Arnuld schlich über den Hof, auf dem man Frau Hartmanns Radio leise hören konnte Plötzlich erklang eine vertraute Melodie: „*Vegesack*" von Jan Böhmermann. Er hielt inne, seine Ohren zuckten und für einen Moment schien es, als ob die Musik ihn an etwas erinnerte.

„Du hast Geschmack", murmelte Karim, der ihn beobachtete und schmunzelte.

Im Radio wurde K-fours größter Hit gespielt, begleitet von einer erneuten emotionalen Ansprache eines Radiomoderators.

„Er mag fort sein, aber seine Botschaft lebt weiter", sagte die Stimme aus den Lautsprechern.

Die Leute lauschten und einige summten die Melodie mit.

Die Sonne stieg höher und das Licht durchflutete den Block. Es war ein ungewöhnlich warmer Morgen für Bremen-Nord.

Die Bewohner beschlossen, den Tag mit einem großen gemeinsamen Frühstück zu beginnen. Tische wurden in den Hof getragen und jeder brachte etwas mit.

Frau Hartmann sorgte für die Getränke, während Amina die Kinder anleitete, Servietten und Besteck zu verteilen.

„Das hier ist wie ein kleines Paradies", sagte Julia zu Kano.

„Es wirkt so", stimmte er zu.

Die beiden. hatten den Bewohnern von ihrem Vorhaben erzählt.

„Wir werden ein Zentrum für Jugendliche eröffnen, um ihnen die Chancen zu geben, die wir nicht gehabt haben", sagte Kano.

„Und es wird hier im Block sein", fügte Julia hinzu.

Sie brauchten es nicht weiter auszuführen. Den Bewohnern war klar, dass diese gemeinnützige Aktion in Luigis Cafè stattfinden würde, und sie waren überzeugt, dass er sich darüber gefreut hätte.

Die Kinder spielten mit den Katzen, die sich wie ein schützendes Rudel um die Gruppe versammelt hatten.

„Das hier fühlt sich fast normal an", sagte Ben leise, während er das Treiben beobachtete.

„Vielleicht wird das zu unseren neuen Normalität", antwortete Lisa-Marie und lehnte sich an seine Schulter. „Es ist wirklich vorbei."

„Ja", bestätigte Ben. „Gemeinsam haben wir es geschafft."

Karim hatte inzwischen begonnen, das Hausmeisterbüro samt dazugehöriger Wohnung zu restaurieren und bewies ungeahntes Geschick dabei, sodass Lisa-Marie ihm gleich die Stelle als Hausmeister anbot, die er dankend annahm. Amina unterstützte ihn bei den Arbeiten, während die Kinder neugierig zusahen.

„Das wird unser großes Ding", sagte Karim lächelnd.

„Das wird unser Zuhause", antwortete Amina, bevor sie ihn zärtlich küsste.

Ein Mädchen aus einem der kleineren Gebäude rannte zu Arnuld, der wie so oft auf seiner Mauer saß, und legte ihm ein eine Spielzeugmaus hin. Nach und nach schlossen sich auch andere an und am Ende des Tages lagen im Hof Spielzeuge, Lerckerlis und sogar eine Kuschelhöhle.

„Das haben sie verdient", hieß Amina das gut. „Ohne sie wären wir nie so weit gekommen."

Die Bewohner enthüllten eine Gedenktafel für Luigi, die an der Außenwand des Blocks angebracht wurde. Auf ihr standen die Worte:

„Für Luigi – unser Nachbar, unser Freund, unser Held."

„Er hätte es geliebt", sagte Herr Inan leise.

„Und er hätte uns alle zum Lachen gebracht", fügte Frau Hartmann hinzu.

Lisa-Marie nahm dies zum Anlass und verkündete, „Und wir werden nicht die Einzigen sein, die sein Opfer in Erinnerung halten. Ich habe einen Brief bekommen."

Sie entfaltete ein Blatt Papier und las laut vor:

„*Ihr Einsatz hat uns inspiriert. Die Geschichte Ihres Blocks wird nicht vergessen.*"

Es folgte die Ankündigung, dass eine Dokumentation über den Block und seinen Kampf gedreht werden würde.

„Das ist unglaublich", piepste Clara, ihre Stimme zitterte vor Emotion.

Nadine und Sandra waren ein letztes Mal Luigi zu Ehren in den Block zurück gekehrt und verabschiedeten sich endgültig.

„Ihr habt mir mehr beigebracht, als ich vorher jemals bereit war zu lernen", scherzte Nadine.

„Und ihr habt uns gezeigt, dass es etwas bringt, zusammen zuhalten", fügte Sandra hinzu.

Die Blockbewohner beschlossen, ihre neu gewonnene Einheit auch in Zukunft zu bewahren. Ein gemeinsames Projekt zur Renovierung des Blocks wurde ins Leben gerufen und alle halfen mit.

„Das hier wird unser Vermächtnis", sagte Ben, während er eine Wand strich.

Lisa-Marie begann, Workshops für die Kinder im Block zu organisieren. Sie brachte ihnen Kunst und Musik bei und half ihnen, ihre Kreativität zu entdecken.

„Ich habe nie gedacht, dass ich so etwas machen könnte", sagte sie zu Ben.

„Aber du machst es großartig", antwortete er.

Die Kinder halfen. Sie malten ein großes Wandbild auf eine der Wände des Blocks. Es zeigte die Katzen, die Bewohner, den Block in einer warmen, goldenen Umarmung, in der Mitte des Bildes: Luigi und Arnuld.

„Das ist für alle, die hier gelebt und gekämpft haben", sagte ein kleines Mädchen stolz, während sie die letzten Striche setzte.

Der ganze Block wurde offiziell als Symbol des Widerstands und der Gemeinschaft anerkannt. Und K-fours Musik als ihre Hymne. Reporter und Journalisten kamen aus aller Welt, um die Geschichte zu dokumentieren und zu verbreiten, doch die Bewohner blieben bescheiden.

„Wir sind nur Menschen, die zusammenhalten", sagte Herr Inan in einem Interview. Die Kamera zoomte hinaus, während der Block im Abendlicht glänzte.

Lisa-Marie und Ben standen Hand in Hand auf der Treppe. Arnuld saß mit Rippchen und den anderen Katzen im Hof.

„Es ist schön hier", sagte Ben leise.

„Ja und wenn wir fertig mit sanieren und modernisieren sind, dann wird er Block noch schöner", antwortete Lisa-Marie mit einem Lächeln.

Plötzlich erklang eine Melodie aus einem der Fenster. Es war „Vegesack" von Jan Böhmermann. Die Stimme des Sängers füllte den Hof und für einen Moment hielt alles inne. Selbst die Kinder schienen von der Melancholie des Liedes ergriffen.

„Es passt", murmelte Julia.

„Ja", antwortete Kano. „Es erzählt unsere Geschichte."

Herr Inan trat in die Mitte des Hofes. Die Blockbewohner bildeten einen Kreis um ihn, ihre Gesichter erwartungsvoll.

„Wir haben gezeigt, was möglich ist, wenn Menschen zusammenhalten", begann er. „Wir haben gelernt, dass Familie nicht nur aus Blut besteht. Wir haben gekämpft, wir haben verloren und wir haben gewonnen. Doch das Wichtigste ist, dass wir zusammen geblieben sind." Seine Stimme brach kurz, bevor er dann weitersprach: „In diesem Block haben wir gelebt. Aber das, was wir geschaffen haben, hat ihn erst zu einem Zuhause gemacht."

Lisa-Marie und Ben standen abseits, fest in den Armen liegend. Ihre Gesichter sprachen von den Kämpfen, die sie durchgestanden hatten, aber auch von der Ruhe, die sie endlich gefunden hatten.

„Ich hätte nie gedacht, dass ich mich so fühle", sagte Lisa-Marie leise.

„Wie fühlst du dich denn?", fragte Ben sanft.

„Als ob ich angekommen bin", antwortete sie und sah ihm in die Augen.

In diesem Moment küsste sie ihn, zärtlich und voller Vertrauen.

Arnuld führte sein Rudel ein weiteres Mal durch die Straßen des Blocks. Die Katzen stoppten an den Fenstern, an denen sie oft gesessen hatten, und vor den Türen, die sie beschützt hatten.

„Verabschieden sie sich?", flüsterte Amina, ihre Stimme voller Ehrfurcht.

„Oder sie segnen den Ort", murmelte Karim, seine Augen auf Arnuld gerichtet.

Amina und Karim beobachteten die Situation.

„Sie sind wie Familie für mich geworden", meinte Amina. Dabei lief ihr eine Träne von der Wange. „Scheinbar gibt es so etwas doch in diesem schönen, kalten Land."

Karim küsste ihre Stirn und legte seinen Arm um sie. Sie schauten zu Ben, Lisa-Marie und den Katzen.

„Natürlich, dass ist Liebe und Liebe gibt es überall."

ENDE

„HEGEMONIA- the immortal death"

Ein elitärer Soldat verrät sein Regime und kämpft mit Rebellen um die letzte Bastion der Freiheit, in einer zerstörten Welt, die von Tyrannei und Chaos beherrscht wird.

Hegemonia: Europa im Jahr 2062. Die Welt, wie wir sie kannten, existiert nicht mehr. Naturkatastrophen, Epidemien und nukleare Kriege haben den Planeten verwüstet. Nur einige wenige Stadtstaaten konnten sich halten, hochmütige Bastionen der Zivilisation, die sich durch eiserne Kontrolle und brutale Unterdrückung behaupten. Da zwischen erstreckt sich die Todeszone, eine verseuchte, wilde Landschaft, in der nur die Stärksten überleben: Rebellen, Gesetzlose, alte Krieger und Opportunisten, die ihre eigenen Macht spiele treiben. Im Stadtstaat Dortmund, einem der mächtigsten Bollwerke, lebt Landon, ein Mann, der einst zur Elite gehörte, doch nun von Zweifeln geplagt wird. Als hochrangiger Soldat war er an der grau samen Politik seines Volkes beteiligt, doch immer mehr nagt die Erkenntnis an ihm, dass er nur ein Rädchen im Getriebe einer entmenschlichten Maschine ist. Sein Vater, Dr. Baum, ist einer der führenden Mediziner Dortmunds, verantwortlich für das perfide System der Organentnahmen: Sklaven der Unterschicht werden auf brutale Weise geopfert, um die Leben der Mächtigen zu verlängern. Landon hasst, was aus ihm geworden ist, doch er weiß keinen Ausweg, bis er auf die Rebellen trifft. Flucht in die Todeszone. Landon sitzt in einem sterilen, kalt beleuchteten Raum, sein Vater steht vor ihm, die Hände hinter dem Rücken verschränkt. "Dein Platz ist hier, Landon. Nicht bei diesen Untermenschen." Die Worte brennen sich in seinen Geist, doch er bleibt stumm. Sein Blick wandert zu einem Bildschirm, auf dem die Übertragung aus dem Krankenhaus läuft. Zwölf Männer in zerschlissenen Anzügen liegen auf Liegen festgeschnallt, panisch blickend, während Krankenschwestern die Vorbereitungen für die "Operation" treffen. Einer von ihnen beginnt zu schreien, bäumt sich auf, doch eine der Schwestern nimmt ohne Zögern einen Hammer und lässt ihn auf den Schädel des Mannes niedersausen. Stille. Landon ballt die Fäuste. Es reicht. Er verlässt das Krankenhaus, sein Herz rast. Er weiß, dass er diesen Ort nicht wieder betreten wird. Doch als er auf die Straße tritt, wartet bereits ein neuer Befehl auf ihn: Ein Angriff auf Rebellen in den Dortmunder Katakomben. Er hat keine Wahl. Noch nicht. Die Jagd beginnt. Dortmunds Katakomben sind ein Labyrinth aus alten Versorgungstunneln, vollgestopft mit illegalen Zufluchtsorten und Verstecken. Die Rebellen haben sich tief eingegraben, wissen, dass ihre Gegner sie finden werden. Angeführt von Iris, einer knallharten und entschlossenen Anführerin, bereiten sie sich auf den bevorstehenden Angriff vor. Ihr Bruder Giulio, hitzköpfig und misstrauisch, fordert, Landon und seine Männer zu töten, bevor sie zuschlagen können. Doch Iris weiß, dass es eine andere Lösung geben könnte. Die Kämpfe sind brutal. Landon wird schwer verletzt, seine Einheit ausgelöscht. Doch statt ihn zu töten, bringt Iris ihn in ihr Versteck. "Warum hast du mich nicht getötet?", keucht er. Iris lächelt kalt. "Vielleicht wirst du noch nützlich. Oder du stirbst später." Die Tage, die folgen, sind ein innerer Kampf. Landon erfährt von den wahren Schrecken, die Dortmund über seine Bewohner bringt. Er sieht das Elend, sieht Menschen, die ihr Leben lang gekämpft haben und doch nicht entkommen konnten. Als Dortmund einen groß angelegten Vernichtungsfeldzug gegen die Unterschicht plant, trifft er eine Entscheidung: Er wird kämpfen. Aber diesmal auf der richtigen Seite. Die Rebellen verlassen die Katakomben und fliehen in die Todeszone. Hier, in den Weiten der zerstörten Welt, beginnt ihre wahre Reise. "Feind oder Freund?" Die Todeszone ist nicht nur eine gefährliche Wildnis – sie ist ein Test. Ein Test für ihre Loyalität, ihre Überzeugungen und ihr Überleben. Sie treffen auf ein verborgenes Dorf, eine Enklave, die von der Welt vergessen wurde. Helena, die Anführerin, traut ihnen nicht, will sie fortschicken. "Wir haben schon zu viele verloren." Doch als Dortmunds Truppen sie angreifen, bleibt keine Zeit für Zweifel. In einem verzweifelten Kampf verteidigen sich die Rebellen und Landon rettet ein Kind vor dem sicheren Tod. Helena akzeptiert sie. Vorläufig. Während Landon sich lang-sam das Vertrauen der Dorfbewohner verdient, beginnt Iris zu ahnen, dass nicht alle in Hegemonia ihre Freunde sind. Ein Verräter wartet auf sie. Doch wer? "Das Herz der Finsternis" Die Reise wird immer gefährlicher. In den Ruinen einer alten Stadt geraten sie in einen Hinterhalt – ein ehemaliges Rebel-lenversteck entpuppt sich als Todesfalle. Dortmunds Söldner haben sich hier eingenistet, und bevor Landon es merkt, wird er zusammen mit Giulio gefangen genommen. Sie werden in ein Gefängnislager verschleppt, ein Lager, in dem Menschen nicht über leben sollen. Giulio hasst ihn, gibt ihm die Schuld für alles. "Hättest du uns nie gefunden, wären wir nicht hier!" Währenddessen planen Iris und die anderen einen waghalsigen Rettungsversuch. Doch als sie endlich zuschlagen, müssen sie jemanden zurücklassen. Die Wahl ist grausam. Und es wird Folgen haben. "Hegemonia" Sie erreichen endlich Hegemonia, doch statt des Paradieses er wartet sie ein Mienenfeld aus politischen Intrigen und versteckten Machtspielen. Der Anführer von Hegemonia ist nicht das, was er zu sein scheint. Während Iris und Landon versuchen, die Wahrheit hinter den Kulissen aufzudecken, marschiert Dortmunds Armee bereits, bereit, alles niederzubrennen. Die Schlacht beginnt, sie endet nicht.

Doch wer steht wirklich auf wessen Seite?

Ich mache aus dem

Heute,

mit dem Wissen und der Erfahrung

von Gestern,

ein besseres

Morgen.

Berufe dich bei all deinem Handeln,

was immer du auch tust,

niemals

auf das

Recht des Stärkeren,

denn es kommt gewiss irgendwann ein

Stärkerer,

der dich zum

Schwächeren macht.

„GHETTOLOGIE- DIE LEHRE DER STRASSE"

„Sie waren arm und am scheitern, sie träumten von viel Geld und der großen weiten Welt, jedoch hatte das Schicksal etwas anderes mit ihnen vor. Aber damit waren sie nicht einverstanden. "

Exemplarische Dialogzene

Sequenz „Die Forderung"

Aus „Ghettologie- die Lehre der Straße"

INT/NGT TOMMY sitzt spät Abends in seiner Wohnung auf der Couch. Auf dem Tisch stehen neben einem leeren Pizzakarton eine Dose Energydrink. Der Fernseher ist an, es läuft irgendeine Show, die Tommy nicht beachtet. Etwas lethargisch und abwesend schreibt er etwas mit seinem Handy. Es klingelt an der Tür. Tommy steht auf und geht zur Tür, nicht ohne zuvor ein Messer zu greifen, wer weiß, wer da um diese Zeit klingelt. Serkan wird es nicht sein, er hat einen eigenen Schlüssel. Tommy sieht durch den Spion. Er sieht NADINE dort stehen. Tommy macht die Tür auf.

TOMMY

Ach du? Wie komme ich zu der Ehre?

NADINE

(geht auf Tommy zu, küsst ihn)

Ich hab dich vermisst!

TOMMY

(Drückt Nadine an sich)

Ich dich auch, ich denke ständig an dich!

(Beide küssen sich intensiv)

TOMMY

Komm doch rein.

(Er führt sie in sein Schlafzimmer)

INT/NGT TOMMY und NADINE schlafen miteinander. Eine sehr zärtliche und liebevolle Begegnung der beiden. Danach küssen und streicheln sie sich und reden. Tommy steckt sich eine Zigarette an.

NADINE

Ach du, so ein Typ, der ist von der Polizei, der will was von mir!

TOMMY

(überrascht)

Wie, was? Echt? Ein Bulle?

NADINE

(verlegen)

Ja wirklich! Aber keine Sorge, ich
will nichts von dem.

Widerlicher Kerl.

TOMMY

(etwas lauter)

Warum ein Bulle?

NADINE

Pass auf, ich sage dir jetzt etwas,
bitte bleib ruhig!

TOMMY

(Packt sie an den Schultern)

Wie? Was willst du mir sagen? Was
wird das hier?

NADINE

(vorsichtig)

Schatz, ich wollte es dir immer
sagen, schon die ganze Zeit,
aber es ging nicht, wegen Serkan!

TOMMY

(schreit)

Was? Was hat Serkan damit zu tun?

NADINE

(ernst)

Meine Mutter ist bei der Kripo
Tommy!

TOMMY

(erregt)

Willst du mich verarschen? Was
laberst du da?

NADINE

(bestimmend)

Meine Mutter ermittelt gegen
Serkan, gegen dich, gegen eure
Freunde. Das ist die Wahrheit!

TOMMY

(steht auf, boxt in seine
Schlafzimmertür, schreit)

Warum hast du mir das nicht gesagt,
verdammt Nadine, was ist

los mit dir?

NADINE

(sauer, zieht sich an)

Was mit mir los ist? Was ist mit
dir los? Du baust nur Scheiße,

du bist mit einem Bein im Knast?
Willst du im Knast enden?

Oder bald auf dem Friedhof liegen?

TOMMY

(setzt sich neben sie, ruhig)

Was weißt du? Sag mir alles!

NADINE

(während sie sich weiter anzieht)

Es gibt eine Soko! Verstehst du
das, die haben euch richtig auf

dem Schirm. Du kommst da nicht mehr
raus. Außer….

TOMMY

(schreit)

Außer was?

NADINE

(sehr aufgeregt)

Komm mit zu meiner Mutter. Mach
eine Aussage, aber gegen

alle, auch gegen Serkan! Du hast
große Probleme und das

weißt du auch! Du kommst da so
nicht raus!

(sieht ihm eindringlich und tief in
die Augen)

Mach reinen Tisch. Tommy Du musst
auspacken. Dann hilft

meine Mutter dir, dann bleibst du
ohne Strafe! Und wir haben

eine Zukunft!

TOMMY

(Nimmt Nadines Jacke, schmeißt sie
ihr zu, ebenfalls ihre

Hand-#tasche)

Ich soll meinen besten Freund
anscheißen? Ich soll ein

verdammter Scheiß Verräter werden?
Niemals!

(schiebt sie durch den Flur in
Richtung Wohnungstür)

Auf keinen Fall! Never, never,
never werde ich ein Verräter.

Deswegen hast du mit mir nochmal
gefickt? Um deiner

Bullenmutter zu helfen?

(Öffnet die Wohnungstür, schuppst
Nadine aus der Wohnung)

Hau ab! Lass dich hier nie wieder
sehen! Verpiss Dich aus

meinem Leben!

(Tommy knallt die Tür zu, sackt
zusammen, vergräbt seinen

Kopf in seinen Händen, weint)

https://www.instagram.com/gianfranco.tober.official

Ich bedanke mich für die Lektüre meines Buches……